A BROTHER'S JOURNEY
by Richard Pelzer
translation by Fumiko Satake

ペルザー家　虐待の連鎖

リチャード・ペルザー

佐竹史子［訳］

ヴィレッジブックス

ペルザー家
虐待の連鎖

目次

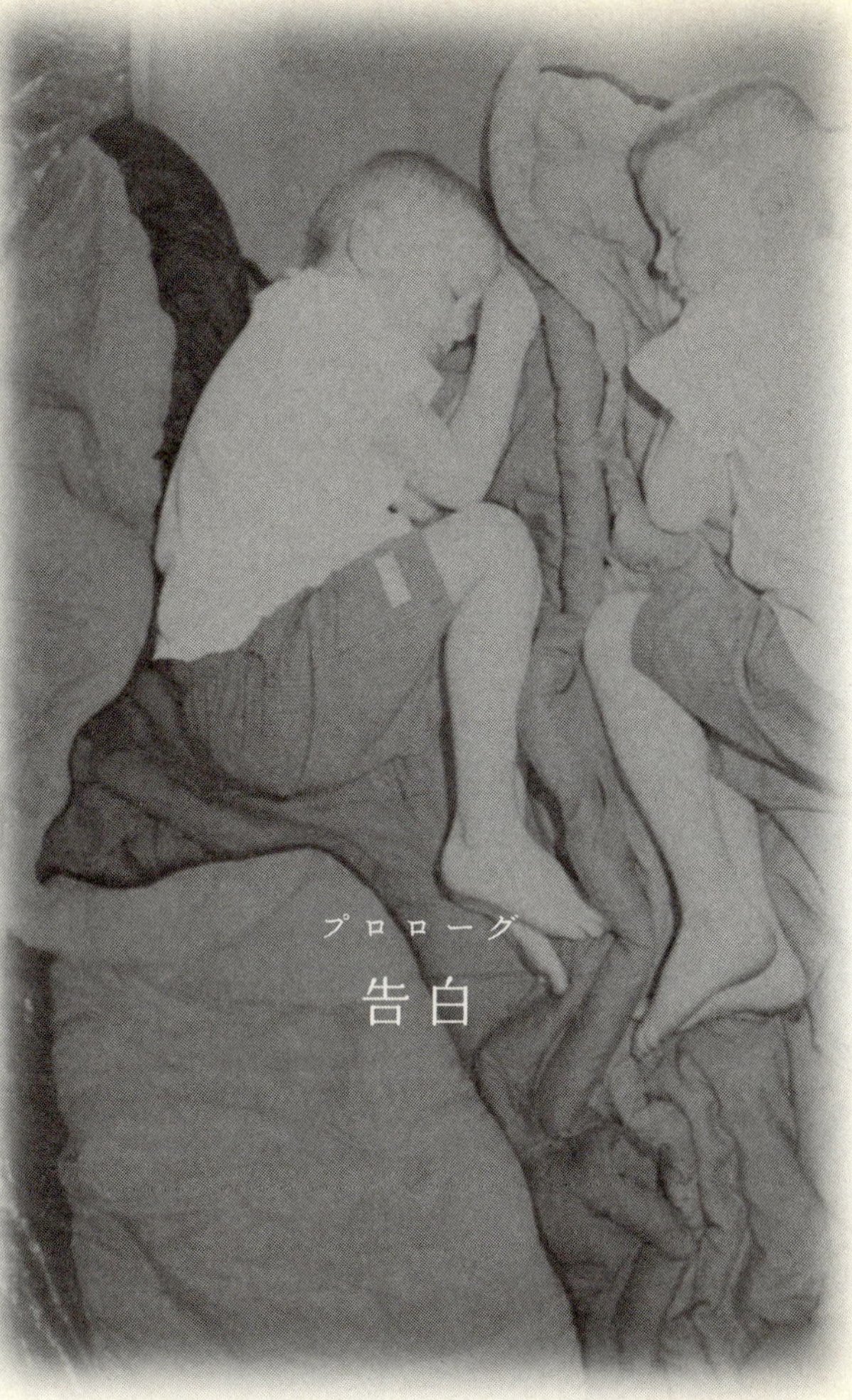

プロローグ

告白

あのとき、ぼくはリビングで眠《ねむ》っていた。ぼくの眠り方は、ほかのひととはちょっとちがう。だから結婚《けっこん》当初、ぼくは頭から毛布《もうふ》をすっぽりかぶって眠った。毛布で顔をおおえば、秘密《ひみつ》を隠《かく》すことができるからだ。

長いあいだ、なぜ毛布をかぶっているの、という妻《つま》のたび重なる質問《しつもん》に、ぼくは真実を明かさないようにしながら、できるだけ納得《なっとく》のいくような答えを返してきた。なんとなく不安でね、でもいつか、毛布をかぶって眠る癖《くせ》もなくなると思うよ、と嘘《うそ》をついたのだ。

二十五年前、ぼくは目を開けたまま眠って、視界《しかい》にはいるすべての動きをキャッチする技術《ぎじゅつ》を身につけた。〝眠る〟ときのアラームシステム、とでもいおうか。おかげで子供《こども》のころ、夜中に忍《しの》びこんできた母の姿《すがた》がぼくの視界を横切ると、ぼくはすぐに眠りからさめることができた。身を守るための方策《ほうさく》だ。

でもその日、すべては変わった。決定的な場面を妻に目撃《もくげき》されて、いい逃《のが》れができなくなった。ぼくは毛布《もうふ》をかぶらずに眠《ねむ》っていたのだ。

彼女《かのじょ》は横になっているぼくのそばにきて、こっちをじっと見た。彼女の姿《すがた》は視界《しかい》にはいっているのに、目をのぞきこまれたとき、すぐに眠りから覚めることができなかった。彼女はぼくが目覚めていると思っているらしく、ぼくの目をじっと見ている。ぼくはただじっと横になっていた。眠りと覚醒《かくせい》のあいだで。完全に眠っているのでもなく、目覚めているわけでもない。それこそが、ぼくにとっての睡眠《すいみん》だった。

目を開けたまま眠っているところを見られたら、彼女はきっととんでもない思いちがいをするだろうと以前から恐《おそ》れていたが、まさにその通りになった。妻《つま》はぼくが死んでいると思ったのだ。

ぼくはすぐさま起きあがって、妻の誤解《ごかい》をただそうとした。さっと上体を起こして、妻を見つめる。でも、なにをどう言ったらいいのか、すぐには言葉が出てこなかった。

ぼくはひたすらどぎまぎしていた。口ごもりながらわけのわからない説明をしたが、意味のないたわごとをしゃべっていることに自分でも気づいていた。妻は目を開けて眠っているぼくを、目撃《もくげき》してしまった。ぼくがなにを言っても、彼女の記憶《きおく》に焼きついたぼくの寝姿《ねすがた》は変更《へんこう》することができない。ぼくたちはどちらかが口を開くのを、じっと待っていた。沈黙《ちんもく》が長引けば長引くほど、緊張《きんちょう》と混乱《こんらん》が増《ま》していった。

しばらくして、ぼくはできるだけ多くの質問《しつもん》に答えた。自分の生い立ちについて、これまで話していたよりはるかに多くのことを打ち明けなければ、妻は納得《なっとく》しないということはわかっていた。胸《むね》に溜《た》まっていたものを吐《は》きだす機会が、ようやくやってきたのだ。

妻はぼくの話をうなずきながら聞いてくれた。個人的《こじんてき》な悩《なや》みを愛するひとに打ち明けたことで、ぼくは表面的には安堵《あんど》していた。でも心の奥底《おくそこ》では混乱し、少年の時代ひた隠《かく》しにしていた感情《かんじょう》がわきおこっていた——恥《はじ》の感情だ。ほんの一瞬《いっしゅん》、ぼくはおさない少年に戻《もど》った。すさまじい虐待《ぎゃくたい》を受けていたおさない少年に。沈黙にやすらぎを見出し、孤《こ》独《どく》に心地よさを感じるおさない子供《こども》になっていた。でも妻と言葉を交わしているうちに、思っていた以上に彼女がぼくに深い愛情《あいじょう》をいだいてくれているのがわかってきた。あのとき、彼女は真の意味でパートナーだった。そしてそれは、きょうまでつづいている。

かつて秘密《ひみつ》を閉《と》じこめておいた心の奥底を探《さぐ》って、そこにある悲しみや恐怖《きょうふ》を妻とわかちあったとき、ぼくは自分の過去《かこ》を公表するのは価値《かち》があることだと思った。

この本を夫婦《ふうふ》で校正するさい、感情の浮《う》き沈《しず》みが激《はげ》しくなって恐怖にかられるぼくを妻はずっとささえてくれた。自分の書いた原稿《げんこう》を一段落《だんらく》も、いや一節も涙《なみだ》なしでは読めないことがときとしてあったのだ。妻が知っているのは、ぼくが経験《けいけん》した出来事とそれがぼくにもたらした影響《えいきょう》のほんの一部だ。この本を書くまで、ぼくは自分のおさないころの感《かん》情《じょう》をずっと隠《かく》して生きてきた。でももう、隠す必要はない。心のなかに、そういう感情の居場所《いばしょ》をつくってやることができる。自分の気持ちを打ち明けることができるようになればなるほど、妻《つま》とぼくの足並《あしな》みはそろっていって、ゆるぎない目的意識《いしき》をもって本書をよりよい本にすることができた。

真の意味での心の平安は、待っているだけでは訪《おとず》れない。努力してはじめて得ることができるものだ。一晩《ひとばん》で得ることは無理だし、愛情《あいじょう》と深い理解《りかい》を示《しめ》してくれる周囲の人々の援助《えんじょ》が、どうしても必要となる。ぼくが自分の生い立ちを語ることによって見出した心の平安を、読者の方々も見出してくれることを願ってやまない。

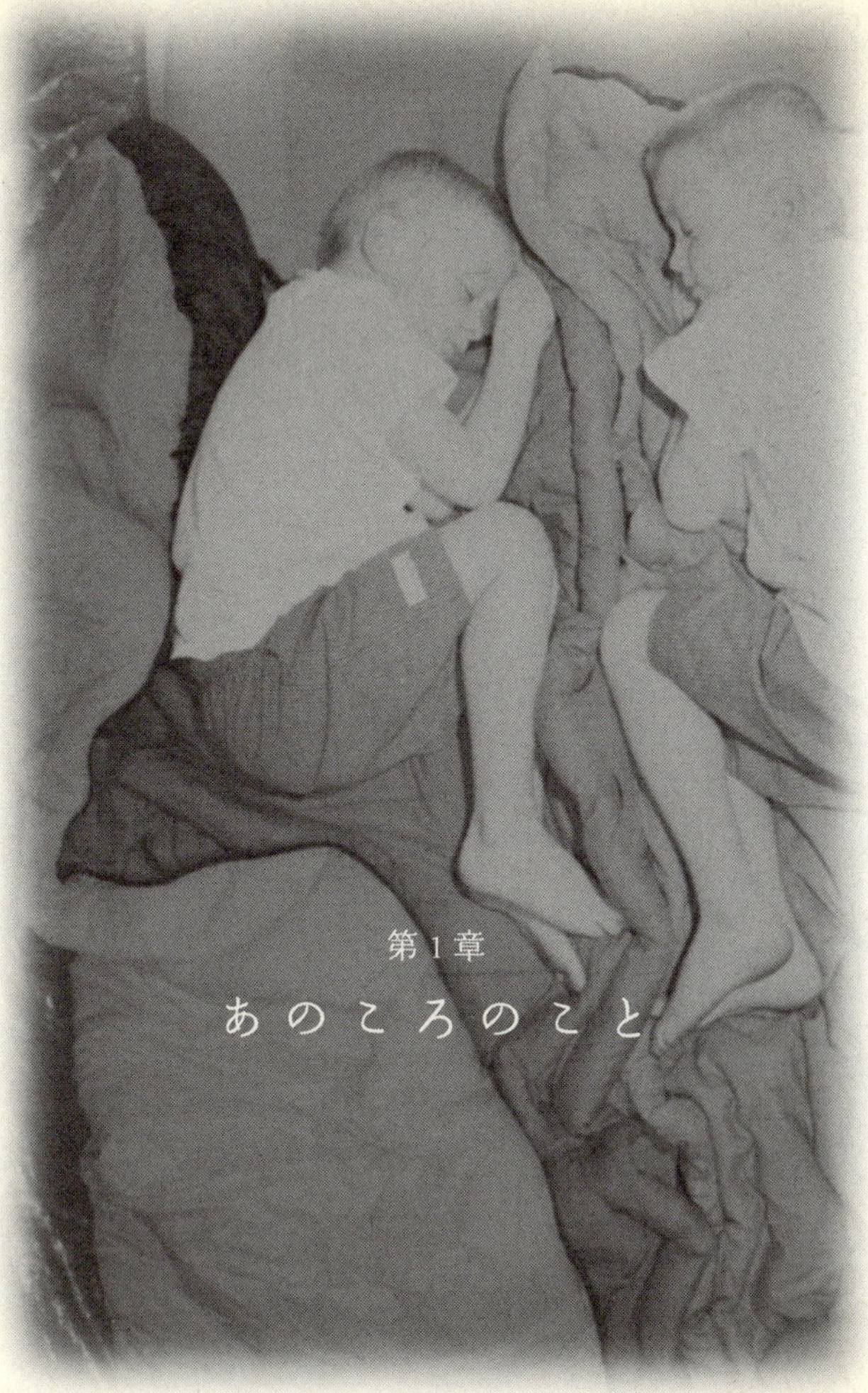

第1章
あのころのこと

子供《こども》のころ、人生は楽しくて、わくわくするような刺激《しげき》に満ちていた。ぼくはまだ五歳《さい》で、残酷《ざんこく》で意地悪でもあった。兄がなぐられたりすさまじいお仕置きを受けたりするのを、喜んで見ていたのだ。目を輝《かが》かせて、見ていたのだ。

一九七〇年、カリフォルニア州デイリーシティ。

ぼくは長いこと、自分の家がサンフランシスコのベイエリア郊外《こうがい》のふつうの家だと思っていた。

クレストライン通りのほかの家と同様、ぼくたちはこじんまりした家に住んでいた。通りに並《なら》ぶ家の外壁《がいへき》の色はさまざまだったけれど、それぞれがしっくり調和していて、サンフランシスコの〝レインボー・ロー〟のパステルカラーの家並《いえな》みに似《に》ていたように思う。

ぼくたちの家は、あざやかなピンク色だった。外壁《がいへき》もピンクなら、コンクリートのステップもピンク。お隣《となり》はいくぶんちがう造《つく》りの家で、ツートンカラーの茶色の外壁だった。通りの端《はし》からながめると、さまざまな色の家がえんえんとつづいていて、ひとつの様式美のようなものを作っていた。どこの家庭も庭や家をきれいに手入れしていた。

その通りには子供《こども》たちが二十名以上いて、ほとんどがぼくとおなじ年頃《としごろ》だった。男の子たちはみな自転車をもっていたけど、女の子たちのことはわからない。彼女《かのじょ》たちは、ひとかたまりの〝女の子たち〟でしかなかった。男の子たちは、仲間同士で自転車を乗りまわしていた。新品のシートやハンドルを見せびらかすために。

母さんのことはよく覚えているけれど、父さんの記憶《きおく》はあまりない。あのころすでによそに引《ひ》っ越《こ》していたのか、それともたんに家に寄《よ》りつかなかっただけなのか、いまだにわからない。父さんはまるで、子供たちとは無関係の間《ま》借《が》り人みたいだった。父さんは最初からそうだったのだろうか。ぼくが生まれてくるまえは、ちがっていたのかもしれない。そのころは、夫婦《ふうふ》の仲はよかったのかもしれない。そのころは、家族らしい家族だったのかも。ほんとうのところは、わからない。父さんのことは、わずかな記憶をのぞいてまったく覚えていない。知らないオジサンだった。

母さんは〝しきたり〟や〝家庭らしさ〟をとても大事にしていた。手のこんだディナーをせっせとつくり、その日の献立《こんだて》に合わせてハワイ風のテーブルクロスや中国風のお皿、グラスや食器などを選んでテーブルセッティングをした。自分専用《せんよう》の中国風のティーポットときれいなお皿が、ぼくの大のお気にいりだった。ぼくたち兄弟はみな、柄《がら》と色がそれぞれちがう専用の食器セットをもっていたのだ。めいめいに食器セットがあるなんて、誇《ほこ》らしい気分だった。

ドライブイン・シアターで観た映画《えいが》は、どれもすてきな思い出として鮮明《せんめい》に覚えている。生まれてはじめて観た映画は、ディズニーの『バンビ』だったと思う。兄弟と過《す》ごしたなつかしい思い出だ。でも、映画にまして楽しかったのはキャンプだった。ぼくたち一家は、よくキャンプに行った。母さんはいつも、ふと思い立ったようにキャンプに行きましょうと号令をかけた。すると二時間もしないうちに、母さんとぼくたちは車に荷物をつんで、地元のキャンプ場に出発する。ロスとスコットとキースとぼくは、胸《むね》をどきどきさせながら車のシートにすわって、最後に母さんが乗りこんでくるのを待ったものだった。母さん、ロス、スコット、キース、そしてぼく。父さんはいちども参加しなかった。デイヴがいっしょだったのも、ぼくの記憶にあるかぎり一回だけ。あのふたりがいなくても、

〝家族〟のキャンプであることに変わりなかった。うちの〝家族〟は、ぼくたち五人だけだったのだ。

週末、母さんがぼくたちをつれて、海岸へ日帰り旅行に出かけたことも何度かあった。車でわずか二十分の場所に、太平洋岸のソートンビーチがあったのだ。五歳《さい》のぼくは期待に胸《むね》をおどらせすぎて、頭がぼうっとするくらいだった。ソートンビーチはぼくたちが家族でよく利用したところのひとつで、子供《こども》たちが健全な兄弟関係をはぐくむ場所だった。ビーチではかならず、兄弟でサッカーボールをパスしてあそんだ。わざとだれかを抜《ぬ》かしてケンカするのは、毎度のことだった。ロスは十一歳、スコットは八歳、キースはまだ赤《あか》ん坊《ぼう》だった。

ぼくたち全員がいっしょに暮《く》らしていたころをふり返ると、兄弟の数が五人だったのか四人だったかはっきりしない。ロスとスコットとぼくは、いつもいっしょに遊んでいた。でも、兄弟でなにかするとき、デイヴはめったに参加しなかった。ぼくたちと遊んだり言葉を交わしたりするのを、禁《きん》じられていたのだ。ほかの兄弟が遊ぶのを、彼《かれ》はただ黙《だま》って見ているしかなかった。デイヴが近くにいたこともあるが、いなかったこともある。彼はたいてい家に残されていて、ぼくたちの生活の一部ではなかった。そばにいるけれど、どうでもいい存在《そんざい》だった。

あのころのデイヴのことは、長いあいだ心の奥底《おくそこ》に封印《ふういん》していたから、これまで思い出そうとしてもなかなか思い出せなかった。おとなになったいま、あの家で行なわれていたことをふり返るとぼくは愕然《がくぜん》とする。残酷《ざんこく》な仕打ちの数々に参加していた自分の幼少《ようしょう》時代を、ぼくは深く恥《は》じている。

物心ついたころから、ぼくの家では言葉にできないような暴力《ぼうりょく》がふるわれていた。当時のぼくは、それがどういうことなのかわかっていなかった。暴力は許《ゆる》されない行為《こうい》だということに気づかなかった。それは日常《にちじょう》生活の一部となっていて、いままで思い出すことすらなかったのだ。

認《みと》めるのはつらいことだが、ぼくの幼少時代はウソに塗《ぬ》り固められていた。表面上はふつうの家族だったが、実際《じっさい》はまるでふつうじゃなかった。それぞれが、胸のうちに恐《おそ》ろしい秘密《ひみつ》をかかえていたのだ。秘密をかかえていることは意識《いしき》していたけれど、それについて語られることはけっしてなかった。言葉にするのを恐れていたから。

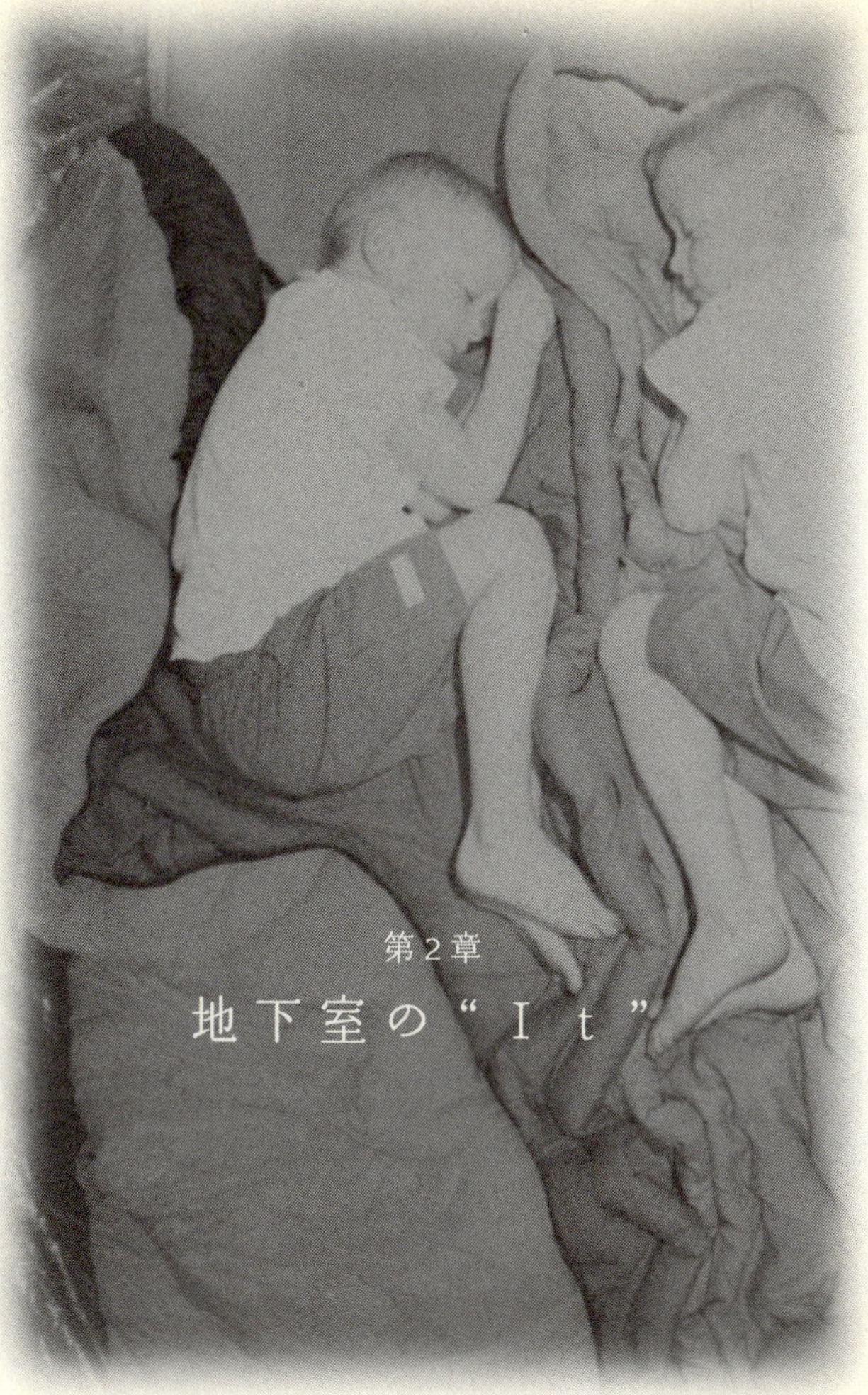

第2章

地下室の“It”

子供《こども》には、とても残酷《ざんこく》なところがある。無視《むし》や、ときとして野蛮《やばん》な方法で、ほかの子供をいじめるのだ。さらに、親がそのような行いをけしかけたり、ご褒美《ほうび》まであげたりすると、残酷さは邪悪《じゃあく》なものに変わっていく。母は〝自分の息子〟は全員、兄弟のデイヴを人間以下のモノとして扱《あつか》わなければならない、とぼくたちに命じた。デイヴをのけ者にするという母のゆがんだ計画のもと、ぼくは密告者《みっこくしゃ》になるようにいいわたされた。母の手先となって、デイヴをいじめるのがぼくの役目となったのだ。あれはもう三十年も昔の話だが、当時ぼくは、母に押《お》しつけられた狂《くる》ったルールのなかで生きぬくのに必死だった。おとなになったいま、できるだけ正直に、わが家に起こっていた出来事を語りたいと思う。幼少《ようしょう》時代をふり返ったときに一番強烈《きょうれつ》に思い出されるのは、あのころのぼくがつねにいだいていた恐怖《きょうふ》だ。それは一言でいって、〝やらなければ、やられてしまう〟といった思いだった。

母さんと父さんのなれそめを、ぼくは知らない。父さんについて母さんに何度か質問《しつもん》したことがあるけれど、なにも教えてくれなかった。母さんは父さんの話を、いっさいしなかった。ぼくにとって父さんは、謎《なぞ》のひとだった。

新婚《しんこん》当時は、幸せなカップルだったと思う。両親の結婚式《けっこんしき》の写真をおさないぼくはよくながめたものだったが、記憶《きおく》にあるかぎり、母さんはこの世で一番きれいな女のひとだった。テレビで放映《ほうえい》される古い映画《えいが》に出てくる女優《じょゆう》さんみたいに。背《せ》の高い父さんに寄《よ》り添《そ》った母さんは、幸せそうだった。父さんは背が百八十センチ以上あって、黒っぽい髪《かみ》をしていた。自信に満ちあふれたハンサムだった。古いアルバムを開いて母さんと父さんの写真を見るたびに、ぼくは両親を自慢《じまん》に思ったものだ。

母さんはソルトレイクシティーの出身で、とても社交好きだった。友人や家族との楽しかった思い出話をよく語ってくれたものだ。父さんは母さんよりすこし年上で、古い写真から想像《そうぞう》するに、母さんの美しさに惹《ひ》かれて結婚したようだ。父さんが幼少《ようしょう》時代をどこで過《す》ごし、どういう家庭で育ったのかぼくは知らない。兄弟がいたのか、両親がまだ生きているのかもわからない。父さんはぼくにとって、他人だった。母さんは、夫と息子がそういう関係にあることを望んでいた。ぼくたち兄弟が自分だけに依存《いぞん》することを、母さんは望んでいたのだ。そうすれば、なにもかも自分の思いどおりにできるから。

長男が生まれて六年後にぼくが誕生《たんじょう》したころには、子供《こども》をさずかる喜びは薄《うす》れていたようだ。立てつづけに四人の男の子に恵《めぐ》まれて父さんは誇《ほこ》らしかったようだが、母さんは疲《つか》れきっていたように思う。

案の定、ぼくのあとにほどなくして誕生した赤ちゃんも男の子だった。何人もの子供をかかえることで、母さんのライフスタイルがいろんな意味で乱《みだ》されたのだと思う。夜遅《おそ》くまでよちよち歩きの赤《あか》ん坊《ぼう》の世話や宿題の手伝いをするようになると、子供をもった喜びも、若《わか》かったころの楽しかった一時にくらべて、色あせたものに見えてくる。

ある時期をさかいに、なにかが変わっていった。そう、なにかが狂《くる》っていった。五歳《さい》になるころには、兄弟のなかでひとりだけがちがう扱《あつか》いを受けていることに、ぼくは気づいていた。ロスとスコットのあいだの男の子は、ちがう存在《そんざい》となっていた。その子はいろいろな呼《よ》び方《かた》をされていた。

「あいつ」

「あの子」

「It《それ》」

「デイヴ」

ぼくはほんのおさないころから、彼《かれ》を憎《にく》むように教えこまれていた。とても悪い子で、家族の恥《はじ》だから、ひどい扱《あつか》いを受けても仕方がない、と。

母さんはその子のことをこう呼《よ》んでいた。

「できそこない」

「人間のクズ」

「お情《なさ》けで生かしておいてる奴《やつ》」

彼はまるで、深夜のおそろしいテレビ番組に出てくる怪物《かいぶつ》みたいだった。そんなものが床下《ゆかした》に飼《か》われているのに、家族はごくふつうにふるまっている、というストーリーのテレビドラマ。

彼はおぞましい少年だった。すごく瘦《や》せていて、着ているのはみすぼらしいぼろぼろの服。お風呂《ふろ》にはいるのを禁《きん》じられていたから、すさまじく臭《くさ》かった。そして、まるで生気を感じさせない瞳《ひとみ》で、透明《とうめい》人間を見るみたいにこっちを見た。ぼくが一番恐《おそ》れたのは、あの目だった。信じられないくらいに虚《うつ》ろな目。

彼は地下室で寝起《ねお》きしていて、だれとも口をきくことを禁じられていた。洗濯《せんたく》を許《ゆる》されることはめったになく、食事もみんなの食べ残しを週に数回あたえられるだけだった。たくさんの雑用《ざつよう》をさせられていて、母さんに命じられた時間内に文句《もんく》ひとつ言わずに仕事をこなさなければならなかった。そうしなければ、母さんは怒り狂《いかくる》うのだ。

そのころ、ぼくはまだおさなかったから、彼がどうしてそんな扱いを受けるのかあまり考えなかった。その状況《じょうきょう》はごく自然のもので、しいて理解《りかい》する必要もなかったのだ。母さんは、彼がありとあらゆる許しがたい罪《つみ》をたびたびおかしたから、その報《むく》いを受けなければならないのだとぼくたちにいいきかせていた。けれど、そんな時間が彼にあるとは、とうてい考えられなかった。

そのころまでには、母さんの関心はデイヴを虐待《ぎゃくたい》することに向けられるようになっていたが、ほかの息子たちを折檻《せっかん》することもときたまあった。だからデイヴがそばにいると、ぼくは安心していられた。母さんがさんざんなぐって意識《いしき》不明にさせたり虐待したりするのは、ぼくではなくデイヴだとわかっていたからだ。

ぼくたち兄弟は、母さんを恐れていた。ぼくは母さんが、こわくてならなかった。子供《こども》だったぼくたちにとって、頼《たよ》れるのは兄弟だけ。ぼくたちは、結束しなければならなかった。

とはいえ、ためらったり良心の痛《いた》みを感じたりすることなく、ケンカすることはあった。たまにはいつもとちがうことをやって、透明人間みたいに好き放題ふるまわなければ息がつまってしまう、とみな感じていたのだろう。透明人間《とうめいにんげん》になっていないときは、兄弟のひとりを監視《かんし》して、徹底的《てっていてき》にこらしめるのに手を貸《か》していた。すくなくとも、母さんがそばにいるときはそうしていた。兄弟のだれかひとりに腹《はら》を立てたときは、わるさをしたと告げ口をして復讐《ふくしゅう》をした。ほんとうにわるさをしたかどうかは、問題ではない。兄弟同士は、よくそういうことをする。兄弟にいじめられたと嘘《うそ》をでっち上げて親に告げ口するのは、どこの家庭でもごくふつうにあることだ。ふつうでなかったのは、母さんの反応《はんのう》だ。母さんがぼくの兄さんを「ばか」とののしりながら何度もけったりなぐったりすることを、当時のぼくはごく自然な当然のこととして受けとめていた。母さんをみならって兄さんのことをそう呼《よ》ぶと、今度はぼくが母さんになぐられた。

〝It〟に関しては、いつでも好きなだけいびることができた。狼《おおかみ》が小動物をいたぶるように、濡《ぬ》れ衣《ぎぬ》を着せたり、こらしめたり、餌食《えじき》にすることができたのだ。

ぼくたちは〝It〟より偉《えら》くて、ぼくはその特権《とっけん》を大いに利用していた。〝It〟は好きなだけ蹴《け》とばしてもいい犬だった。いじめることによって得られる爽快《そうかい》さは格別《かくべつ》で、いじめずにはいられなくなっていた。

でも、ぼくの立場は曖昧《あいまい》で、いつどうなるかわからなかった。じつのところ、いつか自分が〝It〟の立場になるのではないかという予感にいつもおびえていた。いまの地位を守るためには、〝It〟をおさえこんでおかなければならなかった。だから母さんの手先になることに同意し、〝It〟をこらしめる母さんに協力することにしたのだ。ぼくは彼《かれ》を好きなだけいたぶることができるどころか、積極的にいたぶるように勧《すす》められた。彼がわるさをしたと嘘の報告《ほうこく》をすると、母さんはよくご褒美《ほうび》をくれた。

ぼくは〝It〟が容赦《ようしゃ》なくなぐられて、また殺されかけるかもしれないことをじゅうぶんに予想して、彼がわるさをしたと母さんに何度も告げ口した。ぼくの告発はたいてい嘘か、ちょっとしたミスを大げさにつくりかえたものだった。でも、母さんの憎《にく》しみを〝It〟にだけ集中させてぼくに向けさせないようにするためには、告げ口するしかなかった。彼はぼくの安全弁《あんぜんべん》であり、身の危険《きけん》を感じたときにすぐに利用できるサバイバルキットだった。彼をつまはじきにしているかぎり、安全でいられることをぼくは知っていた。〝It〟に怒《いか》りをぶちまける口実を母さんに与《あた》えれば、ぼくはかわいがってもらえた。〝It〟の毎日は、苦しみと屈辱《くつじょく》の連続だった。ぼくたち兄弟は、そんな彼をのけ者にしていた。いや、それどころか、ぼくの毎日は彼が母さんの狂気《きょうき》の標的になるように仕向けることを中心にまわっていた。生き残るためにはそうするしかなかったから、どんなことがあってもやめるわけにはいかなかったし、密告者《みっこくしゃ》の役割《やくわり》をほかの兄弟と分担《ぶんたん》する気もなかった。〝It〟を自分よりも危険な状況《じょうきょう》に追いこむこと。それがぼくにできるすべてだった。

　彼《かれ》を窮地《きゅうち》に追いこむのは、当初はもっぱら自分の身を守るためだった。でもじきに、おもしろいと思うようになった。〝It〟がいじめられることで得られる残酷《ざんこく》なよろこびをもう一度味わいたいと、しきりに願うようになったのだ。ぼくがついた嘘《うそ》によって、母さんに失神するまでなぐられるデイヴの様子を見てその悲鳴を耳にすると、おさないぼくの胸《むね》によどんでいた憤懣《ふんまん》が、いろんな意味でしずめられた。ぼくは母さんと、母さんの狂気《きょうき》の一部となっていた。ぼく自身も、それを生きがいにしていた。ぼくが〝It〟と言葉をかわすとき、おまえをいじめるのは母さんの意志《いし》だ、といわんばかりの話し方をしたことを覚えている。じっさい、母さんの許可《きょか》は必要なかった。信用されていたから。ぼくは母さんの味方になって、彼を窮地に追いこむチャンスをつねにうかがっていた。

　ある晩《ばん》、母さんはひどく荒《あ》れていて、お酒を飲みながら一晩中《ひとばんじゅう》家のなかを歩きまわっていた。ぼくはできるだけ、母さんと接触《せっしょく》しないように気をつけていた。いらだちをぶつけられるのが、こわかったのだ。静かにベッドにはいり、カバーを頭からかぶる。眠《ねむ》れなかった。母さんが部屋にはいってくるかもしれないから、そのまま何時間も起きていた。

　ぼくの部屋に来て「おやすみ」と声をかけるのが、母さんの習慣《しゅうかん》だった。そして、ぼくがなにか悪いことをしたら――母さんの期待を裏切《うらぎ》って起きていたら、母さんの期待を裏切って眠っていたら、母さんの問いかけにまちがった答えを返したら――母さんは感《かん》情《じょう》を爆発《ばくはつ》させてぼくを痛《いた》めつけるのが常《つね》だった。

かなりたってからドアが開く音がして、ぼくは恐怖《きょうふ》に身をかたくした。二段《だん》ベッドの上に寝《ね》ているぼくのほうへ、母さんがどしどし足音を立てて近づいてくる。きっと頭からシーツをはがしてどなるつもりなんだろう。それとも、なにも言わずにただなぐるつもりなのかもしれない。でも、なにも起こらなかった。ひたすら待ちつづけたが、あたりはしんと静まりかえっている。ぼくは必死で、母さんの気配を感じとろうとした。息づかいはしないか、フローリングの床《ゆか》をみしみしと鳴らして部屋を出て行く音がしないか、耳を澄《す》ませた。ともかく、この部屋にいるのかいないのか、はっきりさせたかった。毛布《もうふ》を頭からかぶっているせいで、ものすごく暑い。新鮮《しんせん》な空気を吸《す》いたかったけど、体を動かす勇気はなかった。身動きをしたらなぐられると思ったからだ。だからぼくはそれから何時間も、静かにじっと横になっていた。身動きせずにずっとおなじ姿勢《しせい》でいることは、もう慣《な》れっこだった。

恐怖に身をすくませ、母さんが出て行ったのか、それとも、いつもの残酷なゲームをやっているだけなのかわからないまま、ぼくは数をできるかぎり数えていった。ぼくの知っている数字は三十までだったから、一から三十を何度もくり返す。そのうち疲《つか》れてきて、いつの間にか眠ってしまった。

明け方、ぼくは汗《あせ》とオシッコにまみれて目を覚ました。オネショをしたのは、それがはじめてではなかった。それどころかしょっちゅうで、例によってぼくはパニックにおちいった。ベッドを汚《よご》したことを母さんが知ったら、大変なことになる。

ぼくはそろそろとベッドから抜《ぬ》けだして、シーツをあたらしいものに取りかえた。悪《あく》臭《しゅう》を放つ濡《ぬ》れた寝具《しんぐ》をかかえて、ドアに向かう。母さんがまだ眠《ねむ》っていますようにと祈《いの》りながら、扉《とびら》をそっと開けた。母さんが起きていなければ、地下室に行ってシーツを洗濯物《せんたくもの》の山の上にとりあえず置ける。あとでこっそり地下室に戻《もど》って、母さんにばれないように自分で洗濯すればいい。忍《しの》び足で地下室におりていくと、シーツのにおいが鼻をついた。学校に行くまえに、シャワーを浴びさせてもらえるだろうか？　このシーツとおなじにおいをさせていたら、また学校でいじめられてしまう。ぼくはいつだっていびられて、あざ笑われていたのだ。

学校の同級生たちがわるさをしたと嘘《うそ》をついて、あいつらを窮地《きゅうち》に追いつめることができたら、からかわれたりいびられたりせずにすむのに。兄さんにしているようなことを同級生たちにできたら、ぼくはきっと目立つことなく、放っておいてもらえるはずだ。家庭でもそうなのだから。きっと、学校でもいじめられずに、透明人間《とうめい》になれるはずだ。母さんはいつも、兄さんを痛《いた》めつけていじめるようにぼくに命じる。母さんはぼくを怪物《かいぶつ》にした。兄の〝It〟にとって、ぼくは怪物だった。ふつうのおとなだったら、子供《こども》がそんな残酷《ざんこく》な人間になることを許《ゆる》しはしない。母さんは例外だった。

地下室に行くと、すっかりお馴染《なじ》みになっているいつもの感情《かんじょう》が胸《むね》にこみあげてきた。恐怖《きょうふ》と動揺《どうよう》だ。ぼくは恐怖を感じて動揺することに、慣《な》れっこになっていた。恐怖のあまり頭が真っ白になるような感じを、何度も味わっていたのだ。

階段《かいだん》の手すりは古くなっていて、ぼくたち子供が触《ふ》れるために垢《あか》じみていた。階段には滑《すべ》り止め用の黒いゴムシートが敷《し》いてあったが、すでに擦《す》り減《へ》っていて本来の役目を果たしていない。壁《かべ》と手すりのあいだの数センチのすきまには、いつもクモの巣が張《は》っていてホコリっぽかった。手すりにつかまるのは恐《こわ》かったけど、つかまらないのはもっとこわい。オシッコと汗がしみこんだシーツをかかえて階段をおりるには、手すりにつかまらないと危険《きけん》だ。なにかべつのことを考えなきゃと自分にいいきかせながら手すりにつかまると、腕《うで》がぶるぶるふるえた。クモとクモの巣のことを頭からなんとか追いはらいながら、階段《かいだん》を一段ずつおりていく。起きてから数分しかたっていないのに、すでにぐっしょり汗《あせ》をかいている。恐怖《きょうふ》の汗だ。

階段をおりきったところはぐらぐらしていて、そのまま床《ゆか》を突《つ》きぬけて、地下室の下にぽっかり空いている見たことのない穴《あな》に転落しそうだった。

うちの地下室は、独立《どくりつ》した世界だった。四方の固いコンクリートの壁《かべ》はひんやりしていて、地下室で展開《てんかい》していた出来事の唯一《ゆいいつ》の目撃者《もくげきしゃ》として、惨劇《さんげき》と絶望《ぜつぼう》を静かに語っているような気がした。地下室には秘密《ひみつ》があった。もっとおさなかったころのぼくには、わからなかった秘密が。四方の壁が自分よりも多くの出来事を目撃していたことを、ぼくは知っていた。首をつかまれここに連れてこられたおさない少年たちから発せられた恐怖や感《かん》情《じょう》が、壁に染《し》みこんでいると信じていた。地下室の壁はそういったものを何年にもわたってすべて吸収《きゅうしゅう》して、その〝秘密〟をかたくなに守ってきたのだ、と。

地下室は暗く、うちがまともな一家だったころに使っていたオモチャの箱があふれかえっていた。地下室の前半分は灰色《はいいろ》のステーションワゴンの駐車場《ちゅうしゃじょう》となっていて、うしろの半分にはキャンプ道具が置いてあった。冷えきった恐怖の場所に満ちている沈黙《ちんもく》を、キャンプ道具もまた知っていたはずだ。テントや寝袋《ねぶくろ》などすべてにクモの巣がかかって、そこはクモと昆虫《こんちゅう》の棲家《すみか》と変わりはてていた。

床は湿《しめ》っていて、かび臭《くさ》かった。濡《ぬ》れたコンクリートから、飼《か》っている犬のアンモニア臭《しゅう》が立ちのぼっている。そのにおいをかぐと、吐《は》き気《け》がしてきた。照明といえば、階段の下と車のそばの灯りだけ。

地下室のうしろ半分は、暗くてこわかった。そこは、〝Ｉｔ〟が暮《く》らしている場所だった。洗濯機《せんたくき》のところに行くには、〝Ｉｔ〟のそばを通らなければならない。彼《かれ》が地下室にいるとき、そこにおりていかなければならない用事があると、ぼくはいつも気が変になるくらいの恐怖を感じたものだった。暗がりからいきなりなぐりかかってこないともかぎらない。復讐《ふくしゅう》されるのを、恐《おそ》れていた。暗闇《くらやみ》のなかだと心細くなって、なにをされても太《た》刀《ち》打《う》ちできないような気がしたのだ。地下室には彼とぼくしかいない。そこは〝Ｉｔの世界〟だった。

鉄製《てっせい》の長い作業台の下、薪《まき》や工具類のうしろにサンドイッチがあるのが目にはいった。きのうの夜、〝Ｉｔ〟のために置いたものだ。ツナにマヨネーズをあえただけのサンドイッチだったけど、母さんに見とがめられずにつくるには、それがせいいっぱいだった。ぼくはときおり、彼が気づいてくれることを祈《いの》って、ひそかに食料を地下室に置いておいた。同情心《どうじょうしん》から食料を置いたことも、たまにはあった。お詫《わ》びといってはなんだが、〝Ｉｔ〟がわるさをしたと嘘《うそ》をついたことを許《ゆる》してもらうにはこうするしかないと思ったのだ。でもたいていの場合は、母さんの手先になる必要に迫《せま》られたときに、ネタとして使えるから、という計算からだった。食べ物を口にするのを禁《きん》じられているのに盗《ぬす》み食《ぐ》いをした、と母さんに密告《みっこく》できると思ったのだ。

　サンドイッチは手をつけられずに、アリにたかられていた。〝It〟はサンドイッチが置いてあることに気づかなかったようだ。アリがたかっていようと、気づいたらきっと食べるはずだから。彼《かれ》がもっと汚《けが》らわしい物を口にしているのを、ぼくは見たことがあったのだ。食事を許《ゆる》されると、〝It〟は動物みたいにキッチンテーブルの下にはいつくばって、犬の餌《えさ》の横で食べていた。ときには、犬の皿から食べていた。ほかの家族がダイニングルームで食卓《しょくたく》を囲んでいるあいだ、彼はキッチンテーブルの下で食事をしていたのだ。ほどなくして〝It〟はうちで飼《か》っている犬に、床《ゆか》に置かれたボウルのなかの食べ物を最初に口にするのは自分だときびしく教えこんだ。

　〝It〟は地下室の緑色の簡易《かんい》ベッドに横たわっていた。じっと横になったまま、なんの感情《かんじょう》もこもっていない瞳《ひとみ》をこっちに向けていた。まるで、目のまえのぼくが見えていないかのように。そのときふいに、ぼくは憤《いきどお》りを感じた。彼に嫉妬《しっと》した。何度かキャンプに行ったとき、兄さんたちが使っていた簡易ベッドに横になっていることを嫉妬した。そこに横になることを、ぼくは許されなかった。上のふたりの兄さんたちはいつも真っ先に好きなものを選ぶことができて、いまは〝It〟がすてきなものを手にいれている。簡易ベッドを独占《どくせん》している。

彼がうらやましかった。彼は地下室を独《ひと》り占《じ》めしていた。いくらでも好きなことができる。そこにある数えきれないくらいの物やオモチャで遊ぶことができるし、ぼくみたいにうまく話せないことを気にしないで、壁《かべ》に自由に話しかけることができる。ぼくの嫉妬はどんどんふくらんでいった。

ぼくだって、だれでもいいから話し相手が欲《ほ》しかった。〝It〟はすくなくとも冷たいコンクリートの壁を話し相手にできるのだと思うと、怒《いか》りがこみあげてきた。

ぼくは洗濯物《せんたくもの》の山の上にシーツをさっと投げ捨《す》てるように置き、階段《かいだん》へ引きかえした。もう一度、〝It〟にちらっと目をやる。ぼくを見る彼の表情《ひょうじょう》に、むっとした。これまで母さんに教えこまれてきた感情が、胸《むね》にこみあげてくる。ぼくは怒《いか》り狂《くる》った。猛然《もうぜん》と怒り狂っていた。

ぼくが近くにきたら、すぐにベッドから起きなきゃだめだぞ！

ぼくは心のなかでつぶやいた。

それは、ぼく自身が母さんに何度となく言われているセリフだった。

〝It〟はよくわかっているはずだった。もしぼくが母さんだったら、さっと立ちあがり、床を見つめながら恐怖《きょうふ》と畏怖《いふ》の念にがたがたふるえたはずだ。

よくも横になっていられるな。ぼくは声に出すことなくいった。

「なあ、おまえは母さんが起きるまえに起きて、仕事をすることになっているだろう。言いつけるぞ。懲《こ》らしめてやる」

ぼくは冷ややかにいった。頭を働かせなくても言葉が自然と出てきた。

と、そのときふいに、彼《かれ》の態度《たいど》が変わった。瞳《ひとみ》に恐怖《きょうふ》の色がさっと浮《う》かび、のろのろと上体を起こしたのだ。母さんがきのうの夜、お仕置きをしたにちがいない。それがきいているようだ。恐怖に身をふるわせながら立ちあがろうとする彼を見て、ぼくは喜びにひたった。彼は体のふるえがとまらないらしい。ぼくがおどかしているからなのか、たまたま体がそういう調子なのかはわからない。どっちでもかまわない。〃It〃に対して薄《うす》っぺらい優越感《ゆうえつかん》を持てるだけで、満足だった。つかの間の勝利に酔《よ》いながら、ぼくはそこに立っていた。彼はあごを胸《むね》に押《お》しつけるようにして、うつむいている。それを見るだけで、満足だった。

ぼくは〃It〃をふり返らないで階段《かいだん》を上がっていった。復讐《ふくしゅう》を果たしたような気分で、元気を取りもどしていた。

でも、階段をあがって部屋に向かうとちゅう、何度も見る悪夢《あくむ》を思いだした。

階段がすべり台に変わって、手すりが消えてしまう夢《ゆめ》だ。つかまるものがなにもないので、ぼくは下で待ち構《かま》えている怪物《かいぶつ》のほうへじりじりとすべっていく。下に近づくにつれて、怪物の笑い声が聞こえてくる。それはまちがいなく、母さんの声だった。

数えきれないくらい、くり返し見た夢。その夢のほんとうの意味に気づきながらも、ぼくはまさかそんなはずはないと自分にいいきかせていた。夢のことばかり考えていたせいで、ぼくは母さんが階段の上に立っているのに気づかなかった。

「ベッドから抜《ぬ》けだして、いったいなにをしてたの?」照明をつけて、母さんがどなった。

ぼくはぎょっとして足を止め、どうしたらいいのかわからずに立ちすくんだ。

「こっちに来なさい!」母さんが命じた。

うつむいて階段をのぼる。あがりきるとあごをつかまれ、母さんと目を合わせるようにさせられた。母さんにそうされるときは、自分がいつもひどいピンチに立たされていることをぼくは知っていた。

「聞こえなかったの。ベッドから抜けだして、いったいなにをしてたの?」

「〝Ｉｔ〟に、あいつに起こされたんだよ!」ぼくはつっかえながら答えた。

母さんを激怒《げきど》させることができるのは、〝Ｉｔ〟だけだった。そのとき母さんの目にあらわれたような激《はげ》しい怒《いか》りを引き起こすことができるのは、〝It〟だけ。母さんは憎《にく》しみに顔を赤くして、決意をかためたように目をぎらぎらさせながら、ものすごい勢《いきお》いでぼくの横を通りすぎていった。ぼくの存在《そんざい》など忘《わす》れたみたいに、地下室におりていく。ぼくは自分がたった今したことにおののきながらその場に立ちつくし、地下室から聞こえてくるパンチの音や悲鳴にすくみあがった。母さんのお仕置きによって、コンクリートの壁《かべ》がさらなる感情《かんじょう》や痛《いた》みを吸《す》いとっている様子が手に取るようにわかる。お仕置きは果てしなく、いつまでもつづいた。

また別の日のこと。例によって家の雑用《ざつよう》をしていたデイヴを、ぼくはここぞとばかりに困《こま》らせた。

地下室からキッチンに上がってくるように母さんが呼びかけたのが聞こえたから、彼《かれ》が帰ってきているのがわかった。その日いちにちなにも食べていないことを証明《しょうめい》させるために、母さんはキッチンの床《ゆか》に吐《は》けと〝It〟にいって、のどに手を突《つ》っこんで胃のなかのものをぶちまけるように命じ、最後に汚物《おぶつ》を片《かた》づけさせた。吐きだしたばかりの汚物を、無理やり食べさせられることもちょくちょくあった。それは胸《むね》おどる光景だった。床に吐きだした物をいやいや食べる彼の顔には恐怖《きょうふ》と嫌悪《けんお》が浮《う》かんでいて、その表情《ひょうじょう》は何度見てもあきなかった。

問題のその日、デイヴが汚物を片づけるのを見物したあと、ぼくは地下室についてこいと彼に命じた。いつものように、彼はおとなしくついてきた。母さんの命令にしたがうように。ぼくは満足だった。そうやってプライドが満たされると、自分はなんでも思い通りにできる偉《えら》い人間なんだという気持ちを、ほんの数秒だけだが持つことができた。階段《かいだん》を一段おりるごとに、母さんが調教している動物をしたがわせるみたいに、彼を支配《しはい》する力が増《ま》していく。ぼくは自分の力を確《たし》かめたかった。階段をおりきったころには、力に満ちあふれていた。

階段をおりたところで、ぼくは顔をあげた。

「床にあるのは、なんなんだ？」と、ぼく。

「知らない」彼はおどおどしながら答えた。

ぼくの質問《しつもん》にどぎまぎして、じっと立っている。ぼくがまたしても自分をおとしいれようとしていることに、気づいているのだ。ぼくはデイヴをじろじろながめた。痩《や》せた体の上から下に視線《しせん》を向ける。それからしばらくのあいだ、彼の目を見ないように気をつけながら、ぼくはあれこれ頭を働かせていた。

「食べ物を口にしたのを母さんが知ったら、面倒《めんどう》なことになるのはわかってるよな？」

彼は顔をこわばらせ、またもやあごを胸に押《お》しつけるようにしてうなだれた。なんの落ち度もないデイヴを追いつめるのは、それがはじめてではなかった。彼の反応《はんのう》を見ていると、こいつを意のままにできるという全能感《ぜんのうかん》が徐々《じょじょ》に戻《もど》ってきた。ぼくがずっと必要としてきた感覚。

「母さんに言いつけなきゃ」

ぼくは冷たくいった。

デイヴを見ながら、ぼくは学校の子供《こども》たちを思いだしていた。彼《かれ》らはぼくのしゃべりかたを真似《まね》して、ばかにしている。だからいまは、学校でさんざん見せつけられている優越《ゆうえつ》意識《いしき》を、ぼく自身がふりかざしているのだ。ほかの子供たちに日常的《にちじょうてき》にいじめられている傷《きず》をいやす、絶好《ぜっこう》の機会。

兄さんを追いつめると、わくわくした。それによって、ぼくは力を誇示《こじ》することができた。必要なことだったのだ。でも、後ろめたい気持ちにもなった。デイヴをいびるとき、ぼくはつねに心の奥《おく》からわきおこってくる爽快感《そうかいかん》と罪《つみ》の意識の狭間《はざま》で苦しんだ。ひとりの人間をねじふせおとしめる一方で、自分の行いを恥《は》じて悔《く》いてもいたのだ。頭が変になりそうだった。

デイヴの罪をあますことなく母さんに報告《ほうこく》するというのは、母さんがぼくに課したルールのひとつだった。ぼくはそれに従《したが》うことに同意していた。従わなかったら、母さんに怒《おこ》られて痛《いた》めつけられる。

デイヴの罪を報告して、まだ忠実《ちゅうじつ》な情報提供者《じょうほうていきょうしゃ》だと母さんに思ってもらう絶好《ぜっこう》のチャンスを、ぼくは見逃《みのが》すわけにはいかなかった。たとえそれが嘘《うそ》であったとしても、言わずにはいられなかった。それによって得られる安心感は表面的なものだけど、どうしても手にいれる必要があった。

デイヴを地下室に連れてくるまえに、ぼくは自分のランチボックスから半切れのサンドイッチを取りだして、作業台の下の工具類の上に置いておいた。食べかけに見えるように、あらかじめ端《はし》っこをすこしだけかじっておいた。

デイヴは悲しげな表情《ひょうじょう》を浮《う》かべている。ぼくのたくらみどおりに、つらい思いをしているようだ。ぼく自身、学校でつらい思いをしているように。今回も、デイヴを思うままにあやつることができた。彼もそのことに気づいていた。兄さんの横を素通《すどお》りして、キッチンにいる母さんを呼《よ》びに階段《かいだん》に向かう。兄さんはおなじ姿勢《しせい》で立ちつくしていた──許《きょ》可《か》がないかぎり、動いてはいけないことになっているのだ。階段を上がりきると、真向かいのキッチンで母さんが椅子《いす》にすわっていた。いつもの灰色《はいいろ》のグラスから、母さんの生命線ともいえるウオッカを飲んでいる。

ぼくはしてやったりという表情《ひょうじょう》を引っこめて、慎《つつ》ましやかな表情を浮《う》かべると、地下室で発見したことを話していいかと母さんにいった。反対側の壁《かべ》にじっと目を向けたまま、母さんはぼくを無視《むし》している。だからぼくは、自分の作り話を澄《す》ました顔で語った。

「〝It〟が何か食べてたよ！　ぼく、見たんだ！」

それだけでじゅうぶん効果《こうか》が期待できることを、ぼくは知っていた。母さんは思ったとおりの反応《はんのう》を見せた。ぼくの話を理解《りかい》したとたんウオッカをぐいと飲み干《ほ》し、グラスをテーブルに乱暴《らんぼう》に置いて、立ちあがった。母さんの顔に浮《う》かんでいる表情も予想どおりで、ぼくの横を通りすぎるとき頭をなでてくれた。ぼくの悪事に対するねぎらいだ。

「いい子ね、リチャード」母さんは猫《ねこ》なで声でいった。

第3章

消えたディヴ

きわめて個人的《こじんてき》な体験のなかには、兄弟間でしか共有できないものがある。ぼくと兄は恐《おそ》ろしい秘密《ひみつ》を共有していたが、それを知っていたのはごくわずかなひとたちだけだった。当時のぼくは気づかなかったが、兄弟が食うか食われるかでいがみあう環境《かんきょう》を周到《しゅうとう》につくっていたのは、母だった。ぼくと兄のあいだでは、捕食者《ほしょくしゃ》がぼくでその餌食《えじき》が兄だった。

ある晩《ばん》、母さんはデイヴとぼくを残して、ほかの子供たちと外出した。ぼくはたしか、六、七歳《さい》になっていたと思う。あのころ、母さんはよくぼくとデイヴに留守番《るすばん》をさせて、ほかの兄弟を連れて外出していた。デイヴがまだ家にいたころから、母さんは家族の行事からたびたびぼくを締《し》めだして、ほかの兄弟から遠ざけるようにしていた。デイヴが締めだされるのは毎度のことで、父さんはとっくに家に戻《もど》らなくなっていた。

母さんの寝室《しんしつ》にはいっていくと、デイヴが来週着る汚《よご》れた服をたたんできちんと重ねていた。うちのなかでデイヴが行くことを許《ゆる》されている場所はかぎられていた。地下室とキッチンテーブルの下と母さんの部屋だけ。そうすれば、母さんは彼《かれ》の居場所《いばしょ》や行いをいつも把握《はあく》していられる。服をたたむのは、彼に課せられた多くの仕事のひとつだった。彼をいびって、ぼくのほうが偉《えら》いことをまた思いしらせてやろうと、ぼくは思っていた。そこで、たたんだばかりの服を取りあげて、部屋中にばらまいた。

「母さん、もうたくさんだよ、こんなこと！」

ぼくは大声を張《は》りあげ、デイヴになったふりをして、血も涙《なみだ》もない母さんに抵抗《ていこう》してみせた。

デイヴはあきらかに動揺《どうよう》していた。散らかった部屋を母さんが見たら大変なことになる、とおびえていた。ぼくは擦《す》り切れて薄汚《うすよご》れたパンツをひきつづき部屋じゅうにばらまいて、こんなパンツはもうはかない、母さんがなんといおうと知るもんかとわめいた。反抗的《はんこうてき》なデイヴを演《えん》じていた。そのあいだ、彼はずっと情《なさ》けない声で訴《うった》えていた。

「やめて、お願いだからやめて」

ぼくはこれでもかというくらいに部屋を散らかして、彼がおろおろするのを心行くまで楽しんでいた。

でもじきに、彼の語調が強くなってきた。ぼくは、動きをとめた。

「リチャード、なんでこんなことをするの？」

彼に目を向ける。その表情《ひょうじょう》に、怒《いか》りや恐怖《きょうふ》の色はなかった。ぼくのくだらない意地悪に対する悲しみと当惑《とうわく》があるだけ。ぼくは彼の目をじっとのぞきこんだ。思わず知らず申《もう》し訳《わけ》ない気持ちが押《お》し寄《よ》せてきて、自分でもあわててしまった。ぼくは、なんてひどいことをしたんだろう。

「ごめん」口をもごもごさせながら言う。

ぼくが本心から謝《あやま》ったのか、それとも、例によって彼を罠《わな》にかけようとしているだけなのか見極めるみたいに、デイヴはこっちをまじまじと見ている。

「母さんが帰ってくるまえに、いっしょに片《かた》づけてくれる？」真剣《しんけん》な顔で頼《たの》んできた。

ぼくたちはふたりで服をたたんだ。デイヴと友だち同士みたいに仲良くしたのは、記憶《きおく》にあるかぎりあれがはじめてだった。作業をしているうち、いつのまにか話をしていた。なにについて話したのかは覚えていない。たぶん、他愛もない話題だったのだろう。でも、話題は問題じゃなかった。デイヴと兄弟らしい会話を交わせたことが、無性《むしょう》にうれしかった。その短いあいだだけは、思ってもみなかった親密《しんみつ》な関係を築《きず》けたのだ。

一方で混乱《こんらん》してもいた。憎《にく》むように命じられている動物と仲良くしていいのか、という混乱。

ややあって、デイヴがぼくの物思いをさえぎった。

「リチャード？」

「うん？」

「ちゃんと話せるようになったね！」

ぼくはどぎまぎして、彼《かれ》を見た。

「ほんとに？」と、ぼく。たしかにデイヴのいうとおりだった。

吃音《きつおん》はぼくの人生の一部だった。どう努力しても治らない癖《くせ》だった。他人（とくにおとな）のまえで話さなければならなくなると、緊張《きんちょう》して言葉が喉元《のどもと》でもつれてしまうのだ。でもいまは、ごくふつうの子供《こども》みたいにデイヴと楽しく話をしている。その瞬間《しゅんかん》、ぼくは彼にすごく感謝《かんしゃ》した。

デイヴとぼくのあいだに感謝の念が生じることなどめったになかったし、正直なところ、彼に感謝されるようなことをぼくはいちどもしたことがなかったように思う。彼は家庭内での自分の立場をわきまえていたし、ぼくも自分が家庭内でどういう役割《やくわり》を課せられているか承知《しょうち》していた。ひどい話ではあるが、家庭のルールには従《したが》うしかなかったのだ。ぼくがデイヴに親切にしてあげたことは、ほとんどなかった。

ぼくたちが短いながらも意義《いぎ》のある会話を交わしたことを、母さんは知らない。あのときのことは、なつかしい思い出としてぼくの胸《むね》にある。

母さんがデイヴに度をこした仕打ちをした日のことは、強烈《きょうれつ》に頭に焼きついている。ぼくは六歳《さい》か七歳になっていた。あの日デイヴは、いつものようにキッチンテーブルの下で犬の皿から食事をとっていて、ほかの家族は手のこんだ料理を食べていた。あのときのメニューは、たしかぼくの苦手なエビとカニだったはずだ。ぼくはシーフードが嫌《きら》いだったが、母さんは好きだった。デイヴはシーフードのにおいすらかいだことがなかったと思う。

いいよな、あいつは！　とぼくは思っていた。

夕食が終わると、ほかの兄弟たちは地下に行ったり、居間《いま》でテレビを観たりして思い思いのことをしはじめる。キースは一歳になるかならないかの赤《あか》ん坊《ぼう》だったから、ぼくの部屋のベビーベッドに寝《ね》かせられていた。ロスとスコットは例によって、すぐどこかに行ってしまい、母さんは〝わたしの家族〟の夕食を片《かた》づけろとデイヴをどなりつけた。母さんはことあるごとに、デイヴが家族の一員でないばかりか、どこの一員でもないことを彼に思い知らせていた。

キッチンに残っているのはぼくたち三人だけで、母さんが大声でデイヴに命令をしているあいだ、ぼくは母さんの注意をなんとか自分に向けようとしていた。母さんがいつもデイヴに目を向けていて、ぼくのことをほとんど見ていないことに、嫉妬《しっと》を感じていたのだ。〝It〟なんか放っといて、ぼくに言葉をかけてほしかった。

母さんはその日も機嫌《きげん》が悪く、例によって、一日中お酒を飲んでいた。そのときは、夕方の六時をとっくにまわっていた。ぼくはしきりと母さんに注目してもらおうとしたが、事態《じたい》が好転することはなかった。母さんはデイヴをどなりつづけ、もっと一生懸命《いっしょうけんめい》やりなさいと命じていた。ぼくが注意を引こうとすればするほど、母さんは荒《あ》れ狂《くる》っていった。

「もっとはやく！」

「聞こえないの？」

「もっとはやくしなさい！」

「できなかったら、殺すからね！」

ぼくをぞっとさせたのは、母さんのおどしの言葉でもドスのきいた声音でもない。母さんが右手に持っているナイフだった。さっきからずっと、ふりまわしている。

つぎの瞬間《しゅんかん》のことだった。

母さんがいきなりではあったが、しっかりした足取りでまえに進み、彼《かれ》のまえに立った。ぼくに背中《せなか》を向けている。まるでぼくの視界《しかい》をさえぎって、ひそかになにかをたくらんでいるみたいに。

ぼくの目に映《うつ》ったのは、前かがみになったデイヴの恐怖《きょうふ》にゆがんだ顔と、その目に浮《う》かんだ痛《いた》みだけだった。胸元《むなもと》に両手を当てている。指のあいだから血がにじんできていた。ぼくは体内にアドレナリンが駆《か》けめぐるのがわかった。しかし、ぼくの感じた不安やおののきも、デイヴの目に浮かんだ混《ま》じりけのない恐怖にくらべれば、たいしたものじゃなかった。

「母さんが〝It〟を刺《さ》した！」

「母さんが〝It〟を刺した！」

「母さんが〝It〟を刺した！」

ぼくは、パニック状態でくり返した。

母さんは酔《よ》いが急に醒《さ》めたように、能面《のうめん》のような顔になった。ぼくの悲鳴を無視《むし》して、落ち着いた様子でデイヴの腕《うで》をとりバスルームに連れていく。あとについていったぼくは、身の毛もよだつ光景を目にした。母さんが血にまみれた傷口《きずぐち》をそろそろと開いて深さをたしかめ、古いぞうきんをあてがっていたのだ。母さんはてきぱきと手を動かしていた。それから数分ばかり、感情《かんじょう》をまったく押《お》し殺して行動していた。

「母さんが、〝It〟を殺した！」

「母さんが、〝It〟を殺した！」

「母さんが、〝It〟を殺した！」

ぼくは恐怖《きょうふ》のあまり、気が狂《くる》ったみたいにくり返した。

母さんがデイヴを刺《さ》したことはまちがいなかったけれど、そんなことをほんとうにするなんて、信じられなかった。ぼくは呆然《ぼうぜん》とその場に立ちつくしていた。こんなことが、あっていいのか。母さんがこんなことをするなんて、ひとを殺すなんて、信じられない。相手は〝It〟だけど、母さんの息子であることには変わりがないのだ。いつか母さんがだれかを殺すのではないかと以前からおびえていたけど、それが現実《げんじつ》になった。

と、そのとき母さんが手をとめた。まるっきりの無表情《むひょうじょう》で、あっちに行ってなさいとぼくに命じた。ぼくは急いで自分の部屋に退散《たいさん》した。母さんから急いで退散した。命がけで退散した。母さんは、ひとを殺す力を持っている。あのときのぼくは、兄さんがバスルームで出血多量で死んでしまうかもしれないということよりも、自分もやられるかもしれないという予感におびえていた。

それからの数日間、デイヴは暗い地下室の洗濯機《せんたくき》に寄りかかっていた。胸《むね》の傷口《きずぐち》からにじみでてくるじゅくじゅくした液体《えきたい》をふきとるとき、痛《いた》みに体を縮《ちぢ》こまらせてふるえていた。

デイヴには助けが必要だとぼくが切実に感じたのは、そのときがはじめてだった。よそのひとに助けを求めるという考えが、ほんの一瞬《いっしゅん》だけ胸をよぎった。彼《かれ》が息絶《いきた》えて、この世から退場《たいじょう》するという不安は、ぼくが彼の役割《やくわり》を引きうけさせられるという現実的《てき》な問題と直結していたのだ。

デイヴには生きていてほしい。

デイヴには生きていてもらわなきゃ、困《こま》る。

兄弟を失うのは悲しかったが、それよりも彼が死ぬことのほうがこわかった。だけど、兄さんに生きていてもらいたかったのは、彼の代わりに湿《しめ》ったコンクリートの床《ゆか》に横たわり、この一晩《ひとばん》を耐《た》えぬけるかどうかとおびえる立場になりたくなかったからだ。

それからの数日間、ぼくはデイヴにひそかに注意をはらっていた。彼は彼なりに一生《いっしょう》懸命《けんめい》、傷の手当てをしていた。感染症《かんせんしょう》にかかっても、必死で耐《た》えていた。お医者さんに診《み》てもらわなかったから、あの夜キッチンで起こったことを知っているのは、家族だけだった。

じきに、なにもかもがふつうに戻《もど》っていった——すくなくとも、ぼくたちにとってはふつうの状態《じょうたい》に。デイヴは以前のように、母さんの命令にきちんとこたえられるようになった。母さんはこれまでのペースをけっしてゆるめなかったし、わが子を殺しかけたことを後悔《こうかい》している様子はいっさいなかった。

母さんはいままで以上に、あからさまに兄さんをいじめるようになっていた。いやそれとも、ぼくが物事をはっきりと理解《りかい》するようになっただけなのか。母さんはきっと、数年前からデイヴを殺そうと計画していたのだ。キッチンでの身も凍《こお》るような事件《じけん》から、母さんが想像《そうぞう》を絶《ぜっ》するような行動に出ることを、ぼくは知った。母さんのそばにいるのが恐《おそ》ろしかった。地下室の隅《すみ》っこに追いやられて母さんににらまれるくらいだったら、地下室の階段《かいだん》の下に潜《ひそ》んでいる怪物《かいぶつ》につかまるほうがまだましだった。

キッチンでの一件《いっけん》のあと、一九七二年のクリスマスから間もなくして、デイヴに関する思い出は途切《とぎ》れる。ぼくは八歳《さい》になっていた。ある日どういうわけか、キースとぼくをサンフランシスコのデニスおじさんの家に何日かあずけると、母さんがいきなりいいだしたのだ。

「キースとぼくは、向こうで何をするの？　ぼくたちふたりをよそにあずけて、みんなは

「何をするの？」ぼくは訊《き》いた。

キースとぼくがデニスおじさんの家にあずけられるということ自体、奇妙《きみょう》だった。母さんはおじさんを嫌《きら》っていたのだ。子供《こども》のしつけについて、母さんに電話でお説教をする人間はデニスおじさんだけだった。自分のやり方に反対する人間を、母さんは嫌っていた。だから母さんがおじさんに頼《たの》みごとをしたのは、すごく驚《おどろ》きだった。

デニスおじさんは厳《きび》しい男のひとで、狩《か》りが好きだった。家の居間《いま》にはおじさん専用《せんよう》の椅子《いす》があって、おじさんの許可《きょか》なしにはだれもすわれなかった。椅子の左側には、きれいに磨《みが》かれてラッカーを塗《ぬ》った切《き》り株《かぶ》のテーブルが置いてあった。壁《かべ》には真鍮《しんちゅう》の鴨《かも》がいくつも飾《かざ》られていた。おじさんは、鴨が好きだったのだ。家のインテリアは、鴨のイメージで統一《とういつ》されていた。おじさんは仕留《しと》めたばかりの鴨から羽をむしる方法を、ぼくに教えてくれた。ぼくはこっそり羽をくすねて、ちいさなビニール袋《ぶくろ》に入れた。

母さんのきょうだいの家にお世話になっているのは、妙《みょう》な感じだった。

何かが起こっていることはわかっていた。でも具体的なことまでは、見当がつかなかった。はっきりしているのは、恐怖《きょうふ》を感じていることだけ。なにも教えてもらえないのがこわかった。

母さんはついにやったのだろうか？　例のナイフを、ぼくは思いだした。

こんどこそ〝It〟を殺したのだろうか？

それとも、だれかべつのひとを殺したのか？

おじさんの家にいるあいだ、年上のいとこがいっしょに遊んでくれたけど、ぼくたち一家になにが起こったのか、彼《かれ》が知っているとは思えなかった。そのいとこに助けを求めたかったが、こわくてできなかった。どうしたらいいのか、まったくわからない。慣《な》れ親しんだ環境《かんきょう》から引き離《はな》されたぼくは、おじさんの家にいるあいだ、事実をなにも教えてもらえなかった。いとこはそれほど心配していない様子で、ぼくたちが何日もあずけられている理由に関心がないようだった。

一番年上のいとこはショーンという名前で、ぼくよりもすくなくとも十歳《さい》から十二歳年上だった。おじさんの家の地下にあるビリヤード台を自由に使っていた彼は、ビリヤードをしてもいいとぼくにいってくれた。ぼくはルールをまったく知らないのに。ショーンはロスにとても似《に》ていて、ぼくとぼくの弟をかわいがって辛抱《しんぼう》づよく遊んでくれた。

母さんは毎晩《まいばん》ぼくたちを迎《むか》えにきて、翌朝《よくあさ》のはやい時分にまたぼくたちをおじさんにあずけていった。それが四、五日つづいた。

キースとぼくをデニスおじさんの家にあずける最後の日、母さんは早起きをしてシャワーを浴び、髪《かみ》をセットした。それから、おしゃれな黒いワンピースを着た。まるで別人みたいだった。きちんとした格好《かっこう》で、昔の写真の母さんみたいに幸せそうにすら見えた。母さんが以前の母さんに戻《もど》ったのではないかという淡《あわ》い期待が、一瞬《いっしゅん》ぼくの胸《むね》を横切った。車から降《お》りるとき、ぼくは勇気をふりしぼってきいてみた。

「どうしてぼくたちは、おじさんの家にあずけられているの？　なにがあったの？」

母さんの返事は、そっけなかった。

「デニスおじさんのいうことをきいて、いい子にしてるのよ！　わたしの家族の未来が、この数日にかかっているんだから」

母さんはぼくをほかの兄弟から引き離《はな》したくなったときに、よく「わたしの家族」という言葉を口にしたけれど、そのときは本気で、ぼくのことを家族の一員と認《みと》めていなかった。それまでは、つねに兄さんに目を光らせて母さんに情報《じょうほう》を提供《ていきょう》してきたから、ぼくはかろうじて母さんの〝家族〟の一員でいられた。実の兄を窮地《きゅうち》に追いこめば自分は安全だという考えを、母さんはぼくにうまく植えこんだのだ。それがいまや、母さんはぼくがのけ者の気分を味わうように周到《しゅうとう》に仕向けている。おそらくデイヴが味わっていたのとおなじ思いを、ぼくにさせようとしている。のけ者にされて、ひとりつまはじきにされている、という思いを。

おじさんの家にお世話になった最後の日、母さんが迎えにきたときに、ぼくは事情《じじょう》を説明してもらえると思っていた。キースとぼくだけがよそにあずけられていた理由を教えてもらえる、と。でもいつものように、母さんはなにもいわなかった。

そしてまた、母さんが深酒をして、深夜に家のなかをうろうろ歩き回るいつもの生活がはじまったのだった。

家に戻《もど》った次の日、ぼくは兄さんたちの話を小耳にはさみ、〝It〟がもはや帰ってこないことを知った。

その話を耳にしたとき、ぼくはとっさに予感が的中したのだと思った。母さんがついに〝It〟を殺したのだ。ついに、一線を越《こ》えてしまったのだ。

彼《かれ》が殺されたのだと思うと、恐《おそ》ろしかった。母さんだったら人を殺しかねないと思いながらも、まさか実行はしないだろうという希望を捨《す》てきれなかったのだ。

翌日《よくじつ》の午後、〝It〟は死んでいないと母さんから聞かせられた。

「お巡《まわ》りさんに連れていかれたのよ！」母さんは誇《ほこ》らしげに言った。

〝It〟はひとの命令を聞かずに反抗《はんこう》するから、子供《こども》の刑務所《けいむしょ》のようなところに入れられて、ひどい惨《みじ》めな思いをしているのだ、と母さんはぼくに説明した。

その日の夜、ベッドのなかでデイヴのことを思いだして罪《つみ》の意識《いしき》に苦しんでいると、この先どうなるかわからない不安と恐怖《きょうふ》が胸《むね》に芽生えてきた。何度となく見る悪夢《あくむ》が、現実《げんじつ》になったような感じだった。階段《かいだん》をずるずるすべり落ちて、ぼくを一口で飲みこもうとしている怪物《かいぶつ》のほうへ、いままさに向かっているような。ふいに、地下室と緑色の簡易《かんい》ベッドが目に浮《う》かび、そこで寝起《ねお》きしていた〝It〟に対していだいた幼稚《ようち》な嫉妬心《しっとしん》が、ひどくばかげたものに思えた。

時間がたつにつれ、不安はどんどんふくらんでいった。どうかぼくを許《ゆる》してください、デイヴの身代わりにならないようにしてください、と神様に祈《いの》る。ぼくは必死になってお祈りした。

でも、しばらくして気がついた。もし神様が存在《そんざい》するなら、デイヴやぼくがひどい目にあっているのを、黙《だま》って見ていたはずがない。神様なんか、ほんとはいないのだ。

そして、ぼくはひとりぼっちになった。

母さんがいざとなったらとんでもないことをしかねないことを、ぼくはすでに知っている。母さんは越《こ》えてはならない線を越えてしまったのだ。そしていま、自分がつぎの犠牲《ぎせい》者《しゃ》になることをぼくは確信《かくしん》した。

第4章 だれも助けてくれない

幼少時代《ようしょう》の願いや思いほど切実なものはない。ぼくの場合は、だれかが救いの手をさしのべてくれることを心から願っていた。当時のぼくは知らなかったが、母がしていることを偉《えら》いひとたちはじゅうぶん知っていたらしい。でも、母の暴走《ぼうそう》を食いとめる処置《しょち》はなにもなされなかった。だれも、なにもしなかったのだ。

ぼくは以前よりも、いろんなことがわかるようになっていた。デイヴが家を出ていく前はあまり意識《いしき》していなかったが、ぼくが彼《かれ》とまったくおなじ扱《あつか》いを受けているのではないことに気づくようにもなっていた。母さんとぼくはしょっちゅうケンカをしていた。ぼくは身に覚えのない罪《つみ》を着せられて、なぐられたり張《は》り倒《たお》されたりした。それだけのこと。ぼくはデイヴと自分のちがいを、あれこれ考えたりはしなかった。彼にはなりたくない、とつねに思っていただけ。彼が受けていたのとおなじ苦痛《くつう》は、味わいたくなかった。

ぼくは母さんに、けっしてかわいがってもらえなかった。母さんが子供《こども》を元気づけたり頼《たよ》りにしたりするとき、ぼくはその対象外となっていた。ロスとスコットのことは、母さんはいやな顔ひとつせずに面倒《めんどう》を見ていた。唯一《ゆいいつ》、ぼくがほかの兄弟とちがっていたのは、母さんのたったひとりの友人になっていたという点だった。ぼくは自分の失敗を隠《かく》すために、他人のミスを嬉々《きき》として母さんに伝えていた。この一点において母さんと手を組んでいるかぎり、母さんの怒《いか》りがべつのだれかに向けられることをぼくは知っていたし、ぼくはひたすらそれを願っていた。

キースとぼくがサンフランシスコのデニスおじさんの家にいるとき、デイヴがお巡《まわ》りさんに連れていかれたという母さんの話は、どうやらほんとうらしかった。学校に放火したという話を母さんから聞いたときは、すごく驚《おどろ》いた。盗《ぬす》み食いをしたり、嘘《うそ》をついたり、ほかの子供に口では言えないような暴力《ぼうりょく》をはたらいたり、先生にまでひどいことをしたりしたのだ、と母さんはいっていた。デイヴが姿《すがた》を消してから、母さんが話すデイヴの悪行は、日を追うごとに増《ふ》えていくように思えた。デイヴは、どうしてそんなことをやらかしたのだろう？　波乱《はらん》に満ちた人生を生きている彼《かれ》が、正直ちょっとうらやましかった。

でもじっさいのところ、ぼくは悲しみにくれていた。心の奥底《おくそこ》では、デイヴをさんざんひどい目にあわせていたことを自覚していたし、彼がぼくを憎《にく》んでいるだろうとも思っていた。でも罪《つみ》の償《つぐな》いは、もはやできない。なによりも、これまであからさまにすることを許《ゆる》されなかった兄さんへの愛情《あいじょう》を、もう伝えられなくなった。

ぼくたち兄弟はみな、あらゆる点で母さんを恐《おそ》れていた。ロスとスコットにしても、虐《ぎゃく》待《たい》を受けている〝It〟を目にしておびえていたと思う。あのふたりが〝It〟のようになぐられていたことは、ぼくが覚えているかぎりないが。

朝食にパンかシリアルを食べようと、ぼくはキッチンにはいっていった。うつろな気分で、地下室からよく聞こえていた泣き声やビンタの音が聞こえないかと耳を澄《す》ます。が、なにも聞こえてこない。

父さんが朝食のトーストを焼いてくれた思い出が不意によみがえった。父さんが家に戻《もど》ってくるのはまれなことで、たいていはすぐにまた出ていってしまうのをぼくは知っていた。

キッチンに立っていると、リビングの隅《すみ》のリクライニングチェアによくすわっていた父さんの姿を思いだした。リクライニングチェアの横には張《は》り出《だ》し窓《まど》があって、ベイエリアとゴールデンゲート・ブリッジが見わたせた。〝It〟がその日にしたことを、くどくどと母さんが報告《ほうこく》すると、父さんはいつも二言三言口ごもりながら言葉を返すだけだった。

「あの子に食事をさせてやれ。腹《はら》が減《へ》っているんだから」と、どなることもあった。

父さんでさえ、兄さんの名前を忘《わす》れていた。

父さんのことを考えているうちに、あのひとは憎《にく》むべき相手だということを思いだした。父さんは臆病者《おくびょうもの》だったと、母さんはぼくにいつも吹《ふ》きこんでいたのだ。父さんのことを話すとき、母さんはいつも過去形《かこけい》を使い、いつもいらだっていた。ぼくは母さんに賛成《さんせい》して、母さんとおなじ気持ちになることを求められていたから、おなじように父さんを憎んだ。なぜ憎むのかは、自分でもわかっていなかった。憎むように教えられたから、なんの疑問《ぎもん》ももたずにそうしていた。疑問をもつことがこわかった。

「父さんは、うちにふさわしくない人間なのよ！」母さんはよくそう言っていた。

朝食の皿をダイニングテーブルに置き、部屋にあがっていく。悲しい気分で、着ていく服を見つめる。この服は、もううんざり。いつもおなじ服装《ふくそう》だから、ぼくは毎日のように笑い者にされている。赤いコーデュロイのズボンと緑色の半そでのシャツ。この一年だけでも、何百回も着ている服だ。きょうは格別《かくべつ》に汚《よご》れている。きのう裏庭《うらにわ》の斜面で、ミニカー遊びをしたからだ。どうして洗濯《せんたく》をする時間がなかったのか、思いだせなかった。シャツを頭からかぶってズボンをはき、部屋を出る。

ロスとスコットはすでに部屋でしたくをすませ、ダイニングテーブルの前にすわっていた。ロスの朝食はいつものように、ポーチドエッグを乗せたトーストとジュース。〝母さん〟が愛情《あいじょう》をこめてつくった手料理だ。もうちょっとコショウが少ないほうが、ぼくはいいんだけどな。いつものように、その朝食を自分が食べるところを想像《そうぞう》する。スコットはポーチドエッグを乗せたトーストではない。彼《かれ》はいつも、その日その日でメニューを変えていた。注文すると、母さんがすぐにつくってくれる。ぼくは自分で工夫して、朝食を用意しなければならない。それも、用意することを許《ゆる》される日にかぎってのことだ。母さんから逃《のが》れるために、着替《きが》えをしてから朝食抜《ぬ》きですぐに家を飛びだすこともある。デイヴがいなくなってから、母さんは朝になると頻繁《ひんぱん》にぼくを叩《たた》くようになっていたのだ。

あれこれとめどもないことを考えながら、テーブルにつく。デイヴがいなくなる前のことを思い出そうとして、わけがわからなくなる。

いまやぼくは、母さんの許可《きょか》なくしては、なにもできない。母さんにおうかがいを立てなければディナーは食べられないし、お風呂《ふろ》にもはいれない。なにひとつ、自由にすることができない。

最近は、夕食のときキースのお皿に料理が盛《も》られて彼が食べはじめるまで、ぼくは食事に手をつけてはいけないことになっている。

「キースはまだなのよ。待ってなさい」母さんがどなる。

母さんの言うことに、ぼくは口答えをしなかった。ぼくはなにに対しても、口答えをしないのだ。キースが食事を終えたら、その時点でぼくも食べるのをやめなければならない、と母さんはいう。キースが食べおわると彼《かれ》の皿を片《かた》づけて、同時にぼくのお皿も片づけてしまう。

キースが食べはじめてからでないと食事をはじめられないのだから、ともかく早食いするしかない。ほかの三人は、これまでと変わらないペースで食べていた。ぼくはたいてい、お仕置きを受けているのは自分がなにか悪いことをしたからだと思っていたが、母さんはなにが悪かったのかけっして教えてくれなかったし、ぼくもこわくて訊《き》けなかった。

デイヴがいなくなったいま、母さんは彼を殺そうとしたように、ぼくを殺そうとするのではないかと思うと、こわくてならない。彼にしていたように、ぼくを動物扱《あつか》いするのではないかと思うとこわくてならない。こんどはぼくが、母さんの〝It〟になるような気がして、こわくてならなかった。

母さんはキッチンで、ぼく以外の息子のためにかいがいしく働いている。ロスのためにおいしい朝食を用意している。わが家のキッチンの床《ゆか》は黒とオレンジと緑の点々模様《もよう》がはいった、七十年代に流行したデザインだった。白い金属製《きんぞくせい》のテーブルと白いキャビネット、オリーブ色のガスレンジが置かれたキッチンで、母さんはてきぱきと朝食のしたくをしている。

ほんの一瞬《いっしゅん》、母さんがぼくのためになにかをつくってくれるところを想像《そうぞう》した。ロスとスコットにするように大事にしてくれたら、ぼくだってもっといい子になるのに。

ロスとスコットは、きれいな服を着ている。ロスは教科書がよごれないように、学校で買ったブックカバーをつけている。ぼくのブックカバーは、紙袋《かみぶくろ》を教科書のサイズに切って、自分でつくったものだ。ぼくはうまくブックカバーをつくることがどうしてもできなかった。

母さんがやってきて、ぼくのトーストの皿をいきなり取りあげた。はっとして、われに返る。ぼくの前で、ロスが朝食とジュースを口にしている。長男なのに母さんに立ち向かわない彼に、腹《はら》が立つことがときたまある。ロスはまだおとなじゃないけど、ぼくのために立ち上がってくれる人物といったら、彼しかいない。

兄さんは、よくも黙《だま》って見ていられるな？　ぼくは心のなかで毒づいた。兄さんにどなって、行動を起こすようにたきつけたらどうなるか、試してみたかった。

母さんに刃向《はむ》かってよ！

なにか行動を起こしてよ！

この願いを声に出して伝えたいと思えば思うほど、怒《いか》りがつのっていく。

やがてロスは注意ぶかくちらっとぼくを見て、母さんがこちらに目を向けていないのをたしかめた。それからグレープジャムのついたトーストの切《き》れ端《はし》をわたしてくれたから、ぼくはそれをテーブルの下に隠《かく》した。ロスは静かにほほえんでいる。ぼくの気持ちを察して、思いやってくれたのだ。

怒りはすぐに消えた。兄さんが味方になってくれれば、おなかが空いていても、耐《た》えられる。憎《にく》しみが、満ち足りた気分にとってかわった。お腹《なか》いっぱい食事をしたみたいに。ロスに笑《え》みを返すと、母さんがダイニングにはいってきた。ぼくたちは母さんにいまのやりとりを気取《けど》られないように、澄《す》ました顔をした。トーストの切れ端とかすかな笑みだけで、怒りは忘《わす》れられた。ロスとぼくは心の通いあった兄弟だった。

ぼくは席を立つと、学校に行くまえのいつもの儀式《ぎしき》をはじめた。母さんにつかまらないように、家のなかを走りまわるのだ。ぼくは毎朝、母さんから逃《に》げまわっていた。残酷《ざんこく》なゲームみたいなものだ。ぼくはそれがゲームだと知っていたし、母さんもそう思っていたようだ。学校に行くまえ、母さんにお尻《しり》をぶたれたりビンタをされたりしないように、ぼくがいつも走りまわることを、母さんもぼくも当たり前のこととして受けいれていた。これが不愉快《ふゆかい》なゲームであることを相手は承知《しょうち》していると、たがいに思っていた。

「どうして、しょっちゅう家のなかを駆《か》けまわって、騒《さわ》がしくするんだよ」スコットはよくいっていた。スコットは、そのていどのことしか言わなかった。ほんとうは、なにもかもじゅうぶんに承知していたくせに。彼《かれ》は知らないふり、わからないふりを決めこんでいたのだ。ぼくが母さんの子分だったころのように。

「気づかせるために、やってるだけだよ」ぼくは声をひそめて、かみつくように答えた。

母さんからなんとか逃《のが》れて自分の部屋に戻《もど》り、以前から集めている家具や古いガラクタをながめる。ぼくはそういったものを所々に置いて、ぼくを追いかける母さんがその障《しょう》害物《がいぶつ》を避《さ》けるのに手間取っているすきに、時間をかせげるようにしていた。障害物をながめていると、疑問《ぎもん》に思わずにはいられなかった。この家はたしかに変わった。でも、母さんのことはいまひとつわからない。

逃げるぼくを本気でつかまえたいのだったら、ぼくが学校に行っているあいだ、なぜこの家具を始末しないのだろう？　身を守る唯一《ゆいいつ》の手段《しゅだん》をぼくから奪《うば》ってしまうのは簡単《かんたん》なのに、母さんはそれを実行しない。

ぼくはいたるところにおいてある家具をながめた。すべて、近所のゴミ捨《す》て場で拾ってきたものだ。ブーメランの形のパイン材のテーブル、ガラス扉《とびら》のついた黒いラッカー塗《ぬ》りのこわれたステレオキャビネットが、中央に置いてある。ほかにも、オレンジ色のサイドテーブルが二脚《きゃく》。ガラクタの山の外には、縁《ふち》に銀色の金属を張った、中くらいの大きさの薄《うす》い黄色のフォーマイカのテレビスタンドがある。母さんに追いつめられてピンチに立たされたとき、最後に身を隠《かく》す場所だ。そのテレビスタンドがあると思うと安心できたから、そこにずっと置いている。

助けてくれない兄さんたちを、うらむこともあった。母さんは毎朝、なにか口実をつくってはぼくを追いかけまわし、なぐろうとした。毎晩《まいばん》とまではいかないまでも、夜もそうだった。兄さんたちはそれを目撃《もくげき》していたはずだ。ふたりとも、ぼくが音を立てるのがうるさいだの、逃《に》げまどうぼくがテレビのまえを横ぎるから邪魔《じゃま》だの、文句《もんく》をいっている。兄さんたちは母さんがぼくを追いかけることを当たり前のように思っていて、ぼくの存在《そんざい》を意識《いしき》の外に締《し》めだしているようだ。

兄さんたちはぼくの存在を意識の外に締めだしているのだ。ぼくが〝彼《かれ》〟に対してそうしたように。

ぼくをおびえさせるためには、たえずなぐる必要はなかった。ほんのときたまなぐるだけで充分《じゅうぶん》だということを、母さんは知っていたはずだ。デイヴが痛《いた》めつけられるのを見ただけで、ぼくはじゅうぶんにおびえて、暴力《ぼうりょく》から逃《のが》れるためならなんでもするようになったのだから。だれかをなぐりたくなったとき、母さんにはいつでもデイヴがいた。デイヴが出て行ったいま、母さんはなぐる相手を必要としていて、その相手が自分であることにぼくは気づいていた。デイヴは逃げだしたけれど、ぼくはとどまっているのだから。

ぼくはまだうちにいて、だれも助けてくれようとしない。

「だれも助けてくれない」ぼくは声に出して言った。

第5章

二番目の“It”

デイヴがフォスターホームに引きとられて、あたらしい生活を――虐待《ぎやくたい》されない生活をはじめたことを知ったのは、彼《かれ》が去ってから何年もたってからのことだった。ぼくたちの家と暮《く》らしから引き離《はな》された彼が、さよならをいいたくてもいえる状況《じようきよう》になかったことを、いまでは理解《りかい》できる。当時は、ぼくたちを残して出て行った彼に裏切《うらぎ》られたといつも感じていた。あの子は刑務所《けいむしよ》に入れられたと母は何度もいっていたが、うちにくらべたら刑務所のほうがまだましだとぼくはつねに思っていたのだ。

二年生になった八歳《さい》のころ、向かいの家の窓《まど》をたしかめるのが、毎朝の習慣《しゆうかん》となった。そこは親友のジョッシュの家で、彼にはきょうだいがふたり――ケヴィンとドナ――がいた。ジョッシュとぼくは、おなじ年だった。彼の両親のフレッドおじさんとスーザンおばさんは、いつも優《やさ》しくしてくれた。ぼくのうちで起こっている恐《おそ》ろしい出来事を知っているけれど、なにもしてあげられないとスーザンおばさんはぼくにいっていた。近所のほかのひとたちと同様に母さんのことが恐《おそ》ろしくて、子供《こども》を虐待《ぎゃくたい》していると真っ向から非難《ひなん》できなかったのだ。ぼくとしては、スーザンおばさんが知っていてくれるだけで充分《じゅうぶん》だった。ぼくが遊びにいくと、おばさんは頭を優《やさ》しく撫《な》でてくれた。すくなくとも、ぼくを心配してくれていることがわかった。母さんの話をしたいとぼくは思っていたし、おばさんもそうだったようだが、その話題を持ちだす勇気はふたりともなかった。

じきにスーザンおばさんは、ジョッシュが学校に行く準備《じゅんび》ができたことを報《しら》せる合図をぼくに送ってくれるようになった。ジョッシュのしたくが整うと、家の正面のブラインドを開けるのだ。その合図をたしかめてから、ぼくは家を出る。合図をするようになったのは、ぼくを迎《むか》えに行くのがいやだとジョッシュがいったからだ。ぼくの親友もまた、母さんを恐れていた。リチャードの家に近寄《ちかよ》ってはいけないと、彼《かれ》は両親にいわれていた。

最初はショックだった。一番の親友がぼくを避《さ》けるようになったのは、いろんな変化が起こっているせいだ。ほんのささいな変化だけど、あまりにも多くのことが変わったから、まるで一晩《ひとばん》のうちに変わったような感じだった。近所のひとたちがぼくを見る目つきといい、先生たちがしじゅうこっちをうかがって、ぼくのことについて話している様子といい、とても居心地《いごこち》が悪かった。親友とその家族が、手の平を返したように態度《たいど》を変えたわけじゃない。でも、ぼくの家族のひとりがいなくなったことに近所のひとたちが気づくようになったころ、周囲は変わりはじめた。

ある日、ぼくはいつものように自室の窓際《まどぎわ》にある机《つくえ》にすわって、向かいの家の合図を待っていた。そうしながらも、ジョッシュと彼の家の様子をぼんやり空想していた。

スーザンおばさんは、子供たちに朝食をつくるのか？

ジョッシュたちは、おばさんから逃《に》げる必要があるのだろうか？

いつの間にか、母さんが足音を忍《しの》ばせて部屋に来ていた。長年にわたって痛《いた》い目にあってきたから、ぼくの腕《うで》や脚《あし》をつかもうとして母さんがこっそり近づいてきたとき、ぼくはその気配を敏感《びんかん》に感じとれるようになっていた。だからたいてい、母さんに叩《たた》かれる前に逃げだしていた。

母さんはスーザンがブラインドを開けたわよといいながら、ぼくの腕をつかまえようと手を伸《の》ばした。スーザンおばさんはそのとき、玄関《げんかん》から顔を出してこっちを見ていた。ジョッシュとぼくが無事に学校に行くのを、見届《みとど》けようとしているようだ。

立ちあがって、逃げなきゃいけない。ローレンスの家をぼんやりながめていたために、ぼくはブラインドに気づかなかった。床《ゆか》に飛びおりたぼくは、何週間かまえに拭《ふ》き掃除《そうじ》をしてからホコリが積もりっぱなしになっていた堅《かた》いフローリングに、足をすべらせてしまった。母さんが手を伸《の》ばしてぼくをつかまえたが、力はそれほどこもっていなかった。
ぼくは恐怖《きょうふ》に見舞《みま》われて、パニックにおちいった。必死にもがいて、母さんの手をふり払う。それからすかさず立ちあがって、追いかけてくる母さんから逃《に》げようと、部屋のなかをぐるぐるかけまわった。ブーメラン型のテーブルと机《つくえ》のまえのナイトテーブルの横をかけぬける。ベッドとナイトテーブルのあいだには、ぼくひとりが向きを変えて走りぬけることができる六十センチほどのすき間しかない。ベッドの真横には古ぼけたステレオキャビネットがあって、その向こう側へまわりこんでいく。キャビネットとその向かいのクロゼットとのスペースは、わずか三十センチほど。かろうじて走りぬける空間しかない。心臓《しんぞう》がどきどきしたが、そのおかげで母さんから必死で逃げることに集中できたし、逃げるスピードも速くなっていった。

母さんは口汚《くちぎたな》い言葉を吐《は》きちらしながらキャビネットを横にどかし、追いかけてくる。狭《せま》い部屋には拾い集めたガラクタが所せましと置いてあるが、きょうもまたそのガラクタに助けられた。逃げるあいだ、ぼくはずっと口を閉《と》ざしていた。悲鳴をあげたり大声で助けを求めたりすると母さんがいっそう腹《はら》を立てることを、経験《けいけん》から知っていたのだ。

ぼくは一階に降《お》り、母さんの寝室《しんしつ》とバスルームを通りすぎてキッチンにかけこんだ。逃げるスピードが、ぐんぐんあがっていく。自信がわいてきて、ロスに朝食をわけてもらったときとおなじ気分になった。うまくいくこともあるんだ、と愉快《ゆかい》な気持ちになっていた。ダイニングテーブルにもぐりこむ。そのままテーブルの向こうがわに出て、母さんをうまくかわすつもりだった。でも、そうスムーズにはいかなかった。慎重《しんちょう》にもぐったつもりだったが、テーブルの下にしまいこまれていた椅子《いす》の脚《あし》にひざをぶつけてしまったのだ。

ぼくは立ちあがると、できるだけはやくリビングにかけこんだ。心臓《しんぞう》がばくばくして、恐怖がパニックに変わっていく。ふり返ったが、母さんの姿《すがた》は見えなかった。と、そのとき、母さんがぼくの腕をつかんだ。片手《かたて》でぼくの腕をぎゅっとつかみ、もう片方の手にキッチンの椅子を持っている。母さんは、玄関《げんかん》のドアの真向かいに椅子を置いた。きょうはいったい、どんなひどいお仕置きをするつもりなのだろう？　ぼくは身をよじって、放してくれと訴《うった》えた。

「ぼくはなにもしていないよ」ぼくは泣きさけんだ。

母さんにどのくらい追いかけられていたかは、わからない。家のまえでぼくを待っていたジョッシュが、玄関まで来たようだ。ベルの音がして、ぼくは悲鳴をあげた。

「来ないで！」

母さんはこれでもかというくらいに力をこめて、ぼくの腕をつかんでいる。つぎになにをされるか察して、ぼくは身をよじって逃げようとした。母さんが玄関のドアを開けた。

ドアの外にいたジョッシュがリチャードの支度《したく》はできていますかと、母さんをけっして見ることなく言った。ジョッシュはひたすらぼくに視線《しせん》を向けていた。母さんの手を振《ふ》り払《はら》おうと、バランスを崩《くず》した姿勢《しせい》で立っているぼくを。つかまれた腕《うで》は、いまや真っ赤になっている。

「ちょっと待っててちょうだい」母さんが猫《ねこ》なで声でジョッシュにいった。

子供《こども》のために愛情《あいじょう》をこめてつくったランチに手を伸《の》ばす、ウォーリー・クリーバーのお母さんみたいに、母さんは汚《よご》れた緑色のシャツをぼくの頭までたくしあげた。でも、完全には脱《ぬ》がせない。シャツはぼくの腕のところでとどまっている。万歳《ばんざい》の格好《かっこう》で手をあげ、視界《しかい》をとざされたぼくは、自分がどちらの方向を向いているのかもわからなかった。それから母さんはぼくのズボンを下ろし、ジョッシュの前でパンツ一枚《まい》の格好にした。死ぬほど恥《は》ずかしかった。ぼくはまたもや、無言だった。

母さんはそれから椅子《いす》にすわり、ぼくをうつぶせにしてひざに乗せると、お尻《しり》を叩《たた》きはじめた。なにもいわずにバンバン叩きつづける。一定のリズムが出てくるにつれ、ますます力が込《こ》もってくる。母さんはぼくのお尻をたたきながら鼻歌をうたっていて、ジョッシュの視線もぼくの悲鳴も、いっさい気にしていない。ついにジョッシュが、お尻を叩く音に負けないくらいの大きな声で、遅刻《ちこく》するのでぼくはもう学校に行きますといってうちのステップを降《お》りていった。すると母さんはお尻を叩くのをやめ、ぼくは床《ゆか》にくずおれた。シャツを顔までめくられていたから、なにも見えない。とりあえず手探《てさぐ》りでズボンを引きあげ、玄関《げんかん》に向かった。

ジョッシュはいつものようにぼくを待っていてくれた。いま目撃《もくげき》した事件《じけん》については、なにもいわなかった。親友だから、ぼくの気持ちを気づかってくれたのだと思う。通学のとちゅう、ぼくたちはいまの出来事がなかったかのようにふるまった。ジョッシュは朝のお仕置きを目撃しても、いつもそのことには触《ふ》れずに、ぼくとべつの話をしてくれるのだった。

数分前に真っ赤になるまで叩かれたお尻に木綿《もめん》のパンツがこすれて、すごくひりひりする。お尻を叩かれたのははじめてじゃないけど、その日はとくに痛《いた》かった。恐怖《きょうふ》に引きつったジョッシュの顔を思い出すと涙《なみだ》がこみあげてくる。でもぼくは、涙をこらえていた。あんな光景を見せられて、ジョッシュはますますぼくから遠ざかっていくだろう。そう思うと、泣きたかった。母さんから逃《に》げだせなかった自分が情《なさ》けなくて、泣きたかった。徹《てっ》底的《ていてき》に痛めつけられて、泣きたかった。

ジョッシュとぼくは、いつも特別なルートで学校に通っていた。クレストライン通りからウエストモア通りに出て、エッジモント通りを公園沿《ぞ》いに歩いていくルートだ。ウエストモア公園は木立に取り巻《ま》かれた公園だった。うっそうとした緑に囲まれた通学路は、そのルートを使っていた数多くの子供《こども》たちがつくった道だった。こんもりとした木々が隠《かく》れみのになるから、好きなだけ走ったり大声をあげたりできる。

でもきょうは、そんなことはできなかった。ぼくはジョッシュに、これ以上歩けないよと告げた。ちょっと休まなきゃ、だめみたいだ。ジョッシュはうなずいて、いつものようにぼくが遅刻《ちこく》すると先生にいっておいてあげると約束してくれた。ジョッシュはいつも、先生に報告《ほうこく》する役目をこころよく引き受けてくれた。ぼくが遅刻する口実をあれこれ考えるのは苦手みたいだったけど、ぼくの頼《たの》みはいつだって聞いてくれた。

木立の通学路は、ウエストモア高校のサッカー場のはずれに接《せっ》していた。そのサッカー場のはずれで、ぼくはよくあおむけに寝転《ねころ》んで、理想の家族を空想した――だからその日も、そこに寝転んで一休みした。自分が空想の世界にひたりすぎているのはわかっている。でも、どうすることもできなかった。自由をちょっとだけ夢《ゆめ》見るだけのこと。『ゆかいなブレディ家』をちょっと夢見るだけのことだ。

どうしたら、あんなに幸せな家族になれるのだろう？

ぼくは思わず立ちあがり、声をかぎりに叫《さけ》んでいた。

「ぼくはまだ子供なんだ。いじめないでよ！」

だれに向かって叫んでいるのか、自分でもわからなかった。神様に向かってだったのかもしれない。でも、ぼくが声に出して叫ぼうが、心のなかで救いを求めようが、そのひとは沈黙《ちんもく》していた。ぼくのなかで神さまは、名目だけの架空《かくう》のものになりつつあった。ぼくが叫んでいたのは、母さんに向かってだったのかもしれない。あるいは、自分に向かってだったのか。

ふつうの家庭の子供になりたかった。一生懸命《いっしょうけんめい》に働いて毎晩《まいばん》きちんと家に帰る父親と、家族を気づかい、愛情《あいじょう》と思いやりをもって夫や子供が必要なものを用意してくれる母親がいる家庭。こんなひどい目にあっているぼくは、きっと悪い子なんだ。罰《ばつ》を受けて当然のことをしたんだ。

自分は価値《かち》のない人間で、生きている資格《しかく》もないとぼくは感じていたけれど、それはほんとうのことにちがいない。

その日もまた、自分は母さんにいわれているとおりの人間なんだと確信《かくしん》したぼくは、しばらくしてから起きあがり、学校に向かった。

母さんはいつも、デイヴはお巡《まわ》りさんに連れて行かれたのだ、といっていた。それはある意味で真実だったけれど、母さんの話は事実をかなりゆがめたものだった。

デイヴがいなくなった当時は真実を知らされていなかったから、校長室に呼《よ》ばれるたびに、悪いことが起こるんじゃないかとびくびくしていた。ぼくは頻繁《ひんぱん》に校長室に呼ばれていたのだ。学校の先生たちがほんとうに心配していて、ぼくを救いだすだけの力を持っていることをすこしでも感じとっていたなら、ぼくはなにもかも正直に話していただろう。学校の先生たちは警察《けいさつ》や州の福祉課《ふくしか》とコンタクトをとってデイヴを助けたのだから、ぼくは助けを求めるべきだった。でも、そうしなかった。

州の福祉課は、うちの五人兄弟のなかのひとりを保護《ほご》しただけだった。三十年近くたったいまでも謎《なぞ》だが、どうしてひとりしか保護しなかったのだろう。自分の子供《こども》を何度となく殺そうとした、残酷《ざんこく》で血も涙《なみだ》もない母親が虐待《ぎゃくたい》の対象にしていたのはひとりの子供だけだと、州のひとたちは本気で思っていたのだろうか？　母さんのような狂《くる》った病的な人間が、なかば習慣《しゅうかん》となった虐待と暴力《ぼうりょく》をやめられると、本気で思っていたのだろうか？　彼《かれ》らが保護したのはひとりだけで、残ったぼくたちは見殺しにされたのだった。

消防署《しょうぼうしょ》の角から道路をわたって学校の敷地《しきち》にはいり、フェンス沿《ぞ》いに歩いて裏手《うらて》の草が生えている場所を抜《ぬ》けて校舎《こうしゃ》に向かうのが、ぼくの通学ルートだった。草が生えている場所は、フェンスのはずれにあった。そこはいつも〝襲撃《しゅうげき》〟の場所だった。フェンスのはずれに近づくと、いつも心臓《しんぞう》がばくばくして掌《てのひら》に汗《あせ》がにじんでくる。そこを通るのは、すごくこわかった。

三人の子供がぼくの通学ルートを知っていて、いじめる機会をつねにうかがっていたのだ。フェンスのはずれでぼくを待ちうけ、茂《しげ》みのなかからいっせいに飛びだしてくる。最後には決まって、茂みにどんと突《つ》き飛ばされた。三人はげらげら笑いながら、校庭に走りさっていく。ぼくのズボンはたいてい家を出る時点ですでに汚《よご》れていたから、立ちあがって突き飛ばされたときについた泥《どろ》をぬぐうときは、それほどみじめな気分にならなかった。毎朝ランチのチケットをもらうために列に並《なら》んでいるときでさえも、何人かでかたまった児童から「薄汚《うすよご》れた服を着ているチビ」とばかにされた。腹《はら》が立つと同時にいたたまれない気分になった。

「こいつ、一年中おなじズボンはいてるぜ」

「服を買えないほど貧乏《びんぼう》なんだ」

「母親が飲んだくれなんだってさ！」みな、口々にいっていた。母さんのことを悪くいわれても、気にならなかった。ただ、服のことをばかにされたのが、恥《は》ずかしくてならなかった。

学校のチャイムが鳴っている。一時間目がはじまるチャイム。でもぼくはすでにその時点で、家に帰るのがこわくなっていた。きょうのぼくは、どこか変らしい。ほかの子供も、ふだんほどからかいの言葉を浴びせてこない。きっといつも以上に、みじめな様子をしているのだろう。ぼくの自尊心《じそんしん》は、もうすっかり消えてしまっている。なにかに注意を払《はら》うのも、集中しているふりをするのも、めんどうくさい。いまはただ机《つくえ》に突《つ》っ伏《ぶ》して、居眠《いねむ》りをしたい。じっとしていなきゃいけないから。――パンツの生地が肌《はだ》にちくちくこするのだ。今朝さんざんたたかれたお尻《しり》には、かさぶたができていた。と、そのとき、校長室に行くように先生にいわれた。この数週間、ほぼ毎日のように呼《よ》びだされている。先生たちはきっと母さんとおなじように、ぼくが悪い子だから見張《みは》る必要があると思っているんだ。ぼくがしょっちゅう、問題を起こすと思っているんだ。母さんがきっと、ぼくのことを問題児だと先生たちにいっているのだろう。デイヴのこともよくそういっていたから。

校長室には、あまり長くいなかった。ぼくはほとんど聞き役だったけど、話の内容《ないよう》はほとんど聞いていなかった。ほんの数分で、教室に戻《もど》りなさいといわれた。

校長室の先には図書室があった。ぼくが唯一《ゆいいつ》、くつろげる場所だ。好きな本をとって片隅《かたすみ》にすわり、ひとり心行くまで本のなかの未知の世界にひたることができる。冒険物《ぼうけんもの》や、宇宙《うちゅう》や好きな動物についての本が、ぼくのお気に入りだった。きょうも人目につかないようにしのびこむと、すでにどこかのクラスが図書館での授業《じゅぎょう》をはじめていた。隅《すみ》っこに行って、おもしろそうな本を物色する。これはと思う本を手にとってから、日当たりのいい場所はないかと部屋を見まわす。きょうもまた、いい場所が見つかった。細長い窓《まど》のそばにすわる。そこは朝の日の光が射《さ》しこんで、ぽかぽかあたたかくなっていた。でもじきに、お尻がひりひりしてすわっていられなくなった。離《はな》れているときですら、母さんはぼくを痛めつけることができるのだ。絶望的《ぜつぼうてき》な気分で本を床《ゆか》に投げだし、図書館をこっそり抜《ぬ》けだした。

教室に戻るとちゅう、トイレに寄《よ》った。個室《こしつ》にはいって鍵《かぎ》をかけ、ぼくは泣いた。トイレの個室にこもって、声が漏れないようにひっそり泣いたことは、それまでも何度もあった。その日も長いこと、神様に助けを求めながら声を押《お》し殺して泣いていた。そろそろ最後の授業がはじまるころだ。チャイムの音がした。きょうはほとんど教室にいなかった。校長室を出てから、校内をぶらぶらして時間をつぶしていたのだ。でも、どうってことない。ぼくがいなくて寂《さび》しがるひとなんて、ひとりもいないのだから。

シャツの袖《そで》で顔をぬぐったとき、いつにもまして顔に泥《どろ》がこびりついているのがわかった。顔を洗《あら》わなきゃ。洗面台《せんめんだい》に水を張《は》るあいだ、水にぼくの顔が映《うつ》っていた。鏡を見ると、いつものように醜《みにく》い自分が映《うつ》っていて、うんざりした。ぼざぼさの真っ赤な髪《かみ》、泥《どろ》のついた顔。やりきれなくなって、ぼくはうつむいた。

おまえはどうして、ここにいるんだ？

いっそのこと、なにもかも終わりにしてしまったらどうだ？

自分に自殺する勇気などないことはよくわかっていた。でも、自ら命を絶《た》つことを空想すると、それだけでじゅうぶん慰《なぐさ》められた。

のろのろとトイレを出て、だれもいない校庭に向かう。まっすぐ歩いていくと、広い校庭の静けさと頭のなかの静けさがあいまって、体のなかで血がめぐる音が聞こえてきた。ずっとうなだれていたから、アスファルト舗《ほ》装《そう》された地面に埋《う》めこまれた砂利《じゃり》の一粒《ひとつぶ》ひとつぶが見分けられた。あれこれ考えながら歩いていくと、やがてアスファルトのはずれまで来た。その先は芝生《しばふ》が広がって、年長の子供《こども》たちのサッカー場と遊び場になっている。だれも見ていなかったからぼくは芝生に仰向《あおむ》けになって、また考えた。

死んでしまおうか？

立ちあがって、残りわずかな授《じゅ》業《ぎょう》を受けるために教室へひき返す。校舎《こうしゃ》にはいらないうちに終《しゅう》了《りょう》のチャイムが鳴って、子供たちが廊下《ろうか》のロッカーを閉《し》める音が、校舎のあちこちから聞こえてきた。

ぼくは校舎の裏《うら》の広い校庭の真ん中でジョッシュを探《さが》した。そこはぼくたちの待ち合わせ場所のひとつだった。でも、親友は姿《すがた》を現《あら》わさない。校舎に引きかえし、図書館の横から駐車場《ちゅうしゃじょう》につづいている廊下《ろうか》を歩いていくと、第二の待ち合わせ場所である廊下のつきあたりにジョッシュがいた。ぼくが笑《え》みを浮《う》かべると、彼《かれ》は手を振《ふ》ってくれた。ふたりで無言のまま、足並《あしな》みをそろえて歩く。ぼくがボロボロの服や臭《くさ》いにおいのせいでイジメを受けていることを、ジョッシュは知っているはずだった。だけどいつものように、そのことについては一言も触《ふ》れない。ジョッシュとぼくは、親友として互《たが》いに支《ささ》えあっていたのだ。彼はぼくの最悪の状態《じょうたい》を目にしているし、ぼくはぼくで、弟と妹がいる三人きょうだいの長男であるがゆえのジョッシュの苦しみを、よく聞いてあげていたのだ。

ウエストモアヒルの長い坂道をもうすこしで上がりきるところで、ぼくは息が切れてしまった。木陰《こかげ》で一休みしないか、とジョッシュにきく。

「きょうは、だめなんだよ。学校の写真撮影《さつえい》のために、ママといっしょにあたらしい服を買いにいくことになってるんだ」彼は自慢《じまん》げに答えた。

ぼくは嫉妬《しっと》と憎《にく》しみを顔に出さないように、気持ちを押《お》し殺した。それはともかく、来週の記念撮影を忘《わす》れていた。というか、新品の服で着かざった同級生たちの後ろに、汗臭《あせくさ》い垢《あか》じみたボロい服を着て並《なら》ばなくてはならないことをすっかり忘れていた。恥《は》ずかしくて、どうかなってしまいそうだ。ジョッシュが行ってしまうと、ぼくは茂《しげ》みにかけこんで泣いた。彼《かれ》はあたらしい服を買ってもらえるのに、ぼくはずっと赤いズボンと緑のシャツを着るしかないだなんてひどすぎる。涙《なみだ》がかれると仰《あお》向《む》けに寝転《ねころ》んで、晴れわたった青い空をながめた。白い雲がゆっくりとたなびいている。

「神様、きょうはどこにいるの?」ぼくは怒《いか》りをこめてつぶやいた。

しばらくして立ちあがり、ぼくの〝家〟となっている場所に向かう。角を曲がってクレストライン通りに出ると、家が見えてくる。おなじ通りのほかの家にくらべて、とりわけ色がくすんでいるように思える。じっさいには、うちの外装《がいそう》は明るいピンク色で、ほかの家と同様に明るい色調なのに。めずらしいタイプの自然災害《さいがい》が起こってくれればいいのに、とぼくは思った。一軒《けん》の家だけをめちゃくちゃにする、ハリケーンか竜巻《たつまき》か地震《じしん》があればいいのに。自分の家がまだちゃんと建っているのが、腹立《はらだ》たしかった。

その夜も、いつものように眠《ねむ》っているふりをしていた。あの日のことが鮮明《せんめい》に記憶《きおく》に残っているのは、眠っているあいだも周囲の動きを察知できるように目を開けたまま眠らなきゃいけないと決心したのが、ちょうどあの日の夜だったからだ。この奇妙《きみょう》な癖《くせ》がその後二十五年もつづくとは、当時のぼくは思ってもいなかった。

その方法を使えば、母さんでさえあざむくことができた。自分の番がまわってきたことを、ぼくは自覚していた。デイヴの身代わりとなってお仕置きを受け、彼《かれ》が味わったのとおなじ屈辱《くつじょく》を受けるのはひどくつらいことだった。

ぼくは混乱《こんらん》していた。ぼくに自分の役割《やくわり》を押《お》しつけて出ていったデイヴを憎《にく》むべきなのか、彼がこの家を出ていけてよかったと思うべきなのか、わからなかった。デイヴがどういう生活を送っているかは、ほとんど考えなかった。兄さんは自由になったけど、ぼくはちがう、ということしか考えていなかった。ぼくは見捨《みす》てられたのだ。兄さんにぼくを助ける気はぜんぜんないだろう、と心の底で思っていた。

ぼくは八歳《さい》にして、裏切《うらぎ》られたという思いを味わった。真実を知るまでには、二十年以上の歳月が必要だった。

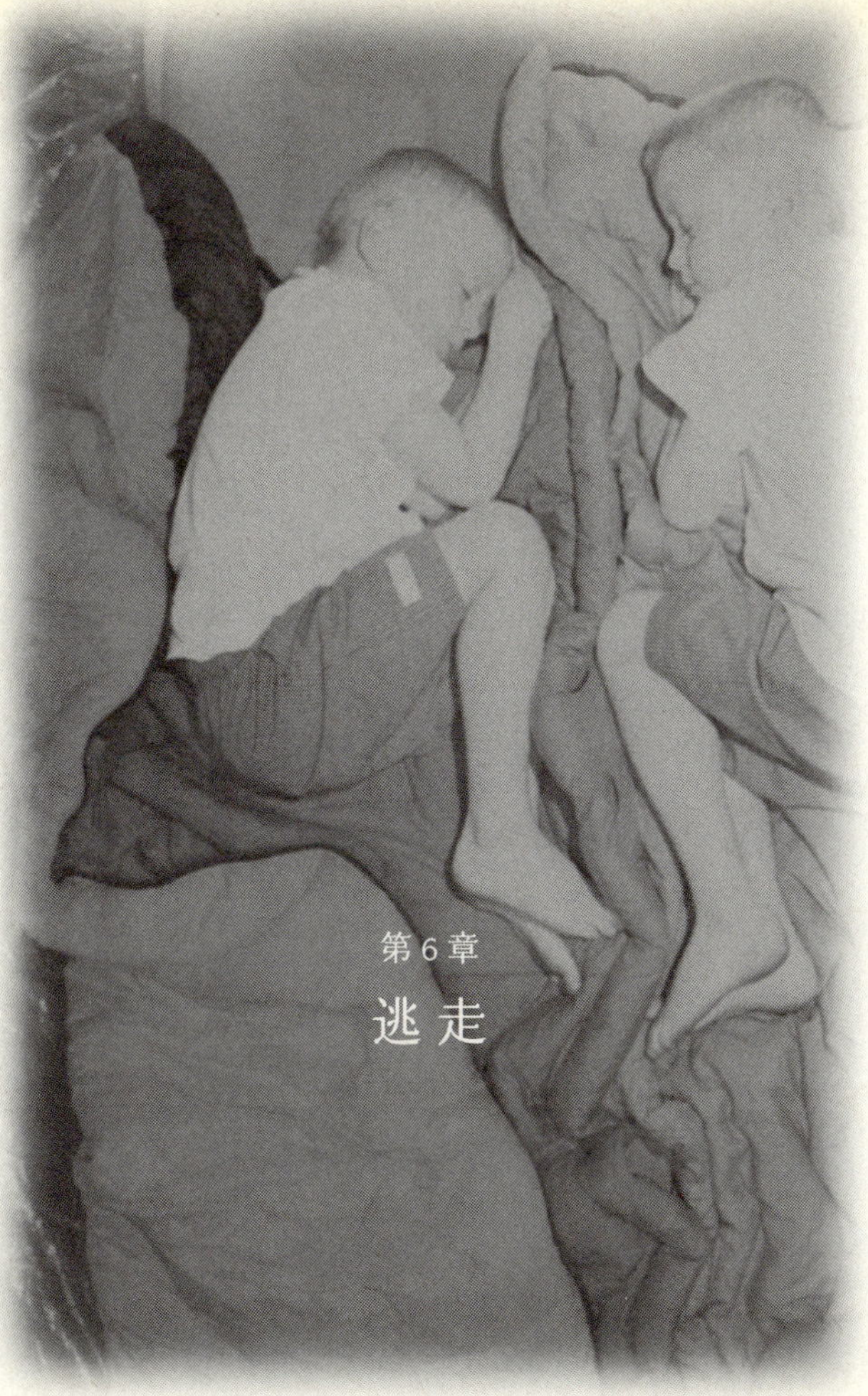

第6章 逃走

九歳《さい》のぼくは、ひどくおどおどして、なにもかもが恐《おそ》ろしかったから、自分の狭《せま》い世界と自分の部屋以外の場所に目を向けることは、ほとんどなかった。ぼくは母にとって、なくてはならない存在《そんざい》となりつつあった——臆病《おくびょう》で従順《じゅうじゅん》なサンドバッグ。はむかう勇気はなかった。でも、ともかく母から逃《に》げて親子の縁《えん》を切ろうと、思うようになってもいた。

夏休みが残りすくなくなってきて、秋が近づくにつれ日が短くなってきた。季節が変わるきざしは、ぼくのみじめな暮《く》らしに方向性《ほうこうせい》を与《あた》えてくれた。一番大切なきざしは、夕暮《ゆうぐ》れどきに明かりがともる街灯だ。通りで遊ぶのは、あと三十分しかないことを教えてくれる。クレストライン通りは、交通量がすくなかった。おなじ年ごろの近所の子供《こども》たちのほとんどが、その通りでよく遊んでいた。母さんはぼくの行動にいつも目を光らせていたけれど、ぼくがふつうの子供らしく見えるように気をつかってもいた。近所の目をごまかすためだ。

外で遊ぶのは楽しかった。びくびくすることなく、好きなだけ走りまわったり話したりすることができたからだ。ほんのたまにだったが、うちの庭で遊ぶことを許可《きょか》されたときは、嬉《うれ》しくてしょうがなかった。口ごもったり、それを真似《まね》されたりせずにジョッシュや兄弟と言葉を交わすと、自分がどれだけ母さんを恐《おそ》れているか、あらためてわかった。一歩外に出れば、のびのびふるまうことができた。

長兄のロスはジョッシュとぼくを相手に、よくボール遊びをしてくれた。自転車で走りまわるジョッシュとぼくに向かって、ロスがサッカーボールを蹴《け》る遊びだ。ボールがあたっても、それほど痛《いた》くなかった。なんといっても、相手は兄さんなのだから。ロスとおなじ時間を過《す》ごすことが、なによりも楽しかった。兄さんといっしょに遊べるのなら、自転車から千回落ちても平気だった。ロスにしてみれば子供《こども》だましの退屈《たいくつ》な遊びだったはずだが、それでもぼくを相手にしてくれた。友人がうちに来たときも、ぼくをけっして仲間はずれにしなかった。ロスとぼくは親友同士で、ふたりともうちの実情《じつじょう》を知りつくしていたが、それについては語りあおうとしなかった。家庭の話題を持ちだして、真実に直面するのが恐《こわ》かったのだと思う。

もうひとりの兄さん、スコットとは気が合わなかった。スコットは母さんと仲がよく、信頼《しんらい》しあっていた。まるで夫婦《ふうふ》みたいに。ふたりはよく、そばにいるぼくが見えないかのように、ぼくをこらしめる方法を話しあっていた。スコットとぼくのあいだには競争心と嫉妬《しっと》があって、いつも互《たが》いに互いを出し抜《ぬ》こうとしていた。奇妙《きみょう》な話だが、ある意味それは当然のことだった。スコットは以前のぼくの役割《やくわり》を引き受けていたのだから。

わが家でのスコットの立場は、特別なものになりつつあった。彼だけは〝手出し無用〟とされていて、いじめや暴力《ぼうりょく》をまぬがれていた。彼をちょっと泣かせることすら、禁止《きんし》されていた。じきに彼はその特権《とっけん》を利用して、ぼくを支配《しはい》するようになった。スコットが話すことはどんなことでも、母さんは鵜呑《うの》みにした。だから兄さんは、かつてぼくがデイヴにしていたのとおなじことをぼくにしたのだ。あのころ母さんはすぐにぼくのいうことを信じたけれど、いまはスコットのいうことを信じて疑《うたが》わなくなっている。

「リチャードがいじくりまわすから、面倒《めんどう》なことになっちゃったよ」スコットはよくいっていた。ほとんどの場合、彼がなんの話をしているのか、ぼくは理解《りかい》すらできなかった。彼は家にある電気器具や道具類、ドアや壁《かべ》、つまらない小物類なんかを、あれこれいじくりまわすのが好きだった。ぼくは自分の部屋の真ん中に置いてある物以外は、まったく興《きょう》味《み》がなかった。不幸にもスコットの部屋に運ばれて修理《しゅうり》された物など、どうでもよかったのだ。

キースはというと、いつも大切にされて、おだやかな顔をしていた。四歳《さい》のキースは顔立ちが整った、愛らしい子供《こども》だった。母さんはなにかにつけて、この子はハンサムだわといっていた。まだおさなかったから、さすがの母さんもキースを痛《いた》めつけはしなかった。たとえ痛めつけたとしても、七、八歳の子供とおなじ反応《はんのう》は示《しめ》せなかっただろう。四歳の子供からは、母さんが見たがっている恐怖《きょうふ》の表《ひょう》情《じょう》を引きだせない……。キースはいつも、ロスとおなじ扱《あつか》いを受けていた。特別で別格《べっかく》だったけど、ふつうの子供だった。母さんからふつうの息子として扱われる、という点が肝心《かんじん》だ。キースがつぎの犠牲者《ぎせいしゃ》にならないようにするにはどうしたらいいのか、とぼくはいつも頭を悩《なや》ませていた。さいわい、それは取《と》り越《こ》し苦労だったが。

一九七四年の夏、ぼくはそれまで見落としていた母さんの生活パターンに気づくようになった。母さんには、習慣《しゅうかん》となっているいくつかの決まりごとがあった。毎朝、起きぬけにタバコを一服する。起きたらすぐに、タバコに手を伸《の》ばす——そうしないと一日がはじまらない。ほかにも習慣としていることが、いくつかあった。ぐっすり眠《ねむ》った翌朝《よくあさ》は、トイレに行くまえにウオッカをかならず引っかける。母さんはまた、過去《かこ》の出来事の日時を異様《いよう》なほど正確《せいかく》に覚えていた。ぼくが悪いことをしたときの日時を。きょうは何曜日ですかときかれても答えられないくせに、ぼくのこれまでの行動は頭にきちんと記録されているようだった。さらに母さんは、家族の歴史について妙《みょう》なこだわりをもっていた。何カ月もかけて、一心不乱《いっしんふらん》に家系図《かけいず》をつくっていたこともある。母さんは何世代もまえにさかのぼって、家族の歴史をたどっていった。ぼくたちの祖先《そせん》が、よりよい人生を求めて果たした偉業《いぎょう》とそのためにはらった犠牲《ぎせい》についてのエピソードは、たくさんあった。母さんは祖先《そせん》の成功話を見出すと、一族の歴史をさらに深くさぐって、偉大《いだい》な人々の血を引いていることのすばらしさを語るのだった。

ぼくはしばらくして、母さんが一族の歴史を何日も話しているときは、虐待《ぎゃくたい》されないことに気づいた。そのころには、母さんが精神的《せいしんてき》な病にかかっていることにも気づいていた。なにしろ精神状態《じょうたい》が、なんの前触《まえぶ》れもなく一瞬《いっしゅん》のうちに変わってしまうのだ。あんなに簡単《かんたん》に態度《たいど》を豹変《ひょうへん》させる能力《のうりょく》は、意識的《いしきてき》に身につけられるものではない。母さんのなかに、何人もの人格《じんかく》があるような感じだった。

その夏、ぼくは母さんがいつ豹変するかつねに注意して、人格をいとも簡単に変える母さんの才能《さいのう》を観察するようになった。昔話をするとき、母さんはお年寄《としよ》りみたいな口調になった。ぼくをひざに乗せて昔話をするときは、まるでおばあちゃんみたいだった。でも、つぎの瞬間《しゅんかん》には、許可《きょか》もなしにひざに乗ったといってぼくを床《ゆか》に放りなげ、キックを食らわす。だからぼくはじきに、母さんにどういう人格《じんかく》が乗り移《うつ》っているかを確《たし》かめるために、母さんのふるまいや声音《こわね》に注意を払《はら》うようになった。その夏はずっと、母さんは残酷《ざんこく》な母親と理想の母親のあいだを行ったり来たりしていた。あらたな発見がたくさんあった夏だった。

わが家では、夏の恒例《こうれい》となっていることがひとつだけあった。服の新調だ。ぼくたちは毎年、クロゼットにおさまりきれないくらいのあたらしい服をまとめてもらえることになっていた。貴重《きちょう》な個人財産《こじんざいさん》みたいに、各自が服を分配してもらうのだ。ソルトレイクシティに住むおばあちゃんが服を送ってくれていることに気づいたのは、数年後のことだった。服を送ることで娘《むすめ》の罪《つみ》をあがなおうと、おばあちゃんなりに気づかっていたのだろう。母さんが飲んだくれで、しかも飲むと狂暴《きょうぼう》になることを、おばあちゃんはじゅうぶん知っていたのだ。

その夏、ぼくは服の新調をすごく楽しみにしていた。着古した赤いコーデュロイのズボンと緑色の半そでのシャツに、ようやくおさらばできるからだ。ともかくはやく服をもらいたかったから、家の仕事もいやがらずにやって苦しい日々に耐《た》えていた。

ぼくはわが家での自分の立場を受けいれて、十歳《さい》の子供《こども》なりに自分の立場をわきまえて日々のスケジュールを立てていた。たとえば、洗濯《せんたく》はいつもほかの家族がしおえたあとにするようにしていた。〝ほかの子たちの服〟は洗濯するけど、おまえのはもうしてやらないから自分で洗《あら》ってもいいと、いつだったか覚えていないが母さんにいわれたのだ。それまでは、自分で洗濯することをぼくは許《ゆる》されていなかった。母さんはぼくの衣類を洗濯しなかったし、ぼくは自分で洗濯することを許されていなかったのだ。

ぼくは自分がほかの兄弟ほど頭がよくないし、ハンサムでもないから、どうでもいい存《そん》在《ざい》なんだと思うようになった。〝顔も腕《うで》も垢《あか》だらけ〟の子供はぼくひとりなんだと、ことあるごとに思い知られた。母さんはぼくをあざ笑うときに、よくそういっていたのだ。

母さんのいう垢というのは、〝ソバカス〟のことだった。たしかにぼくは、真っ赤な髪《かみ》といい、ソバカスが散った丸い顔といい、テレビの人形劇《にんぎょうげき》『ハウディ・ドゥーディ』の主人公そっくりだった。ぼくは意識《いしき》しないうちに、自分に向けられるあざけりを真実だと思うようになっていた。ぼくはほかの兄弟とちがって、愚《おろ》かで醜《みにく》くて、言葉もろくにしゃべれないんだ、と。母さんに〝胸《むな》くそ悪くなるほど醜い顔〟だとあざけられるたびに、ぼくは黙《だま》ってその言葉を受けいれていた。

外出のチャンスがあれば、ぼくはすぐにそれに飛びついた。その夏、ぼくはときどき地元のマーケットにお使いに行かされた。〈カラの店〉でタバコやらミルクとパンやら、母さんが必要なものを買うのだ。そこに行くまではクレストライン通りからイーストゲート通りに出て、交差点を渡《わた》らなければならなかったから、徒歩だとかなり時間がかかったように覚えている。一時間ほどだったろうか。でも、家を出られるのだから気にならなかった。ぼくが行儀《ぎょうぎ》よくしていたり、母さんがお使いの品物をすぐに欲《ほ》しがっていたりした場合は、自転車を使うことができた。お使いに行くときは、目立ってはいけない、ひとを避《さ》けるようにしなさい、といつも念を押《お》されていた。だれかと、とくにおとなと言葉を交わすことは、厳《きび》しく禁《きん》じられていた。

ぼくはいつも大急ぎでマーケットに行くようにしていた。そうすれば残った時間でドーナツショップに寄《よ》り、ドーナツとホットチョコレートにありつけるからだ。ドーナツショップには、はるか昔からずっとそこにいるような、とても親切なおばさんがいた。おばさんはぼくの名前を覚えていて、ぼくの好物も知っていた。おばさんの店に行くたびに、ぼくはほっとしたものだ。いつも店の奥《おく》の席をあけておいて、ぼくをすわらせてくれた。奥の席にすわれば、人目を気にせずに安心していられるだろうと気づかってくれていたのかもしれない。お使いにやらされるのは、母さんにめちゃくちゃになぐられた直後が多かった。だからおばさんの店に行くときは、たいていひどい顔をしていたのだ。

母さんの知らないひとに親切にしてもらうのは、とても嬉《うれ》しかった。危険《きけん》なことをしているのは、承知《しょうち》していた。自分の思いどおりにならない人間と息子が親しくしているのを母さんが知ったら、すごく腹《はら》を立てるだろう。

ある日、ドーナツショップに行って、いつものホットチョコレートを注文しようとしたら、おばさんが奥のテーブルにぼくを案内して、いっしょに腰《こし》をおろした。おばさんは自分の子供《こども》の話と、子育ての話をした。優《やさ》しさと愛情《あいじょう》にあふれた話に、ぼくはすっかり心奪《うば》われた。おばさんの生活には、優しさや愛情がごくあたりまえのものとしてあるようだった。三十分ほど話を聞いたが、ぼくはおばさんの一言ひとことに、夢中《むちゅう》になって耳を傾《かたむ》けた。子供の宿題を手伝ってあげるとのことだったが、ぼくにとっては別世界の話だった。よその家庭では、お母さんがそんなことをするんだと思うと驚《おどろ》きだった。友人がほとんどいなかったから、よその家のお母さんが子供にどう接《せっ》しているか知らなかったのだ。ぼくはただひたすら、おばさんの話に耳をかたむけて、その内容《ないよう》を理解《りかい》しようとしていた。外国語を必死で勉強するみたいに。

と、そのとき、ぼくは一時間以上ドーナツショップで油を売っていることに気づいた。モールのはずれにあるリカーショップにもまだ行っていない。あそこで母さんのタバコを買わなきゃいけないのに。

大変だ。

自分が情《なさ》けなかった。ぼくはまたしてもミスをおかした。母さんにひどい目にあわされると思うと、恐《おそ》ろしくなってきた。

ぼくはあわてて飛びだしたが、すぐに立ちどまって、走らずに歩いて店に引き返すことにした。お礼をいって一ドルを支払《しはら》うためだ。どれくらい払えばいいのかわからなかったから、ぼくはいつも一ドル支払っていた。お金を渡《わた》してから急いで外に出て、右に曲がって自転車を置いた場所に向かう。でも、自転車はなくなっていた。

顔が青くなるのが自分でもわかった。きっと、ちがう場所に置いたんだ。

自転車をさがしてモールを歩きまわる。もしかしたら、パン屋さんの近くに置いたのかもしれない。パン屋さんにも優《やさ》しい店員さんがいて、わずか一ドルでおいしいペストリーを食べさせてくれるのだ。でも、どこをさがしてもむだだった。自転車は見つからない。

どうしていいのかわからなくなったぼくは、ドーナツショップのおばさんに事情《じじょう》を話した。おばさんは心から同情《どうじょう》して、自分の行動がどういう結果をもたらすのかも考えずに地元の交番に連絡《れんらく》してしまった。奥《おく》から戻《もど》ってきたおばさんからお巡《まわ》りさんが来ると聞かされたとき、ぼくは目のまえが真っ暗になった。ぼくにどなりちらす母さんの顔がさっと目に浮《う》かぶ。

「あたしの目を盗《ぬす》んで、お巡りさんに話しかけちゃいけないのよ。そんなことをしたら、ただじゃすまないからね」

言葉そのものよりも、母さんの表情《ひょうじょう》が恐《こわ》かった。母さんのいったことがたんなるおどしではないことを、ぼくは知っていた。

お巡りさんは徹底的《てっていてき》に避《さ》けなければならないというのは、母さんがつくった大切なルールのひとつなのだ。

ぼくはこれまで何度も何度も、「お巡りさんとは、ぜったいに話しません！」と、母さんのまえでくり返したものだった。

いいつけを理解《りかい》していることを証明《しょうめい》するためだ。

ほかの兄弟がベッドにはいったあと、夜更《よふ》けまで誓《ちか》いの言葉をいわされることもたびたびだった。

「お巡りさんとは、ぜったいに話しません！　お巡りさんとは、ぜったいに話しません！」

母さんはよく夜遅《おそ》くまで、その日いちにちのぼくの悪い行いを取りあげてお仕置きをしたが、最後にはきまっておなじセリフをくり返し唱えさせられた。大きな声で。ただし、みんなを起こしてしまうほどの大声はだめだった。

「お巡りさんとは、ぜったいに話しません！」ぼくは延々《えんえん》とくり返した。

十歳《さい》になるころには、お巡りさんを見かけるだけでも、すくみあがるようになっていた。

ぼくはドーナツショップのおばさんに、さっきのは間違《まちが》いだった、とお巡《まわ》りさんに電話をしてほしいとお願いした。

「おばさんは、自分がなにをしたかわかってないんだ。電話してよ。お願い、お願いだから」母さんに暴力《ぼうりょく》をやめてくれとお願いするときよりも真剣《しんけん》にお願いした。

でも、もう手遅《ておく》れだ！　パトロールカーがこのあたりを巡回《じゅんかい》していたのだろう。おばさんが電話をしてまだ一分もたっていないのに、お巡りさんが店にはいってきて、通りすがりに驚《おどろ》いたような顔でぼくを見た。こんな汚《きたな》らしい子供《こども》は見たことがないといった顔で、ふり返っている。ぼくの姿《すがた》に、秘密《ひみつ》のにおいをかぎとったようだった。この数年間、母さんとぼくがひた隠《かく》しにしてきた秘密。だれにもわからない、まるっきり閉《と》ざされた生活。母さんとぼくだけが、知りつくしている生活。

お巡りさんはおばさんとちょっと言葉を交わしてから、ぼくがすわっている席のそばまでやってきて、椅子《いす》に腰《こし》をおろした。お巡りさんの口調は、いかにもお巡りさんらしかった。ちいさな黒い手帳をとりだして事情《じじょう》をきいてきたから、ぼくはどもりながら答えた。一言答えるたびに、最後に「サー」というのを忘《わす》れないようにした。礼儀《れいぎ》正しくすれば、これ以上怪《あや》しまれないだろうと思ったのだ。話している最中はすごく緊張《きんちょう》して、お巡りさんとはぜったいに話しちゃだめ、とどなる母さんの顔ばかりが頭に浮《う》かんだ。ぼくは冷や汗《あせ》をかき、これまでになくどもっていた。お巡りさんはぼくの目のまえで、手帳に書きこみをしている。なにを書いているのか、気になってしかたない。

と、そのとき、もっとも恐《おそ》れていた質問《しつもん》をされた。

「きみ、名前は?」

「名前?」

すごく意外だった。自分はベイエリアでもっとも悪い子供だと思いこんでいたから、名前はとっくに知られていると考えていたのだ。ぼくはいつだって、まちがったことばかりしている子供だった。時間内にきちんと仕事をこなせない子供。母さんからは、おまえはすごく凶暴《きょうぼう》で情緒《じょうちょ》不安定なところがある、といわれていた。だからこのお巡りさんだって、ぼくのことを知っているはずだ。

ぼくが答えないので、お巡りさんは困《こま》っているようだった。

「じゃあね、家はどこかな?」

「な、な、なん、なんなんですか?」思わずいってしまった。「ぼ、ぼ、ぼくは、そ、そ、そういうことを、お、お、お巡りさんに、は、は、話しちゃいけないことに、な、な、なっているんだ」

これで一巻《いっかん》の終わりだ。まずいことをいってしまった。母さんはきっと〝ぼくを殺す〟だろう。冗談《じょうだん》じゃなく、ほんとうに。数年まえの光景が、頭にさっとよみがえった。母さんがデイヴをバスルームに連れていって、指で胸《むね》の傷口《きずぐち》を開いたときのことだ。デイヴは恐怖《きょうふ》に顔をこわばらせて泣いていた。あのときのことは、これまで何度となく頭によみがえってきている。母さんに、「わたしはその気になれば、いつだっておまえを殺せるんだよ」といわれるたびに。

母さんが本気なのはわかっていた。手をくだすところを、ぼくはじっさいに目撃《もくげき》したのだから。

と、そのとき、考えていたことをじっさいに口にしていたことに気づいて、ぞっとした。母さんに殺されるとぼくが口走ったのを、お巡《まわ》りさんははっきり耳にしたようだ。お巡りさんは一瞬《いっしゅん》ぎょっとして身をひき、落ち着きを取り戻《もど》すのにしばらくかかった。目のまえのみすぼらしい少年が、なにか深刻《しんこく》な問題をかかえていることに気づいた様子だった。ぼくの心臓《しんぞう》は、胸から飛びださんばかりにばくばくいっていた。両手に汗《あせ》が噴《ふ》きでてきて、顔が真っ赤になるのがわかった。

「いま、なんていったのかな？」お巡りさんがきいた。

ぼくはあたりを見まわして、一番近くの逃《に》げ道をさがした。どうしたらいいんだ。お客さんはまばらで、人ごみに紛《まぎ》れこむのは無理だ。店の入り口のほうに目をやる。あそこから逃げよう。

ぼくは赤い革《かわ》のブースを飛びだして、入り口に向かって走った。その場にいたひとたちの目が、こっちに注がれるのがわかった。ぼくが入り口のドアまで行くと、ちょうどひとりの男のひとが店にはいってきた。ぼくはそのひとに取り押《お》さえられてしまった。追ってくるお巡りさんの姿《すがた》が目にはいったのだろう。ぼくの腕《うで》をつかまえて、お巡りさんが来るまで放さなかった。ぼくはもう観念していた。なにをしてもむだだと、自分の殻《から》に閉《と》じこもった。今回ばかりは母さんになにをされるかと思うと、恐怖《きょうふ》のあまり吐《は》き気《け》がした。母さんはぜったいに許《ゆる》してくれないだろう。お巡りさんから逃げだそうとしてつかまって、母さんとの秘密《ひみつ》をばらすなんて、想像《そうぞう》を絶《ぜっ》する犯罪《はんざい》だ。

ドーナツショップのおばさんと話があるから、パトカーの後部座席《ざせき》にすわって待っていなさい、とお巡りさんはいった。十五分ほど待っていただろうか。そのあいだ、ある光景が目に浮《う》かんだ。ドーナツショップの優《やさ》しいおばさんが、そんなに悪い子だったとは知りませんでしたと涙《なみだ》にくれて告白している光景だ。おばさんはぼくみたいに救いようのない人間を助けてかばおうとしたことに、すっかり気落ちしているだろう。母さんのいうとおりだ。ぼくはロクデナシなんだ。

ふと、学校の同級生たちによくきかれる質問《しつもん》を思い出した。どうしてそんなに汚《きたな》い格好《かっこう》をしているの？　どうして何日も眠《ねむ》っていないような顔をしているの？　同級生の問いかけを思い出すにつけ、自分がいかにみじめな人生を送っているかがよくわかった。

通りすがりのひとたちが、パトカーのうしろをのぞきこんでいく。サーカスの見せ物になったような気がした。人々がちょっと足を止めて、ついにつかまった不良少年を見物している。恥《は》ずかしくて、死んでしまいたかった。

お巡《まわ》りさんがなにもいわずにパトカーに乗りこんできた。車を発進させる。きっとぼくを、刑務所《けいむしょ》に連れていくんだ。ひょっとしたら〝It〟に再会《さいかい》して、昔話ができるかもしれない、と心のなかでつぶやく。黒と白のストライプの囚人服《しゅうじんふく》を着たぼくたちが、足に鎖《くさり》つきの鉄球をつけられて、のろのろ歩いている光景が目に浮かんだ。ぞっとするような光景だったけど、なぜか気持ちが慰《なぐさ》められた。刑務所に入れられること自体は恐くなかった。こわかったのは、デイヴと彼《かれ》の復讐《ふくしゅう》だった。

と、そのとき、あることに気づいた。刑務所に入れられれば、母さんから離《はな》れられる。お巡りさんは意地悪で残酷《ざんこく》なひとだという思いがいっきに吹《ふ》きとんで、感謝《かんしゃ》と喜びがこみあげてきた。

いまから連れていかれるあたらしい住まいはどんな所だろうと、空想にふける。でもパトカーがクレストライン通りに入っていったとき、ぼくは現実《げんじつ》に引きもどされた。

家に連れていかないでと、ぼくは狂《くる》ったみたいにお巡りさんに叫《さけ》んだ。力いっぱいドアを開けようとしたけど、びくともしなかった。お巡りさんは坂道の上で車を停め、優《やさ》しいおだやかな声で、自分はきみを助けようとしているだけだし、きみがひどい目にあわないように守ってあげる、といった。そんな言葉は、とうてい信じられなかった。お巡りさんは、自分がなにを言ってるかわかっちゃいない。うちの地下室のコンクリートの壁《かべ》がいままでなにを目撃《もくげき》して、この先なにを目撃するかも、知らないんだ。もはやぼくは、恐怖《きょうふ》すら感じなくなっていた。涙《なみだ》も浮《う》かんでこない。母さんに殺されると確信《かくしん》していた。

パトカーがうちのまえで停まって、お巡りさんは、ついてきなさいとぼくに命じた。前庭にまわりこんで、地獄《じごく》の扉《とびら》につづくピンク色のコンクリートのステップをあがっていく。緑色のドアと母さんに向かって、長くて冷たい堅《かた》いステップを一歩一歩あがっていく。

扉が開いて、母さんが顔を出した。お巡りさんといっしょのぼくを見て、ぎょっとしている。

でもつぎの瞬間《しゅんかん》には優しいミセス・クリーバーに変身した。だいじょうぶ？ ケガでもしたの？　なにかあったの？
子供《こども》を気づかう母親を演《えん》じるとき、母さんはいつだって最大に怒《おこ》っていることを、ぼく
は知っていた。それで最終的にはその怒《いか》りを爆発《ばくはつ》させる。今回は、いままで以上にめちゃ
くちゃになぐられるだろう。
「いったいなにがあったんです？」母さんが涙声《なみだごえ》でいった。
永遠《えいえん》とも思われる長い時間がたってから玄関《げんかん》のドアが閉《し》まる音がして、母さんがキッチ
ンにはいってきた。ぼくの命もこれ限《かぎ》りだ、と覚悟《かくご》をかためる。母さんにどんな折檻《せっかん》をさ
れるかは、わからない。でもきっと、最後には病院に運ばれるだろう。いや、今回は死体
保管所《ほかんしょ》かもしれない。これで楽になれると思うと、すこしはなぐさめられた――が、それ
も母さんの顔を目にするまでのことだった。
母さんは烈火《れっか》のごとく怒《おこ》っていた。ぼくは盾《たて》の代わりにカウンターの皿をつかむと、椅《い》
子《す》からさっと離《はな》れて母さんから逃《に》げようとした。しかし冷蔵庫《れいぞうこ》の近くでつまずいて、床《ゆか》に
頭をぶつけてしまった。涙《なみだ》が込《こ》みあげくる。でも、泣くもんか。母さんに泣き顔を見せた
くない。これまでだって、泣くのをこらえてたんだ。いまこそ、自分が我慢《がまん》強いかどうか
を試すチャンスだ。
母さんは甲高《かんだか》い声でどなりながら、そろそろと冷蔵庫に近づいてきた。母さんの血走っ

た目に炎が燃えているのを、ぼくは見た。スローモーションのワンシーンみたいに、母さんがぼくを蹴《け》りはじめた。胸《むね》やお腹《なか》や首を、何度も何度も。ぼくの目は必死で涙をせき止めていたけど、体はあまりの痛《いた》みに悲鳴をあげた。

「こんどまた、だれかにわたしの話をしたら、命はないからね」

「自分を何様だと思ってるのよ」

「なんどもいい聞かせてきたのに、覚えてないの？」

「わたしのいうことが、聞こえないの？」

「どうなのよ！」

ぼくがこれまでさんざん耳にしてきた、酔《よ》っ払《ぱら》ったダミ声だった。

「答えなさい、この役立たずのロクデナシ！」

「だめよ、気を失ったら承知《しょうち》しないからね」

「こっちは、きいているんだよ。ちゃんと答えろ！」

母さんは声を限《かぎ》りにどなりつけた。

じきに記憶《きおく》が途切《とぎ》れた。しばらくして意識《いしき》がもどったが、あたりはしんと静まりかえっていた。キッチンにはだれもいない。ほかの場所からも音がまったく聞こえてこない。ぼくが吐《は》いた汚物《おぶつ》のにおいが、いきなり鼻を刺激《しげき》した。身動きがほとんどできない。胸がつぶれたみたいに痛《いた》い。呼吸《こきゅう》に合わせて、わき腹《ばら》がずきずきうずく。顔を上げたとたん、銀の球が目のまえにたくさん見えた。めまいを起こしてくらくらしたぼくは、じっと横たわっていた。だれかが来て、床《ゆか》から抱《だ》きおこしてくれればいいのに。でも例によって、だれも助けにきてくれなかった。だれも。へとへとに疲《つか》れたぼくは、ひとりぼっちだった。地球上に、ぼくひとりしかいないように感じた。

しばらくして、地下室のドアの音がした。母さんがキッチンに来て、ぼくの顔を見もせずに「床を掃除《そうじ》しなさい。とっとと」といった。「それと、シャツを着替《きが》えなさい。すごく臭《くさ》いから！」

顔じゅう汗《あせ》とゲロだらけで、目がよく見えなかった。顔を拭《ふ》くものがなかったから、腕《うで》でごしごしこすった。

「顔を洗《あら》いなさい。おまえを見てると、吐《は》き気《け》がするよ」母さんはキッチンから出て行くと、となりの部屋から怒鳴《どな》った。

よろよろと歩いていくと、キッチンの出入り口のそばにあるキャビネットにぶつかってしまった。壁《かべ》に手をついてバスルームに向かう。蛇口《じゃぐち》に手を伸《の》ばそうとしたが、腕がぶるぶるふるえている。シンクに手をついて休んでいると、母さんの声がした。

「終わったの？　こっちの用事は、まだすんでいないんだからね」

母さんの声を聞いただけで、どっと涙《なみだ》があふれてきた。体に受けた痛《いた》みではなく、心の痛みでぼくは泣いていた。精神的《せいしんてき》に参っていた。もうどうでもいい、という投げやりな気分だ。

母さんがいきなりバスルームにはいってきて、質問《しつもん》に答える気はあるのかときいてきた。ぼくの後頭部の髪《かみ》をつかんで顔を上向きにすると、無言で目をのぞきこんだ。しばらくして、母さんは手を放した。頭がガクンと前にかたむき、背中《せなか》に痛みが走る。目をぎゅっとつむって、身をかたくする。叩《たた》かれるかなぐられるかすると思ったのだ。でも、なにもされなかった。目を開けると、母さんの姿《すがた》はなかった。また蛇口に手を伸ばそうとしたが、腕の力が抜《ぬ》けてそこまで届《とど》かなかった。シンクの下に目をやると洗濯物《せんたくもの》がたくさんあったから、自分の汚《よご》れたパンツを取りだした。臭《くさ》いパンツで顔と首をふく。それからパンツを折りたたんで、シャツの前をふいたけど、それ以上はなにもしなかった。自分の外見やにおいなんて、もうどうでもいい。いまはただ、眠《ねむ》りたい。

すごく疲《つか》れているし、すごく寒い。

ぼくは心のなかでつぶやいた。

すごく寒かったし、ともかく新鮮《しんせん》な空気を吸《す》いたかった。

パンツを洗濯物の山に放ってから、ぼくはバスルームを出て自分の部屋に向かった。幸い、部屋はすぐ近くだ。二段《だん》ベッドのはしごに目をやる。上にのぼる力があるとは思えなかった。ぼくは部屋を見まわした。例によってガラクタが置いてあるが、真ん中にちょっとだけスペースがあったから、そこにはっていった。いまはともかく、眠《ねむ》りたい。でも五分とたたないうちに、キッチンに来るように命じられた。

意外なことに、母さんはウオッカを飲みほしながら、声をかけるまで居間《いま》のカウチで寝《ね》ていなさいといった。まどろみかけたとき母さんがやってきて、おまえは〝わたしの家族〟といっしょに夕食を食べられないし、学校にも行かせないといった。そして、新しい服もおあずけだといった。

ぼくをさらに言葉で傷《きず》つけようとする母さんの努力も空しく、ぼくは眠ってしまった。夕食のあと、どうしてカウチに寝ているのかと兄弟のひとりがきいてきた。でも母さんが厳《きび》しくけわしい口調で、話しかけちゃだめと禁《きん》じた。

「放っときなさい！」母さんは兄弟たちに命じた。

ぼくはスコットに声をかけようとしたが、息を吸《す》うたびにどんどん痛《いた》みが増《ま》していった。話すことができない。あたりを見まわすと、だれもいなかった。みんな姿《すがた》を消していた。またしても、ぼくは見捨《みす》てられてしまったのだ。みんなどこにいるんだろう。どうしてぼくを助けてくれないの？

ずいぶん長いあいだ、カウチに横になっていたらしい。夜もだいぶ更《ふ》けて、ほかのみんなはもうベッドで眠っているのだ。なにか頼《たよ》れるものはないかと、心のなかを探《さぐ》ってみる。なにもない。あるのは涙《なみだ》の池だけ。その涙が目から流れてくることはない。涙の池はいまやあふれそうになっている。もう限界《げんかい》だった。学校に着ていく服がない。いつだってだれも助けてくれない。そう思うと、絶望的《ぜつぼうてき》になった。おまえには服はやらないと、母さんはどなっていた。でも去年の服では、学校には行けない。すでにパンツは短くなっていて、足首がのぞいている。シャツは染《し》みだらけでボロボロだから、一生懸命《いっしょうけんめい》に洗《あら》ったあとでも臭《くさ》かった。まだ背《せ》が低かったぼくは、洗濯機《せんたくき》によじ登らなければドラムが見えなかったし、洗剤《せんざい》をどのくらい入れればいいのかもわからなかった。

ぼくは力をふりしぼり、ずきずきするわき腹《ばら》をかばいながら慎重《しんちょう》に体を動かした。部屋に戻《もど》ろうと居間《いま》のドアを通りぬけたとき、ふと気がついた。

ドアだ！　心のなかでつぶやく。

ドアだよ！

ぼくはひとりだ。だれもいないいまこそ、このひどい家から抜《ぬ》けだせる。一筋《ひとすじ》の希望の光が見えたような気がした。

すでにお巡《まわ》りさんに引きもどされた経験《けいけん》があるから、お巡りさんを出しぬいて逃《に》げる方法はわかっている。

玄関《げんかん》のクロゼットでコートを探《さが》したが、見つからない。デイリーシティは夜になると、すごくじめじめして冷えこむ。

コートなんかなくてもいいや。

つめたいステップを降《お》りていく。前庭を通って、道路に出る。息が切れてきたから、ちょっと立ちどまった。なんとかウエストモアヒルが見える道のはずれまで歩いたが、すこし休憩《きゅうけい》しないと、それ以上先に進めそうにない。近くの家のステップにくずおれるように腰をおろす。その家には子供《こども》たちが何人かいて、これまでその家のひとたちを見かけたこともあったが、助けを求めるほど親しくはない。

立ちあがると、体の痛《いた》みがさらに激《はげ》しくなった。広い通りを渡《わた》った先は、小高いウエストモアヒルの麓《ふもと》になっている。ゆっくりと坂道をあがっていく。なんとかしてあがりきらなきゃ。脚《あし》と腕《うで》がすごくだるくて、わき腹《ばら》が耐《た》えがたいほどにずきずきしていたから、ぼくは途中《とちゅう》から四つんばいになって坂をのぼっていった。顔から汗《あせ》がいっそう噴《ふ》きでてきた。左目から汗が出てきているような、目や額《ひたい》から水がだらだら流れているような感じがする。

じきにぼくは、ウエストモア高校の焼却炉《しょうきゃくろ》に行き着いた。そこだったら、あったかいだろうと思ったのだ。高くて黒い焼却炉のそばにはっていく。ぬくもりを感じると同時に体のこわばりがほどけてきて、眠《ねむ》くなってきた。

もう終わりにしてください。ぼくを休ませてください。

「聞いてますか？」神様に問いかける。

ぼくの命を奪《うば》ってください。あの場所から連れだしてください、と祈《いの》る。ぼくを家から連れだしてください。

これまで神様を信じていなかったことは、申《もう》し訳《わけ》なく思っています。

いまはどうしても、願いをかなえてもらいたいんです。

ぼくを家から連れだしてください。

「神よ、ぼくの罪《つみ》を許《ゆる》したまえ……」

それはぼくが知っている、唯一《ゆいいつ》の祈りの文句《もんく》だった。そのセリフを何度も何度も胸《むね》のなかでつぶやく。

「神よ、ぼくを許したまえ」

でも、神様がこっちに関心を向けていないことをぼくは知っていた。

耳慣《な》れない音に目を覚ますと、青い作業着を着た大きな男のひとがここでなにをしているんだと、大きな声でぼくにきいていた。あわてて立ちあがろうとしたけれど、わき腹がずきずきっとして倒《たお》れてしまった。全身が痛《いた》いし、寒くてこごえそうだ。朝の六時ごろだろうか。学校がはじまるまでには、まだだいぶありそうだ。ぼくは男のひとに取り押《お》さえられないうちに、なんとか立ちあがった。痛い右わき腹をかばって、何度もころびそうになりながら駆《か》け足《あし》で坂道をくだる。途中《とちゅう》で草むらにつまずき、痛みのあまり声をあげて泣きながら、そのまま坂道を転がっていった。痛みのせいで胸《むね》がむかむかしてきた。坂道の下で、ズボンと靴《くつ》にゲロをぶちまけてしまった。

それから、家に向かった。ほかに行くあてなどなかった。近所の家を通りすぎるとき、みじめな様子の小さい男の子が、ゲロにまみれて悪臭《あくしゅう》をただよわせながらびっこをひいて歩いているのを、窓《まど》から見られているんじゃないかと思った。帰ったら母さんになにをされるかということは、もう気にならなくなっていた。うちのステップの下で立ちどまると、兄弟のひとりが声を張《は》りあげるのが聞こえた。

「戻《もど》ってきたよ」

ステップをあがっていくと、母さんがばたんと玄関《げんかん》の扉《とびら》を開け、ぼくの腕《うで》をつかんでなかに引きずりこんだ。それから声を限《かぎ》りにどなった。

「どこに行ってたの？」

「だれに会った？」

「だれかに、なんかいわれたの？」

「答えなさい。ちゃんと、答えなさいっ！」

もう、どうでもいい。いまはただ、眠《ねむ》りたい。ぼくは床《ゆか》にうずくまっていた。部屋に沈《ちん》黙《もく》がよぎった。母さんの顔つきが変わった。悪意に満ちた表情《ひょうじょう》がおだやかになっている。ぼくを慎重《しんちょう》に立ちあがらせると、カウチにすわらせた。母さんの肌《はだ》のぬくもりを感じた瞬間《しゅんかん》、心がやわらいだ。母さんは、横になるようにいった。ぼくを気にかけてくれることが、嬉《うれ》しかった。その瞬間、母さんがそばにいてぼくはすっかり安心していた。そう、その瞬間だけは。

じきに兄弟が集まってきて、母さんに質問《しつもん》を浴びせてきた。それがきっかけで、母さんの虫の居所《いどころ》が悪くなったようだった。母さんがいらだってきているのを察して、みんなそここそ部屋を出ていった。もうダメだ、こんどこそ殺される、とぼくは思った。逃《に》げ出したくても、体が動かなかった。ろくに息もできなくなった。

ついに、その時が来た。

観念しろ、リチャード。観念するんだ。

もう母さんのことなんか、こわくない！

母さんであろうと、だれであろうと、ぼくから奪《うば》いとれるものなんてもうないんだ。なにかを与《あた》えたくたって、ぼくにはもうなにも残っていないんだ。

「もう、ぼくはだめだ！」ぼくは小声でいった。

すごくびっくりしたが、母さんはぼくをじっと見ているだけだった。それから笑《え》みを浮《う》かべると、向こうへ行ってしまった。ついさっき出ていった兄弟たちが戻《もど》ってきて、ぼくをじろじろ見た。ぐったりして抵抗《ていこう》できないぼくをからかおうと、スコットがばかげた質《しつ》問《もん》をしてきた。スコットは弱った人間にとどめを刺《さ》したい誘惑《ゆうわく》に、どうしても勝てないようだ。デイヴもいまのぼくとおなじ目にあっていたはずだ、とふと思った。スコットはぼくを徹底的《てっていてき》に追いつめる必要があるのだ。それを思うと、やりきれない気分になった。ぼくはスコットの気持ちもよくわかった。苦しんでいるデイヴを見たときにぼくが心にいだいたのとおなじ気持ちを、スコットはいま味わっているのだろう。

と、そのとき、口を開こうとするたびに全身に痛《いた》みが走るぼくの状態《じょうたい》にスコットは気づいたようだった。さっそく、ぼくを笑わせるような冗談《じょうだん》を口にした。ぼくを元気づけようとしているわけじゃない。笑うと、体の痛みが激《はげ》しくなることを知っているのだ。ただでさえ、体がものすごく痛かったから、ぼくは必死で笑わないようにした。それでも胸《むね》に激痛《げきつう》が走って、体を回転させた拍子《ひょうし》に床《ゆか》に落ちてしまった。動くことができない。息もできない。また吐《は》いてしまいそうだ。シャツはすでにゲロと泥《どろ》にまみれているのに。また吐いてしまった。こんどは母さんの絨毯《じゅうたん》と、自分の顔に。耳と髪《かみ》にゲロがかかった。顔がゲロまみれになって、さっきよりもすごい悪臭《あくしゅう》を発している。何度も何度もぜいぜいあえぐ。体を動かすたびに、痛みとひきつけがいっそう激《はげ》しくなった。

母さんが廊下《ろうか》からやってきた。ぼくの名前を大声で呼《よ》んで、カウチに戻《もど》りなさいと命じた。ぼくはその命令にこたえられなかった。母さんの声は聞こえていたけれど、体が動かない。目に涙《なみだ》と汗《あせ》がたまっていて、視界《しかい》がはっきりしない。また吐きそうだったから、ぼくは首をねじった。目にゲロがかからないようにするためだ。いまや、目が猛烈《もうれつ》に痛《いた》む。吐きおえると母さんがやってきて、しゃがみこんでぼくの顔をのぞきこんだ。そして、ぼくの目を見るなり、こういった。

「まあ、どうしましょう！！！　救急車を呼《よ》ばなきゃ」

母さんはぼくを心配しているようだった。ぼくが死ぬんじゃないかって不安にかられたのだ。

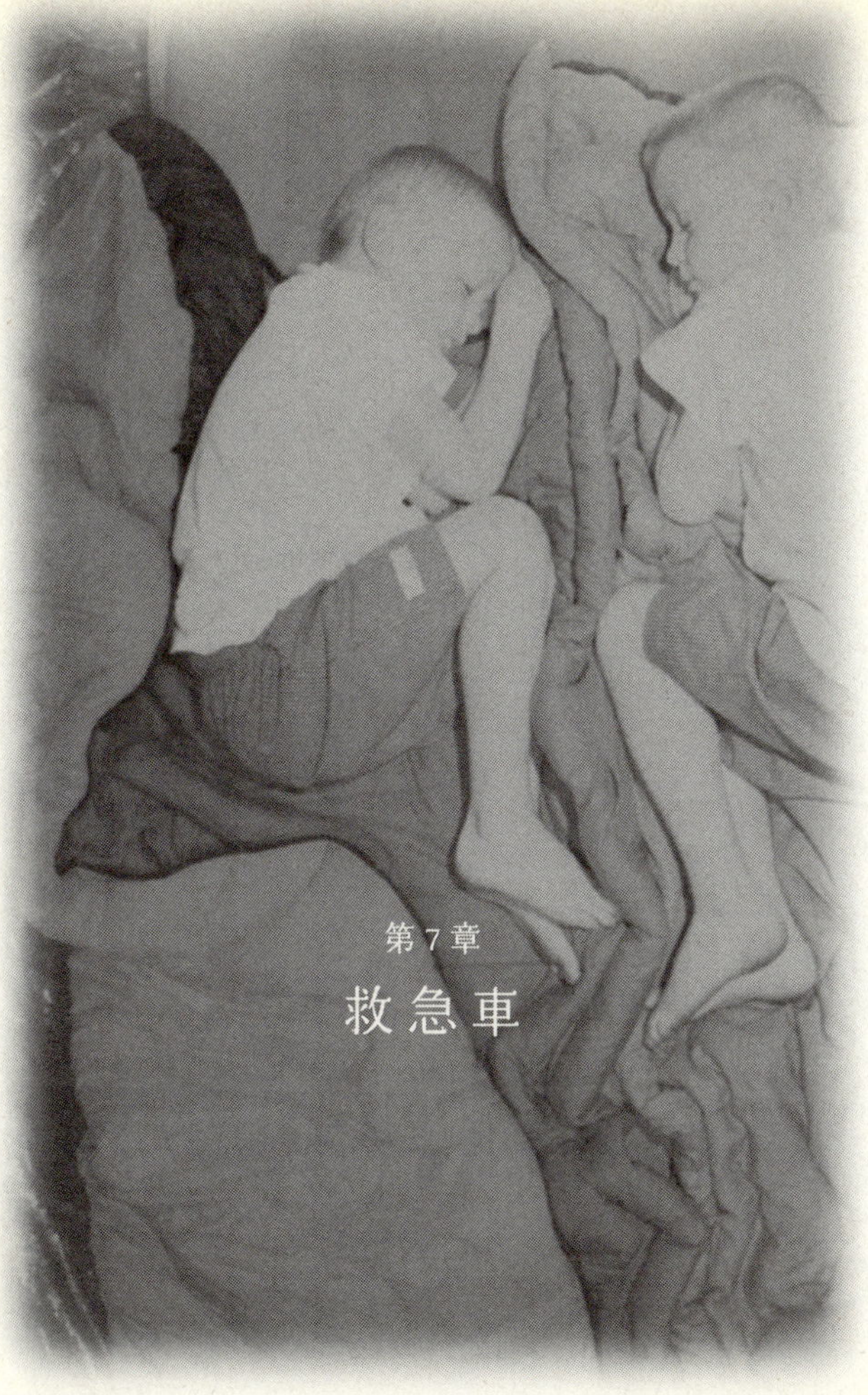

第7章

救急車

病院には何度も行ったことがあるし、兄が腕《うで》や脚《あし》にギプスをしていたのも見たことがあった。行き慣《な》れた場所だったから、病院はこわくなかった。でも入院するのは、はじめての体験だった。ぼくは母から完全に自由になった。入院がきっかけとなって、ぼくは母から離《はな》れることもできるのだと自信を持つようになった。完全に離れるまでには、何年もかかるかもしれないけれど。

手で涙《なみだ》をぬぐったとたん、たえがたい痛《いた》みに襲《おそ》われて悲鳴をあげてしまった。手を放して気がついた。涙じゃない。血だ。

母さんがぼくのまえにひざをついて、〝あのひとたち〟にほんとうのことをいってはだめよ、と命じた。母さんはぼくの顔とシャツを濡《ぬ》れた手ぬぐいで拭《ふ》き、数時間まえからこびりついているゲロをぬぐおうとしている。

「あのひとたち、って、だれのこと？」ぼくはおずおずときいた。

「救急車のひとたちよ。いまおまえを、助けに来てくれるからね」母さんは穏《おだ》やかな口調で答えた。

「わたしのせいでおまえがこうなったとあのひとたちが思ったら、おまえをわたしから引き離《はな》してしまうから」

母さんは真剣《しんけん》そのもので、すごく心配そうにしていたから、ぼくは秘密《ひみつ》を守って母さんを困《こま》らせないようにするのが自分の義務《ぎむ》だと思った。母さんのことが心配でならなかった。母さんが気の毒で、かわいそうに思った。そういった感情《かんじょう》がどこからわいてきたのか、自分でもわからなかった。自分のことよりも母さんのことを気にかけるなんて、考えられないことだ。

救急車が到着《とうちゃく》した。救急隊員のひとりが、ぼくの横にしゃがみこんで話しかけてきた。もうひとりのひとは、無線で連絡《れんらく》をとっている。矢継《やつ》ぎ早《ばや》にいろんな質問《しつもん》をされて、わけがわからなくなったぼくは、痛《いた》みをこらえてどもりながら言葉をしぼりだした。しばらくして、ぼくの言葉を救急隊員がまったく聞きとれないことに気づいた。隊員がぼくの口に手を当てて、落ち着いてゆっくり深呼吸《しんこきゅう》しなさいといった。

ぼくはストレッチャーに乗せられて、玄関《げんかん》に運ばれていった。母さんが救急隊員を呼《よ》びとめて、質問をしようとした。隊員たちは立ちどまることなく、母さんを無視《むし》した。まるで、だれもそこにいないかのように。

ステップの上でストレッチャーの位置が変えられたとき、ぼくは長いストレッチャーに乗せられたまま、ステップの下まで運ばれていくことに気づいてこわくなった。振《ふ》り落とされるのがこわいからやめてくださいと救急隊員に声をかけようとしたけど、言葉が出てこなかった。声を出したいと願っているのに、思うようにならない。息がどんどん苦しくなってきた。声をしぼりだすためには、もっと、もっと酸素《さんそ》を取りこまなきゃ。

「お願いだから、落とさないで！」

ステップの下で救急隊員が立ちどまり、ぼくの足元にある袋《ふくろ》を手に取った。ぼくはプラスチックのマウスピースをくわえさせられた。こんどはなにをやらかしたのかしら、と近所の人々がぼくのことを噂《うわさ》しあっている様子が目に浮《う》かんだ。とんでもない悪さをしたんだと、みんな思っているのだろう。猿《さる》ぐつわをかまされて、救急車に運ばれるなんて、恥《は》ずかしくて気が遠くなりそうだ。

救急車のなかにはいると、なんとなく気分が落ち着いてきた。おだやかで静かな場所だ。

「過呼吸 症 候群《かこきゅうしょうこうぐん》だね」救急車のなかにいた男のひとが、厳《きび》しい口調でいった。

「ゆっくり息を吸《す》って！　それから、このマスクに息を吐《は》くんだ。ゆっくりね」

救急車が発進するとき、ぼくは窓《まど》から外をうかがった。母さんがふたりの兄さんに向かってどなりちらしている。

ぼくが死なないうちから、あたらしい標的を見つけたらしい。ぼくは心のなかでつぶやいた。

怒《いか》りがこみあげてきた。ものすごく腹《はら》が立ってきた。ぼくの高ぶりに気づいた救急隊員が、マットにぼくを押《お》しつけた。なだめようとしているらしい。なにか話しかけてくるが、耳に入ってこなかった。

母さんははやくも、つぎの犠牲者《ぎせいしゃ》に怒りをぶつけている。ぼくは思った。頭のなかはその思いでいっぱいだった。

〝It〟が出ていったときとおなじだ。あのときの母さんは、まる三日間ぼくに猶予《ゆうよ》期間を与《あた》えたけど、今回はそれすら待てないらしい。母さんは、ぼくのことなど忘《わす》れてしまった様子だった。ぼくはもう消えたのだ。母さんの人生からいなくなったのだ。

母さんにとっては、ぼくは死んだも同然なんだ！

救急隊員がぼくの腕《うで》を押さえる力が、いつのまにか強くなっていった。気がつくと、すごい力で押さえつけられていた。

「わたしのいうとおりにしなさい。でないと、きみを助けてあげられないよ」救急隊員がいった。

助けられっこないよ！　おじさんはわかっていないんだ。

母さんにとって、ぼくは死んだも同然なんだよ！

救急隊員がさらにぎゅっとぼくの腕を押さえ、もう片方《かたほう》の腕も押さえると、運転席に向かってなにか叫《さけ》んだ。救急車の後部ドアがいきなり開いて、運転手さんがはいってきた。

運転手さんは、途中《とちゅう》でいったん車を停めていた。目的地がどこなのか、停まった場所がどこなのかはわからなかった。べつの救急隊員のひとりがぼくを押さえつけ、最初にぼくを押さえていた救急隊員が腕に注射《ちゅうしゃ》をした。ぼくは暴《あば》れたが、自分がなにをしているか自覚していた。こんなふうにしちゃいけないんだ。このひとたちは、ぼくを助けようとしているのだから。自分にふりかかった出来事にすごく混乱《こんらん》していたぼくは、ついにわっと泣きだした。

母さんに腹を立てていたし、ひとりぼっちになるのがこわかった。救急隊員のおじさんたちはぼくを助けようとしていたけど、ぼくはかえって混乱したし、自分の力のなさを感じただけだった。さまざま感情《かんじょう》が胸《むね》に渦巻《うずま》いて、わけがわからなくなってきた。恐怖《きょうふ》、屈辱感《くつじょくかん》、体の痛《いた》み。いろんなものがあったけど、ぼくの心をもっとも大きく占《し》めていたのは困惑だった。

注射《ちゅうしゃ》をされてしばらくすると、ぼくは落ち着いてきた。呼吸《こきゅう》をするたびに体に走っていた激痛《げきつう》が、やわらいできている。横にいる救急隊員の呼《よ》びかけに耳を傾《かたむ》けて、話の内容《ないよう》が理解《りかい》できるようになった。あれほどおだやかな低い声で話しをする男のひとは、はじめてだった。幼《おさな》なじみに内緒話《ないしょばなし》を打ち明けられているような感じだった。彼《かれ》がなにを話したか、いまは覚えていない。でも、すごくリラックスできた。

おじさんはぼくの肩《かた》に手をやって、マッサージをしながら運転手さんを見ていた。運転手さんとぼくとに、交互《こうご》に目をやっている。不安が目に表われている。おじさんの表情《ひょうじょう》から、なにか問題が生じていることが読みとれた。

救急隊員のおじさんは本気で心配して、助けようとしてくれているらしい。

母さんはいまごろ、どうしているだろう。

はっと目覚めたとき、自分がどこにいるのか、なにが起こったのか思い出せなかった。まわりにいろんなひとがいる。どこもかしこも、ひとだらけだ。つぎの瞬間《しゅんかん》、自分の居《い》場所《ばしょ》がわかった。病院の救急室だ。

声を出そうとしたけれど、だめだった。絶望的《ぜつぼうてき》な気分だった。寒いし、体も汚れている。人々の問いかけを無視《むし》して、恥《は》ずかしさをこらえて静かに横《よこ》になっていると、顔に冷水を浴びせられ、冷たい水が耳に入りこんできた。ベッドは水浸《びた》しになり、さらなるミネラルウォーターの栓《せん》があけられて、冷たい水が、つぎからつぎへと浴びせかけられる。ぼくはずぶ濡《ぬ》れになった。ともかく、家に帰りたかった。この場所から離《はな》れたかった。ぼくが沈黙《ちんもく》を破《やぶ》ったことで、母さんがピンチに立たされているかどうか確《たし》かめなくては。また嘘《うそ》をついて、母さんをかばってあげなきゃいけないのかどうかを、確かめなくては。母さんをひとりにしておけない。そんなのかわいそうだ。

とそのとき突然《とつぜん》、列車が暴走《ぼうそう》するように、衝撃《しょうげき》を覚えた。

家に帰るだって？　ぜったいに帰るもんか！！！

頭のなかでさまざまな思いが駆《か》けめぐって、わけがわからなくなっている。あまりにも長いあいだ、胸《むね》のずっと奥《おく》に埋《う》めていた感情《かんじょう》が表面にあふれでてきたのだ。いろんな思いがめまぐるしいスピードで頭のなかを駆《か》けめぐっている。

怒《いか》りと家に戻《もど》ることの恐怖《きょうふ》が、代わる代わるぼくの心を占領《せんりょう》した。いまにも自制心《じせいしん》を失ってしまいそうだ。恐怖、痛み、怒り、愛、哀《あわ》れみ、後悔《こうかい》が、ものすごいはやさで胸のなかで渦巻《うずま》いていた。

必死で神経《しんけい》を集中させ、地下室の冷たくかたい壁《かべ》と、その壁だけが知っている涙《なみだ》と悲しみを思った。

あの壁《かべ》みたいに、冷ややかに沈黙《ちんもく》しなきゃ。

冷ややかに、沈黙する。冷ややかに、沈黙する。

ぼくは声には出さないで、なんどもくり返した。

ぼくのすぐ右側にちょっと年がいった女のひとがいて、おだやかな低い声で話しかけてきた。女のひとがなにをいったかは覚えていない。記憶《きおく》にあるのは、おだやかな落ち着いた口調だけだ。その柔《やわ》らかい声は、それまでぼくが何度も体験してきた嵐《あらし》の前の静けさを感じさせた。母さんはよくそんな声で話しかけてきたあと、ぼくを痛《いた》めつけたのだ。けっして消えない傷跡《きずあと》のように、ぼくの記憶にしっかり焼きついている口調。

「やめて！　やめて！　やめて！」

ぼくはついに声を張《は》りあげた。

ぼくの足元にいてだれかと話していたドクターが、「やめて」とぼくが叫《さけ》んだのと同時に口をつぐんだ。ドクターはそくざにぼくの横に来て、女のひとになにか命じた。なにを命じたのかは、わからない。びくびくしながら様子をうかがっていると、女のひとはその場を離《はな》れ、ベッドの足元にある金属製《きんぞくせい》の背《せ》の高いカートからなにかを取って戻《もど》ってきた。それをドクターに手渡《てわた》す。ドクターがこっちにじりじり近寄《ちかよ》ってきた。なにかされるんだ。ぼくはパニックにおちいった。

ぼくはとっさに上体を起こして両手で頭をかばった――ぼくの癖《くせ》となっている身ぶりだ。でもその瞬間《しゅんかん》、激痛《げきつう》に襲《おそ》われた。つま先から背中《せなか》にかけて痛みが押《お》しよせてきて、胸《むね》に広がっていく。全身の皮膚《ひふ》が、鋭《するど》いもので突《つ》き刺《さ》されたようにずきずき痛んだ。象が胸に居《い》すわっているみたいだ――もう、だめだ。まわりのひとたちの話し声が、耳障《みみざわ》りな騒音《そうおん》に聞こえる。もう、なにも聞きとれない。もうなにも考えられない。

疲《つか》れ果てた。

限界《げんかい》だ。

なにもできないし、抵抗《ていこう》する気力もない。

目のまえに銀色の玉がたくさん見えてきた。頭に血がどっと流れこんでいく感じがして、意識《いしき》が遠のいていく。完全に意識を失う直前、さっきの女のひととドクターが左右に立って、ぼくを押《お》さえつけているのが目にはいった。脚《あし》を押さえているひとも、頭を押さえているひともいた。ドクターがぼくの首筋《くびすじ》に注射《ちゅうしゃ》を打った。

なんの注射なのかはわからないが、効果《こうか》はあった――ぼくはおとなしくなった。すぐに、なにも感じなくなった。目がほとんど見えず、周囲のざわめきがまったく気にならない。視界《しかい》が暗くなるにつれ、音がどんどん小さくなっていった。見えるのは、たまに貧血《ひんけつ》を起こしたときに見える星だけ。気を失ったあとのことは、知らない。

きょうにいたるまで、だれからも教えてもらっていない。

数時間後、血や泥《どろ》や涙《なみだ》で汚《よご》れていない清潔《せいけつ》であたたかいベッドで目覚めた。いつのまにかお風呂《ふろ》に入れられたようだ。片目《かため》には顔の半分を覆《おお》うほどの大きな眼帯《がんたい》があてられていて、体にぴったりしたベストみたいなものを着せられている。腕《うで》やひざに白い包帯が巻《ま》かれていた。足元に目をやると、すり傷《きず》と靴《くつ》ずれがあった。靴があまりにも小さいために、半年前からできているのだ。ぼくの年の子供《こども》に靴ずれができているなんて、ふつうじゃない。ぼくは病院の薄《うす》い寝巻《ねま》きを着ていて、病院に来たときに着ていた服をすべて脱《ぬ》がされていた。パンツもはいていない。ちょっと恥《は》ずかしくなったが、すぐに気を取り直した。ここはこんなに居心地《いごこち》がいいのだから。平和で静かで、優《やさ》しい光に満ちている。母さんはどこにもいない。

生まれてはじめて、自分で意識《いしき》することなくため息がもれた。ただのため息じゃない。安堵《あんど》のため息。また眠《ねむ》りに落ちるころには、気分がよくなっていた。

こんなこと、すごくひさしぶりだ。と、心のなかでつぶやく。

きょうは、目を閉《と》じて眠れるんだ。

ずっと眠っていたかったが、翌朝《よくあさ》は案外はやく目が覚めた。病院はしんと静まりかえっていた。目を開けると、きれいなお姉さんがぼくに優《やさ》しく声をかけ、頭をなでてくれた。ぼくの顔を気づかって、眼帯には手を触《ふ》れなかった。

「永遠《えいえん》に眠ってるわけにはいかないのよ」お姉さんが冗談《じょうだん》めかして、優しい口調でいった。

ぼくは笑いかえした。

そのとき不意に気づいたのだが、お姉さんはぼくに話しかけるとき、心のなかをさぐるような質問《しつもん》をしないようにすごく気をつかっている。

母さんの顔色をうかがって、声の調子に注意する習慣《しゅうかん》を身につけていたぼくは、他人の気持ちに敏感《びんかん》だった。ベッドの横にすわっているきれいなお姉さんは、ぼくになにか聞きたがっているようだった。赤の他人がぼくのことを心配してくれるなんて、すごく変だ。ぼくは〝どうでもいい〟存在《そんざい》なのに。

お姉さんはとても感じのいいひとだったから、ぼくは気分が落ち着いているし、もっとゆっくりつっかえないで話すようにするよ、と打ち明けることができた。するとお姉さんは、にっこりした。

「いいのよ。わかってるから」優しくいってくれた。

それから、ソバカスと赤毛をほめてくれたから、ぼくは嬉《うれ》しくなった。

「きみはかっこいいから、女の子にモテるんでしょ」お姉さんは笑った。

どきどきして、顔が赤くなった。痛《いた》みからじゃなく、恥《は》ずかしさから赤くなった。

ぼくにも友だちができたのだ。

お姉さんがすぐに戻《もど》ってくるわねといって、部屋の出入り口に向かった。途中《とちゅう》でいきなり立ちどまってふり返り、ちゃんと戻ってくるからねとくり返した。

「ぜったいにね！」彼女《かのじょ》は声を張《は》りあげた。

自分が女の子に好意を持たれたり、〝かっこいい〟と思われたりするなんて、これまで考えたこともなかった。なんだか照れくさくて、信じられない。約束どおり、お姉さんは戻ってきた。食事の載《の》った大きなトレイを手にしている。いいにおいがただよってきた。出来立てであたたかいようだ。お姉さんがカバーを取ると、卵《たまご》、トーストとジャム、ベーコン、ジュースがあらわれた。食べられそうもなかったら残してもいいのよといわれたけど、ぼくはすべて平らげた。ぼくの旺盛《おうせい》な食欲《しょくよく》に、お姉さんが目を丸くしていた。そのときぼくははじめて、お姉さんが看護師《かんごし》さんの制服《せいふく》を着ていないことに気づいた。彼女はスラックスとシャツ、という格好《かっこう》だった。ひょっとしてお姉さんは看護師じゃないのかもしれない。でも、そんなことはどうでもよかった。

「その食欲だったら、じきにここを出られるわよ」お姉さんがいった。

ほどなくして、ぼくはあたたかい陽射《ひざ》しを全身で感じながら眠《ねむ》りに落ちた。いまでもあのぬくもりを思い出すたび、ぼくは心がなぐさめられて元気になる。


「ここで一日中、眠っているつもりなの？」

頭のなかで言葉が鳴りひびいて、ぼくはとっさに起きあがった。いまなにをすべきか考える。いまこの場で、なんて言い訳《いわけ》すればいいんだろう。自分がどこにいるか、なぜ眠っているか、とっさには思い出せない。混乱《こんらん》していた。

「ごめんなさい。眠っていたんです。ごめんなさい」ぼくはおどおどといった。

さっきのお姉さんの顔がはっきり見えてきて、声をかけてきたのが彼女だったことに気づいた。ぼくを助けてくれて、ぼくをすごく安心させてくれた友人。

ぐっすり眠っていたぼくがすぐに目を覚まし、つっかえながらもそくざに言葉を返したのを目にして、お姉さんの顔にとまどいが広がっていった。でもお姉さんはすぐに表情《ひょうじょう》を変えた。

「おどかすつもりはなかったの」彼女はいった。

恥ずかしくなったぼくは、また顔が赤らむのを感じた。お姉さんがそばにきて、ぼくの腕《うで》を取って手を握《にぎ》った。ぼくの髪《かみ》に指をすべらせながら、いろんな話を、ともかくいろんな話をおだやかな口調でしてくれた。

「きみのこと、うまく言葉がしゃべれない子だって聞いたわ。なにをしゃべっているのか理解《りかい》できないってね。どうしてそんなばかげた誤解《ごかい》をしたんだと思う？　不思議でならないわ」

お姉さんに問いかけられたぼくは、彼女《かのじょ》のまえだと口ごもることなく、はきはきと話すことができる自分に気づいた。びっくりした。

「わからないよ」ぼくはおずおずと答えた。

じきにお姉さんはベッドの端《はし》に腰《こし》をかけていった。

「リチャード。これはどうしても伝えなきゃいけないことなんだけど。お母さんがじきに迎《むか》えにくるわ」

たったいままで感じていた愛情《あいじょう》や安らぎやほのぼのとした気分、やさしい言葉のひとつひとつが、すべて消え去った。家事をしているときにお皿を落として、こなごなにしてしまったような気分になった。

「なにかいいたいことはある？　わたしに伝えたいこと、ないかしら？　きみの力になりたいのよ。きみの家庭がどこかふつうじゃないような気がするの。教えてちょうだい。そうでなきゃ、こっちが心配になるわ。お願い、教えて」

お姉さんの質問《しつもん》が胸《むね》に響《ひび》いたとき、母さんがぼくに怒鳴《どな》りつけるときの酒臭《さけくさ》い息がぱっとよみがえった。「だれにも話しちゃだめよ、とくにお巡《まわ》りさんには！」

お姉さんはぼくの答えを確《たし》かめようと、うつむいているぼくの顔を上に向けて、また質問してきた。答えを探《さが》したけど、なにも浮《う》かんでこない。思わず叫《さけ》びたくなった。その通り、伝えたいことがあるんだよ！

でもぼくは、静かに答える自分の声を耳にしただけだった。「ううん。うちはなにもかも、うまくいってるよ」

「リチャード、ほんとにそうなの？」お姉さんは食いさがった。

「ほんとうだよ！」ぼくはいい返した。

お姉さんは立ちあがって汚《よご》れ物《もの》をトレイに集めると、ぼくを見下ろして落ち着いた口調でいった。

「だったら、問題ないわね」

あたらしい友人をがっかりさせたんじゃないかと思うと、ひどく落ちこんだ。お姉さんにほんとうのことをいくらか打ち明けても、母さんはそれほど困《こま》らないかもしれない。ほんのちょっとは困惑《こんわく》するかもしれないけど、ぼくにひどいことをしてきたと反省して、態《たい》度《ど》を改めるかも。

ありったけの勇気をふりしぼって、ぼくはつっかえながらいった。

「あ、あ、あのね。じ、じ、じつは、は、は、話したいことが、あ、あ、あるんだよ」

言葉がうまく話せないちいさな子供《こども》に、ぼくは戻《もど》っていた。母さんの言葉を借りれば、〝できそこないの息子〟。

ぼくはうつむいて身をかたくした。お姉さんがふり返り、ぼくのそばにしゃがみこむと、ぼくのあごに手をやって顔を上げさせた。

「話してちょうだい」

ぼくはそれまで以上に恥《は》ずかしくなって、自分は価値《かち》のないちっぽけな人間だという思いしか頭に浮《う》かばなかった。ぼくは首を横にふって、ささやくように答えただけだった。

「ううん、なんでもない」

ぼくはお姉さんに連れられて病室を出ると、うつむいて廊下《ろうか》を歩いていった。見るからにしょげかえっていたと思うが、心のなかはそれ以上に暗かった。角を曲がると、そこに母さんがいた。

胸《むね》がむかむかした。気分が悪い。吐《は》いてしまいそうだ。

母さんは廊下のベンチにすわっていた。奥《おく》さんが無事に子供を出産したことを知らされて、嬉《うれ》しそうにしている父親みたいに。ぼくと目を合わせると、母さんは瞳《ひとみ》を輝《かがや》かせた。そのあいだ、母さんとは一言も言葉を交わさなかった。母さんの顔を見たぼくは、またじっとうつむいて車まで歩いていった。

ぼくの負けだ。

母さんが勝った。

家に戻るまで、一時間以上かかった。母さんはときおり、後部座席《ざせき》にすわっているぼくをバックミラーでうかがっていた。意地の悪い冷たいまなざしが、「こんどもあたしの勝ちだよ」と語っていた。母さんは今回も、怪《あや》しまれることなく難《なん》を切りぬけたのだ。車が出てほどなくすると、静かな車内で母さんの独《ひと》り言《ごと》が聞こえた。

「ばかな子だよ。うまく逃《に》げたつもりでいたんだろうね。まったく、こらしめてやんなきゃ」

秘密《ひみつ》がまだ守られていることを、母さんもぼくも知っていた。ぼくは家族の義務《ぎむ》を果たし、母さんの信用にこたえたのだ。母さんといっしょにうちに戻ると考えただけで、泣けてきた。心のなかで泣いていても、母さんには泣き顔を二度と見せまいと決心していた

――ぜったいに。

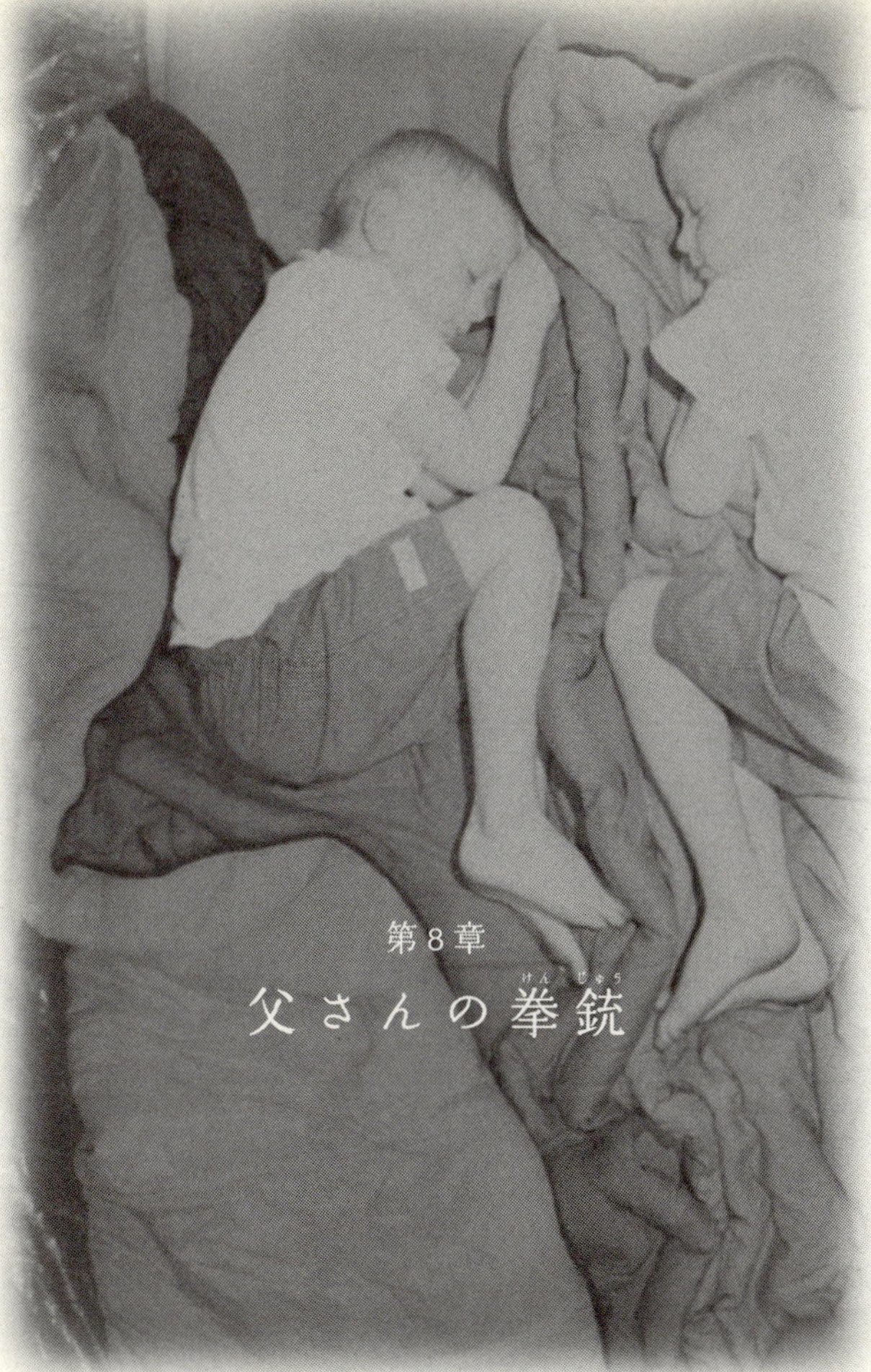

第8章
父さんの拳《けん》銃《じゅう》

ぼくはもはや、精神的《せいしんてき》にぼろぼろだった。それでも、胸《むね》のなかではさまざまな思いがすごいはやさで渦巻《うずま》いていて、そのスピードに自分でもついていけなかった。ただひとつはっきり自覚していたのは、どうやったら母の暴力《ぼうりょく》をやめさせられるか、という考えだけだった。虐待《ぎゃくたい》をやめさせる方法を、なんとか見つける必要があった。母に立ち向かう勇気がないことははっきりしていたから、なんらかの方法を考えださなければならなかった。

方法はかならずあるし、すぐに見つかるとぼくは思っていた。ほんとうに実践《じっせん》できるかどうかまでは、考えが至《いた》らなかった。じっさいのところ、母を殺すのはこわかった。ぼくはそれまで、たびたび内なる声を聞いたことがあった。通学路となっている木立ちを歩いているときに何度か、そして、さんざんなぐられたあとにしばしば、聞いていた。それが自分の考えなのか、天のお告げのようなものなのかは、わからない。どちらであれ、ぼく

はちょくちょく内なる声を聞いていた。しょっちゅうのことではない。以前耳にした曲がラジオから流れてきて、聞き覚えがあるなと思うていどのことだ。それでいて、その考えはいつも、まったく新鮮《しんせん》に感じられるのだった。

運転をしながら独《ひと》り言《ごと》をいっている母さんを見ながら、ぼくはひたすら、自分の人生を変えるにはどうすればいいのかと考えていた。

母さんにストップをかけなきゃ。

こんな悪夢《あくむ》みたいなことは、永久《えいきゅう》に終わらせなきゃ。

と、つぎの瞬間《しゅんかん》、ひとりぼっちで絶望的《ぜつぼうてき》な気分になっているぼくを励《はげ》ますように、いつものあの気持ちがよみがえってきた。以前にも、そういう気持ちになったことがあったけど、そのときもまたわいてきたのだ。

毒を盛《も》る？　ぼくは思いをめぐらした。母さんがデイヴを殺そうとしたときみたいに、洗剤《せんざい》を混《ま》ぜ合わせるのはどうだろう？　それとも二階から下に突《つ》きおとそうか？

と、そのとき、つぎからつぎへとわいてきたアイデアが、いきなりストップした。いつものあの感情《かんじょう》が起こってきて、母さんを殺すアイデアを押《お》しとどめたのだ。こんなに追い詰《つ》められた状況《じょうきょう》にあっても、ぼくの心のなかのだれかが、いや、なにかが待ったをかけたのだ。

デイリーシティにはいる手前で、ぼくは不意におだやかな気分になった。そのおだやかさは、以前にも経験《けいけん》したことがあった。

これまで、何度か真剣《しんけん》に救いを求めたときに聞こえてきたちいさな声が、また聞こえてきたのだ。通学路の木立ちで耳にしたのとおなじ声。あの素朴《そぼく》で説得力のある声を、ぼくは久《ひさ》しく忘《わす》れていた。その声がいま、ぼくに語りかけてきていた。「人生を捨《す》ててしまえ。それほどむずかしいことじゃない。おまえには、わたしがついている」

たんなる空耳？ それともひょっとして、だれかが話しかけているのか？

もしかして、神さま？ ついにぼくの声が届《とど》いたのか？

でも、もう遅《おそ》い。そう思ったとたん、声は聞こえなくなった。

つぎの瞬間、気づいた。ぼくを助けてくれようとするひとは、もういない。助けられるひとすら、もういない。病院のお姉さんは、助けてあげるといってくれた。ぼくに打ち明ける勇気さえあればよかったのに……勇気がなかった。

想像《そうぞう》しているだけじゃだめだ。行動を起こさなきゃ。自分自身を心のなかで叱咤《しった》した。

ともかく、出口を見つけたかった。自由がほしかった。いびられることなく、ふつうの子供《こども》として成長するチャンスをつかみたかった。

家に戻《もど》ってから、母さんがお酒を飲んでふらふらになり、廊下《ろうか》も歩けなくなるのにたいして時間はかからなかった。じきに母さんは寝室《しんしつ》に向かった。ぼくはすでにベッドに横になって、車のなかで思いついたことについてあれこれ考えをめぐらしていた。恐怖《きょうふ》と痛《いた》みの日々を終わらせたいというひどく切実な願いに、ぼくの心はすっかり乗っとられていた。母さんに受けた暴力《ぼうりょく》、侮辱《ぶじょく》の言葉の数々がよみがえってくる。それにしたがって、アイデアがより現実味《げんじつみ》をおびてきた。

恐《おそ》ろしいことに、ぼくはぜんぜん尻《しり》ごみしていなかった。すごく落ち着いていて、くつろいだ穏《おだ》やかな気持ちでいた。なにもかも三十分以内で終わる。父さんが靴《くつ》のなかに隠《かく》している黒いリボルバーを盗《ぬす》みだして、眠《ねむ》っている母さんのもとに行き、頭に銃口《じゅうこう》を当てた……。と、そこで体が動かなくなった。

ほんとにやったら——ぼくはどうなる？

「リチャード——そんなことをしたら、地獄に堕《お》ちるぞ！」

ここはすでに地獄だ。それに、地獄に行くべきは母さんなんだ！　心のなかのささやきに、ぼくは答えた。

母さんの頭に銃口をまた当てて、撃鉄《げきてつ》を起こす。カチッという金属音《きんぞくおん》が、部屋に響《ひび》きわたった。空気でさえ、動きを止めていた。一秒間が一時間のように感じられ、恐怖が鎮《しず》まっていった。不安が徐々《じょじょ》に消えて、ぼくはリラックスしていた。まったくの静寂《せいじゃく》が、部屋に満ちている。サンフランシスコ湾《わん》をゆっくりと覆《おお》いつくしていく朝霧《あさぎり》みたいに。手がふるえているのではないかと思って手元を見たが、まったくふるえていなかった。

目をつむって、引き金を引く。

時が静止して、心臓《しんぞう》がドキドキした。もうすぐ発砲《はっぽう》の音がするはずだ。息をひそめて待ちつづける。一秒にも満たない時間が、数分に感じられた。

あたりはしんと静まりかえっている。じきに、自分の心臓の鼓動《こどう》しか聞こえなくなった。消火ホースからほとばしる水みたいに、アドレナリンが体を駆《か》けめぐっている。

目を開けたとき、引き金をいくら引いても、撃鉄を落とすだけの力がぼくにないことがわかった。視線《しせん》を落としてそのことに気づいたとき、静かなささやき声が聞こえた。でも今度は、これまで頭のなかで聞こえていたおだやかな優《やさ》しい声ではなかった。

部屋のどこかから聞こえてきた声だった。あたりに響きわたる叫《さけ》び声《ごえ》のようでいて、ひそやかなささやき声のようでもあった。

「やめるんだ」ぼくに呼《よ》びかけた。

ぼく自身の声みたいにリアルだった。引き金を引く恐怖が、ぼくの心と部屋に充満《じゅうまん》した恐怖《きょうふ》に取ってかわった。

この部屋にだれかがいる。目には見えないだれか。なにか。この部屋には母さんとぼくしかいない。でも、もうひとりの存在《そんざい》をぼくは感じとっていた。頭から毛布《もうふ》をかぶっていても、ベッドのそばに立っている母さんの気配を感じられるときとおなじだ。母さんの姿《すがた》は見えないけれど、そこにいることはわかるのだ。いまもだれかが、なにかが、横に立っているのがわかる。

ぼくはじっと立ちつくしていた。

地下にいるデイヴの声を耳にしたこと。

病院のお姉さんが、ぼくにだいじょうぶかと聞いたこと。

ジョッシュとふたりで、ウエストモアヒルの茂《しげ》みを歩いて学校に行く映像《えいぞう》も不意に頭に浮《う》かんだ。

いったい、どうしちゃったんだ？　ぼくは不安になった。

頭が働かない！

息ができない！

なにもできない！

ぞっとした。これまでだってこわい思いをしてきたけど、自分の頭のなかが手に負えなくなって、これほどまでにこわい思いをしたことははじめてだった。

ぼくは首をふって、もやもやした頭のなかをはっきりさせようとした。やろうとしていたことを果たさなくちゃ。自分が求めているものを、もう一度はっきりさせなくちゃ。親指を銃《じゅう》のハンドルから離《はな》し、撃鉄《げきてつ》に目をやる。撃鉄のバネの力を親指に感じながら、この撃鉄は一瞬《いっしゅん》で落ちるのだ、と思う。そうすればすべてが終わる。もう、痛《いた》めつけられることはない。もう涙《なみだ》が出ることはない。もう、苦しい思いをすることはない。地下のコンクリートに、わかってほしいともう訴《うった》えなくていい。無駄《むだ》なお祈《いの》りを、もうしなくていい
――なにより、もう母さんがいなくなる。

ぼくは魂《たましい》が抜《ぬ》けたように、じっとその場に立ちつくしていた。

怒《いか》りはなかった。

恐怖もなかった。

ちょっとのあいだ、なにも感じなかった。うつろな気分、というのではない。じっさい胸《むね》が熱くなっていたし、〝なにも感じない〟という自覚はあった。ぼくは生まれてはじめて、感情《かんじょう》がまったくわいてこない、というのを経験《けいけん》した。

ぼく自身なのか、神様なのかわからなかったけど、だれかがぼくから殺人の衝動《しょうどう》を奪《うば》い、代わりに罪《つみ》の意識《いしき》をぼくの心に植えつけた。

ぼくは母さんのベッドを離《はな》れて、父さんのワークブーツに拳銃《けんじゅう》を戻《もど》してから自分の部屋に行った。

目に額《ひたい》の汗《あせ》が流れこんできて、焼けつくような痛《いた》みが走った。ベッドで目をさました瞬《しゅん》間《かん》、はっとして混乱《こんらん》した。

ぼくは実行したのか？　それとも、眠《ねむ》っていたのか？　ぼくはなにをやらかしたんだろう？

ぼくはじっさいに母さんの頭に拳銃を当てたのか、それとも夢《ゆめ》を現実《げんじつ》にあったことと勘《かん》違《ちが》いしただけなのか、よくわからなかった。

第9章

デイヴとの再会

まだおさなかったころは、過去《かこ》の出来事をふり返っても、芝居《しばい》のワンシーンのように感じていた。自分の経験《けいけん》というより、芝居の役者に感情移入《かんじょういにゅう》しているだけのように思われてならなかった。でも九歳《さい》になると、過去をふり返って、なにかを見出すようになった。ぼくの人格《じんかく》形成に影響《えいきょう》を与《あた》えた、なにかべつのものを。ぼくが見出したのは、あるひとつの出来事、ぼくの人格を決定し、その後数年にわたる恐怖《きょうふ》の日々を生き抜《ぬ》く方法を形づくった出来事だった。その出来事とは、兄の〝It〟への裏切《うらぎ》り行為《こうい》と彼《かれ》に与《あた》えた苦しみだった。あのころぼくは、自分の人生と形成しつつある人格を受けいれる時期にはいっていたのだった。

デイヴがフォスターホームに移《うつ》って間もないある日、あの子を見かけたらすぐに報告《ほうこく》するんだよと、母さんはぼくたちにきっぱり命じた。デイヴはとんでもなく執念《しゅうねん》深い人間だから、ぼくたちを追いかけてきて害を及《およ》ぼす、といわんばかりの口調だった。デイヴは肉親をすごく恨《うら》んでいる、とくに弟のおまえをね、と母さんはしつこくくり返していた。

ぼくに何度もいったものだ。

「あの子はきっと、おまえに復讐《ふくしゅう》しに来るよ。凶暴《きょうぼう》な子だからね、なにをしでかすかわからないわ」

デイヴに再会《さいかい》する恐怖《きょうふ》は、母さんを恐《おそ》れる気持ちよりも強くなっていた。彼《かれ》は機会さえあれば、さんざん自分を痛《いた》めつけたぼくをこてんぱんにするだろう。ぼくはデイヴがこわかった。

母さんの話によると、デイヴはカリフォルニア州の刑務所《けいむしょ》というか更正施設《こうせいしせつ》みたいな場所に入れられていて、デイリーシティにはいないとのことだった。彼がどこにいるか、ぼくにはわからなかった。学校に戻《もど》ってこられるのかどうかすらも、わからなかった。

デイヴはしつこく、こっそりとぼくを尾行《びこう》しているのだろうか？ 学校の廊下《ろうか》で待《ま》ち伏《ぶ》せして、復讐するつもりなんだろうか？ ぼくは不安でならなかった。

いやな予感は的中して、ついにその日がやってきた。

休み時間に教室を移動《いどう》しているとき、離《はな》れたところからぼくの名前を呼《よ》ぶ声がした。周囲を見まわしたが、だれが呼んだのかわからなかった。ひょっとしたら空耳だったのかもしれない、という気もした。また歩きだすと、彼が人ごみのなかから現《あらわ》れた。

デイヴだ。

ぼくはぎょっとした。母さんにいわれていたことが頭によみがえり、施設を出て仕返しをしにきたのだという恐怖にとらわれた。デイヴはナイフを持ってるのかもしれない。いや、ことによると銃《じゅう》を。彼が近づいてきたから、ぼくはぶるぶるふるえだした。デイヴはぼくのことを怒《おこ》っている、自分をひどい目にあわせたぼくに復讐しようとしている。そうとしか、考えられなかった。

デイヴが話しかけてきたのと同時に、ぼくは兄さんが怒っていないことに気づいた。ぼくに会えて、嬉《うれ》しそうにしていた。デイヴはきれいな服を着て、サイズの合った靴《くつ》をはいている。清潔《せいけつ》な感じだった。ひもじそうな顔は、もうしていない。なんだか——幸せそうだ。

ぼくは面食らった。デイヴはほんとうに幸せなのだろうか、それともふりをしているだけなのか。デイヴが幸せそうにしているなんて、ふつうじゃない。じっさい、彼が幸せそうにしているのを、ぼくはそれまで見たことがなかった。

デイヴは明日またここで会って、ちょっとおしゃべりができるかな、とだけきいてきた。どう言葉を返したらいいのか思いつかず、ぼくは「いいよ」と短い返事をしただけだった。

その期《ご》に及《およ》んでもまだ、いきなり態度《たいど》を変えてぼくを撃《う》ち殺すんだ、という気がしていた。

現《あらわ》れたときとおなじように、デイヴはあっという間にいなくなった。と、そのとき、彼《かれ》の罠《わな》にかかったことに気づいた。デイヴはぼくが学校に通っていることを確《たし》かめたかったのだ。そしてぼくは、明日も会う約束をしてしまった。母さんの言い分が正しいのならば、ぼくはとんでもない危険《きけん》にさらされていることになる。母さんが間違《まちが》っていることも考えられる。でも、それだったらどうしてデイヴはぼくに会いにきたのか？

夕食のあと、家事をすませたぼくは決意をかためた。

「きょう、学校でデイヴに会ったよ」母さんにいう。

母さんは不安そうに声をひそめて、短い言葉を返した。

「どこで？」

母さんの表情《ひょうじょう》と声音は、デイヴを動物みたいに地下室に住まわせていた数年前をぼくに思いださせた。母さんの口調は、あのときとおなじだった。憎《にく》しみと悪意に満ちている。

「なんて声をかけてきたの?」

「どこで、会ったの?」

「まわりにひとはいた?」

矢継《やつ》ぎ早《ばや》に質問《しつもん》してきたから、ぼくはぎょっとしてわけがわからなくなった。以前のように、恐怖《きょうふ》のあまり言葉がつかえてしまう。

母さんはぼくのおびえに気づいて、不意に態度《たいど》を変えた。ちょっとのあいだ、部屋は静まりかえった。その場に立ちつくし、互《たが》いに顔を見合わせたまま、ぼくたちは一言も言葉を発しなかった。

デイヴに会ったという話に興奮《こうふん》している母さんを見て、ぼくは母さんの言い分は正しいのだと確信《かくしん》した。デイヴはぼくに復讐《ふくしゅう》しにきたのだ。

なにもかも母さんの思いどおりになっていた。母さんは自分の元から離《はな》れていったデイヴを敵《てき》とみなし、恐《おそ》るべき人間だとぼくたちに吹《ふ》きこんだ。じっさい、ぼくはおびえていた。

母さんの表情が悪意に満ちたものから、こずるいものへ変わっていった。ぼくの気持ちや恐怖心を、簡単《かんたん》にあやつれることを母さんは知っているようだった。事実ぼくは、頼《たの》みの綱《つな》は母さんだけだと思いこまされていた。

母さんが近づいてきたから、ぼくは身をすくませた。きっとぶたれたり、蹴《け》られたりするんだ。とっさに目をつむる。目を閉《と》じていたのはほんの数秒のことだったけど、何時間もの長さに感じられた。気がつくと、母さんがひざをつき、ぼくの肩《かた》に両手を置くのが感じられた。

とっさに目を開けたぼくは、母さんがこんなにも接近《せっきん》していることに恐怖《きょうふ》を覚えた。逃《に》げたり隠《かく》れたりする心構《こころがま》えはできていなかったから、ぼくは母さんにされるがままに体に触《さわ》らせていた。

母さんの声はおだやかで、顔はやさしかった。息はお酒臭《くさ》い。あまりに強烈《きょうれつ》なお酒のにおいに、ほかのことが考えられなかった。

「何時に会う約束をしたの？」と、母さん。

「きょうとおなじ時間。授業《じゅぎょう》が終わるベルが鳴った直後だよ」ぼくはこたえた。

「わたしがなんとかしてあげる」母さんはいつもの口調でいって、立ちあがった。ベルが鳴る直前に面会室に行って待っていなさい、と母さんはぼくに命じた。デイヴが〝追いかけて〟きたら、わたしが守ってあげるからね、と。

その夜は、なかなか寝《ね》つけなかった。母さんはほんとうに、デイヴからぼくを守ろうとしているのか？　それともデイヴが現《あら》れたのは、母さんからぼくを守るためだったのか？　いっそのこと母さんとデイヴの両方が自分の心のなかから消えてしまえばいい、とぼくは思った。ぼくの人生から消えてしまえばいい、と。ぼくは恐怖のあまり、眠《ねむ》ることができなかった。

デイヴがぼくに会いたがったのはなぜなのか、必死で考える。

母さんの言い分がちがっていたらどうする？

ぼくが以前の彼《かれ》とおなじ立場に追いやられたことを、デイヴはどうやって知ったのだろう？

なぜいまごろになって、ぼくに関心を示《しめ》したのだろう？

なにしろぼくは、ただでさえひどい目にあっていたデイヴをいっそう苦境《くきょう》に追いこんだ人間なのだ。

それとも、リチャードだってあんな残酷《ざんこく》なことをやりたくてしたわけではないと、デイヴは思ってくれているのだろうか？　ぼくはじっさい、母さんにコントロールされていただけなのだ。いまのスコットのように。

そう、そうなんだ。ぼくは思った。

ぼくはそんなひどい人間じゃない。

残酷《ざんこく》なのは母さんであって、ぼくじゃないんだ。痛《いた》みや苦しみを、ぼくたちに与《あた》えたのは母さんだ。ひとの苦しみに、いっさい関心を持たない母さん。ぼくに地獄《じごく》の苦しみを味わわせたひと。デイヴを家から追い払《はら》ったひと。でもぼくは、兄さんをはめるような真似《まね》をしてしまった。母さんが明日学校に来ることを、兄さんは知らない。

どうすればいいんだ。

デイヴをもう一回いじめるチャンスを母さんが見逃《みのが》すはずがない。ぼくは思い悩《なや》みながらも、いつの間にか眠《ねむ》っていた。

翌朝《よくあさ》、ぼくはしたくをして、母さんの目をぬすんで朝食をつくった。

ひょっとしたら母さんは、デイヴの件《けん》を忘《わす》れているのかもしれない。ぼくは何事もなかったような顔をしていればいいんだ。

教科書とランチボックスを持って学校に行こうとすると、廊下《ろうか》で母さんにつかまってしまった。ぼくは腕《うで》をつかまれ、キッチンに引《ひ》っ張《ぱ》りこまれた。母さんはいきなりぼくを後ろ向きにさせて、冷蔵庫《れいぞうこ》の前に立たせた。

「あたしを見ないでちょうだい！　あんたを見てると、吐《は》き気《け》がするのよ！」

ぼくがなにをしたというのだろうと、どぎまぎしていると、母さんがキャビネットの扉《とびら》を開けて、一番上の棚《たな》からなにかを取りだすのが、ちらっと見えた。母さんに肩《かた》をつかまれて前を向かされてはじめて、それがなんであるかわかった。

十二オンスのタバスコの瓶《びん》。

「ぼく、なにもしてないよ！」

ぼろぼろ涙《なみだ》を流しながら、ぼくは叫《さけ》んだ。タバスコは、ぼくをこらしめるときに使う母さんのお気に入りの道具のひとつだ。これでいったい、何本目だろう。相当の数になるはずだ。

母さんは最初、ぼくが乱暴《らんぼう》な口をきいたり、口答えしたときだけに、こらしめの道具としてタバスコを使っていた。ぼくがそれを死ぬほどいやがっているのに気づいてからは、しょっちゅうこのお仕置きをするようになった。しまいには、〝悪さをしそうだったから〟という理由で、タバスコでぼくを罰《ばっ》するようにまでなったのだ。

「生意気な口をきくんじゃない！」母さんがどなった。

「余計《よけい》なことをいったらどうなるか、思い知らせてやる。このクソガキ！」

母さんはキッチンの引き出しを開けて大きなスプーンを出したが、すぐにそれを元の場所に放った。それからもっと大きな取り分け用のスプーンを手に取って、タバスコをそこになみなみと注いだ。

「さっ、口を開けなさい！」

ぼくは涙《なみだ》を流しながら、しぶしぶ口を開いて目をつむった。タバスコのにおいや味を想《そう》像《ぞう》するだけで、吐《は》き気《け》がしてくる。ともかく、母さんの忠告《ちゅうこく》に従《したが》うしかない。そうしないと、もっとひどい目にあうのだから。母さんはスプーンをぼくの口の奥《おく》にぐいっと入れた。それから舌《した》の真ん中あたりまで戻《もど》して、ぼくがタバスコを全部飲むように、できるだけ高くかかげて下向きにした。飲みこまなきゃいけないことはわかっていた。もし吐《は》きだしたら、二倍の量のタバスコを飲ませられるだろう。

タバスコを飲みこんで目を開けると、とたんに目がかっと熱くなった。タバスコが食道を通って胃に到達《とうたつ》するとすさまじい痛《いた》みに襲《おそ》われた。吐きそうだ。

「もう一回、口を開けなさい」母さんが命じた。

ぼくは耳を疑《うたが》った。母さんはまた、スプーンにタバスコを注いでいる。とても無理だよといおうとして口を開いたとたん、スプーンを突《つ》っこまれた。

タバスコを飲みこむと、口じゅうにつばがわいてきた。よだれがたれてきて、シャツを汚《よご》した。涙で顔がぐちゃぐちゃになる。タバスコの味のせいだ。恐怖《きょうふ》のせいじゃない。

目がほとんど見えない状態《じょうたい》で吐き気をこらえていると、母さんがいった。

「もう一匙《ひとさじ》よ。坊《ぼう》や」

もうだめだ。ぼくはスプーンをさえぎろうと、両手で顔をおおった。そして思わず、母さんの手からスプーンをなぎはらった。タバスコが床《ゆか》に飛び散った。母さんは目に怒《いか》りの色を浮《う》かべ、息づかいを荒《あら》くしている。ぼくはどうやら、もっと危険《きけん》な事態《じたい》に追いこまれたようだ。怒《いか》りのせいで母さんの息づかいがどんどん激《はげ》しくなっていくと、口臭《こうしゅう》が鼻をついた。例によって、朝っぱらからウオッカのにおいをさせている。

母さんはタバスコの瓶《びん》をがしゃんと置くと、ぼくの髪《かみ》をつかんでどなりつけた。

「なめなさい。ほらっ、犬みたいに」

と、その瞬間《しゅんかん》、ぼくはある光景を思い出した。

犬みたいに、という言葉が心のなかで何度も響《ひび》きわたる。デイヴがキッチンテーブルの下で、犬の皿から何か食べていたあの光景。

犬みたいに。犬みたいに

その言葉が何度も何度もこだまして、いっこうに止まらない。

タバスコのすさまじいにおいを避《さ》けるために、ぼくが必死で顔をあげようとすると、母さんは両手でぼくの頭を押《お》さえ、床に顔をつけさせた。母さんは力をゆるめることなく、雑巾《ぞうきん》がけをするみたいに、ぼくの顔をタバスコがたまっている床になすりつけた。ぼくの頭をつかむ力をどんどん強めて、顔を床にごしごしなすりつける。

ぼくは目をぎゅっと閉《と》じていた。タバスコが目にはいったら、それこそ大変なことになる。口もぜったいに開けなかった。そうやって母さんにされるがまま、床に顔とシャツをこすりつけていた。

「さあ、立って」母さんがいった。

立ちあがると、母さんはそくざにぼくを冷蔵庫《れいぞうこ》に押《お》しつけ、もう一方の手でタバスコの瓶《びん》をつかんだ。

「口を開けなさい」母さんは叫《さけ》んだ。

ぼくはいまいちど、しぶしぶ口を開いた。タバスコのガラス瓶が歯に触《ふ》れるのを感じ、母さんがスプーンを手にしていなかったことに気づいた。タバスコが口に流しいれられる。飲みこむか、吐《は》きだすか、ふたつにひとつしかない。ぼくは愚《おろ》かにも飲みこんでしまった。

「もっと!」

「もっと!」

「もっと!」

母さんはどなりつづけた。

タバスコがまた、流しいれられた。もう、無理だ。これ以上は、飲みこめない。

ぼくは目に涙《なみだ》をためてよだれを流しながら母さんの手を払《はら》いのけると、バスルームに駆《か》けこんだ。

床《ゆか》と洗面台《せんめんだい》にタバスコを吐《は》く。

それからトイレに行って、母さんに止められるまえに、急いで便器の水を手ですくい口に持っていく。何度も何度も水をすくって、口をすすいだ。タバスコとゲロとトイレの水で濡《ぬ》れたシャツが、さっきよりもひどいにおいをさせている。

「シャツを脱《ぬ》ぎなさい」母さんの声がして、ぼくはぎょっとした。

恐怖《きょうふ》に身がすくんだ。母さんはぼくをなぐれる距離《きょり》にいて、逃《に》げる場所がない。全身の筋肉《きんにく》を緊張《きんちょう》させて便器にしがみついたけれど、なにもされなかった。

「シャツを脱ぎなさい、いますぐ！」母さんがくり返した。

なぐられなかったことに面食らいながらも、ぼくはいいつけにしたがってシャツを脱いだ。母さんはぼくを押《お》しのけ、バスルームの洗面台でシャツを洗《あら》い水をしぼった。

「着なさい。はやく！」

タバスコとゲロのにおいがまだ残っている、濡《ぬ》れたシャツを着る。母さんにいわれるまま、教科書と黄色いランチボックスをまとめて手に持つ。

さきに車に乗って待ってろ、と母さんはどなった。

犬みたいに、とぼくは心のなかでつぶやいた。感情《かんじょう》はなにも浮《う》かんでこない。犬みたいに。ただそれだけ。

車のなかで母さんを待つあいだ、かつてさげすんでいた存在《そんざい》に自分がなりつつあることを、またしても思い知らされた。ぼくはデイヴになりつつある。

そしていま、ぼくは彼《かれ》をまた母さんと対決させようとしている。デイヴをおとしいれて、彼をこらしめるチャンスを母さんに与《あた》えようとしている。

学校に着くと、母さんとぼくは面会室に行って、辛抱《しんぼう》強く時が過《す》ぎるのを待った。しばらくしてから母さんはぼくを連れて廊下《ろうか》に出て、問題の場所に向かっていった。きのうデイヴに会ったところに。

電気椅子《いす》に向かう死刑囚《しけいしゅう》のような気分だった。ぼくはがっくりとうなだれていて、横に母さんがいる。ほどなくして、デイヴがぼくを呼《よ》ぶ声が聞こえた。

「リチャード？」

ぼくは顔をあげなかった。母さんとぼくが彼に近づき、デイヴもこっちに向かってくる。胸《むね》のなかで、心臓《しんぞう》がすごい勢《いきお》いでばくばくしている。ぼくは彼と面と向かって顔を合わせることができなかった。

兄さんを見てはいけない。

兄さんを見てはいけない。自分に何度もいい聞かせる。

ぼくたち三人が足を止めると、廊下は静寂《せいじゃく》につつまれた。まるで、周囲にだれもいないような感じだった。いままで行きかっていた大勢《おおぜい》の子供《こども》たちが、ふいに姿《すがた》を消したような。ほんとうのところ、廊下はひとであふれていた。立ちつくしているぼくたち三人の横を、子供たちがつぎつぎと通りすぎていく。

母さんがデイヴになんといったかは、思い出せない。覚えているのは、その口調だけ。デイヴがまだうちにいたころ、母さんが彼に対して使っていた口調。いまでは、ぼくに対して使っている口調。

ぼくは顔を上げてデイヴを見た。母さんが相変わらずデイヴに影響力《えいきょうりょく》を持っていることが、ありありとわかった。母さんを目にしたデイヴは、すっかり動揺《どうよう》して、青ざめている。

ぼくは彼の目を見た。目が合った瞬間《しゅんかん》、デイヴの視線《しせん》が以前の生気《せいき》のない視線ではないことに気づいた。ぼくの目をしっかり見返している。後悔《こうかい》の念と恐怖《きょうふ》に、ぼくは打ちのめされた。デイヴをこらしめてやると鼻息を荒《あら》くしている母さんを、ここに連れてきたのはぼくだ。リチャードがまたしても〝裏切《うらぎ》り〟を働いた、とデイヴは思っているにちがいない。

ぼくがこの状況《じょうきょう》をはっきり把握《はあく》するまえにデイヴは姿《すがた》を消し、母さんはぼくの腕《うで》をつかんで駐車場《ちゅうしゃじょう》に向かった。

「あのロクデナシ！」母さんは何回もののしった。

「あと、おまえも。ったく、役に立たないんだから！」ぼくにどなりつけた。

駐車場に向かうとちゅう、母さんの怒《いか》りは激《はげ》しくなるばかりだった。

兄さんはぼくを助けようともしないで、消えてしまったという考えしか、ぼくの頭には浮《う》かばなかった。

長いあいだ、ぼくはデイヴを大いに苦しめてきた。彼《かれ》がじっさいにやったことだろうと、やってないことだろうと、ぼくは話を大げさにして母さんにいいつけ、彼を窮地《きゅうち》に追いこんだ。そしていまデイヴは自由になり、ぼくがやっつけられる人間となった。おびえる人間。ひどくびくびくして、顔もあげられずにふるえている人間に。

あのころ、兄さんがなににおびえていたのか、夜どうして眠《ねむ》れなかったのか、いまのぼくには、手にとるようにわかる。どうしていつも、うつむいていたのかも。あれは恥《は》ずかしかったからじゃない。身も心も母さんの奴隷《どれい》になりきっていたからだ。

学校でデイヴに会ってから、母さんのぼくに対する態度《たいど》は変わった。完全に無視《むし》するようになったのだ。でもぼくは、たいして傷《きず》つかなかった。無視されれば、暴力《ぼうりょく》を受けずにすむ。母さんは兄さんのスコットといっしょに、家をとりしきっていた。なにを決めるのにもいっしょで、まるで夫婦《ふうふ》みたいだ。残された〝家族〟の幸せは、自分たちふたりにかかっているといわんばかりにふるまっている。

スコットは、もはや自分がする必要のない家の雑用《ざつよう》をやるように、ぼくにひっきりなしに命令した。彼がぼくをあごでこきつかうことを、母さんは喜んでいたようだ。面倒《めんどう》な汚《よご》れ仕事は、いまやぼくひとりに押《お》しつけられている。母さんとスコットは、思いつくかぎりのありとあらゆる面倒な仕事をぼくにやらせた。ガレージの車の横にある木のカートの掃除《そうじ》も、そのひとつだ。何年かまえに、ぼくが頭を打ちつけたカートだ。あれ以来、ずっと放りっぱなしになっているカート。そこに積もったホコリやクモの巣は、見るだけでもぞっとした。

暖炉《だんろ》にくべられることなく放置されている薪《まき》や焚《た》きつけ用の小枝《こえだ》を始末していると、地下室で暮《く》らしていた兄さんの顔がよみがえった。そういえば、ぼくも母さんから逃《に》げるために、ホコリと害虫だらけの地下室に何度か隠《かく》れたことがあったっけ。

ガレージには物置があって、その横にやはりもう何年も置きっぱなしになっているキャンプ道具がある。時の流れに取り残された地下室。ここではなにも変わっていないように感じられる。キャンプ道具に積もった分厚《ぶあつ》いホコリやクモの巣を見ていると、地下室がいまだに暗い秘密《ひみつ》を抱《かか》えこんで、それをだれにも気づかれずに隠《かく》しとおしていることに気づかされた。

地下室の隅《すみ》っこにきちんと積まれたキャンプ道具の山は、高さ二メートルを越《こ》えていて、幅《はば》もおなじくらいあった。すべてのキャンプ道具を裏庭《うらにわ》にきちんと並《なら》べて洗《あら》うように、とぼくはスコットに厳《きび》しく命じられていた。数年ぶんのホコリや泥《どろ》を何時間もかけて払《はら》ったり洗いおとしたりしても、キャンプ道具の山はいっこうに減《へ》らない。裏庭のコンクリート地面は、種類ごとに分類されたさまざまなキャンプ道具でいっぱいになった。

そんな日が毎日のようにつづき、仕事は永遠《えいえん》に終わらなかった。ぼくはもっぱらデイヴのことを考えていた。このキャンプ道具のそばで、人目につかないところに追いやられた動物みたいに眠《ねむ》っていた兄さんのことを思うと、あまりの哀《あわ》れさに吐《は》き気《け》がこみあげてきた。

彼《かれ》はぼくの兄弟じゃなかった。人間でもなかった。冷え切った暗闇《くらやみ》のなかに存在《そんざい》するモノでしかなかったのだ。

仕事に集中しないと、母さんのなかの悪魔《あくま》をまた目覚めさせて、好きなだけいたぶられることはわかっている。ぼくは心の中からデイヴをしめだして、いっこうに終わりの見えない仕事を再開《さいかい》した。手を動かしている最中もずっと、デイヴの顔と彼が着ていたボロ服を、頭のなかから消そうとしていた。これまでも彼のことを忘《わす》れようと努めてきたけど、ここ数年間使われていないキャンプ道具やガラクタを見たら、どうしたわけか、また思い出してしまったのだ。デイヴとキャンプに行った記憶《きおく》はほとんどないのに。ぼくが覚えていたのは、冷たい地下室で古い簡易《かんい》ベッドにひとりぼっちで眠《ねむ》っていた彼の姿《すがた》だけだった。

キャンプ道具の山を一つひとつ下ろしていくと、最後に緑色の簡易ベッドが出てきた。デイヴが使っていたものだ。昔ぼくがすごくうらやましく感じたベッドは、カビとホコリに覆《おお》われている。

広げると、キャンバス地がところどころほころび、涙《なみだ》の跡《あと》が点々とついていた。それを目にすると、また兄さんの顔がよみがえってきた。彼がただよわせていた悪臭《あくしゅう》、キャンバス地にいつもついていた泥や汗染《あせじ》みを思い出してしまった。兄さんはいつだって臭《くさ》かった。もうとっくに処分《しょぶん》したほうがいいような、ほころんだ薄汚《うすぎたな》いパンツをはいただけの格好《かっこう》で、簡易ベッドに横たわっていた姿が目に浮《う》かぶ。兄さんの姿を目にして、まだ生きていることに腹を立てたこともあった。あのころのぼくは、デイヴを憎《にく》むように教育されていた。

スコットの命令どおりにキャンプ道具をすべて整理してきれいにすると、ぼくは母さんに仕事が終わったことを知らせた。すると母さんはスコットを裏庭に行かせ、ぼくの仕事を調べさせた。スコットはここが気に入らない、あれが気に入らないと、文句《もんく》をつけた。ぼくを母さんの暴力《ぼうりょく》にさらす、絶好《ぜっこう》の機会だからだ。ぼくは何回も何回も、キャンプ用品を並《なら》べかえて、用途別《ようとべつ》にまとめなおした。寝袋《ねぶくろ》はキャンプベッドの隣《とな》り、料理器具は工具の横、といった具合だ。スコットにやり直しを命じられるいつものゲームが数時間つづいたあと、ぼくはついに勇気をふりしぼって、つぎになにをやったらいいのか直接《ちょくせつ》母さんに聞こうと決意した。

キッチンでは母さんがちょうど受話器を置いたところだった。いまがいいチャンスだ。おずおずときく。

「キャンプ道具をどうすればいいの？」

母さんはいらだった様子でダイニングテーブルのうしろにある窓《まど》に近づき、裏庭《うらにわ》にきちんと並べたキャンプ道具を見てどなった。

「ぜんぶ捨《す》てろっていったでしょ！」

そのときはじめて、スコットがこの数日ぼくをだまして、しなくてもいい仕事をやらせていたことに気づいた。彼《かれ》は人間を思いのままにあやつり、他人の自尊心《じそんしん》を泥《どろ》まみれにする天才だった。そしてそのノウハウを、ほかならぬぼくから学んだのだ。

第10章

悲しいクリスマス

子供《こども》のころ聞かされたサンタの話は、ふつうのものとはちがっていた。十一歳《さい》になるまでには、母の言い分が正しいと思うようになっていた。サンタさんでさえも、赤毛でソバカスだらけの醜《みにく》いおまえには、プレゼントをあげなくてもいいと思っている、と母はいっていた。母はぼくを、人間以下の存在《そんざい》におとしめていたのだ。

冬の訪《おとず》れは、あてどなく外をうろついているうちにあっという間に夕暮《ゆうぐ》れになり、夜道が冷えこむことから感じとることができた。そうやってひとりで外にいるあいだ、つらくてどうしようもないときは、楽しかったときを思い出すのが一番だということに気づいた。そんな思い出はほとんどなかったし、はるか昔のことだったけど、心のなかの秘密《ひみつ》の箱に大事にしまってある思い出が、ちょっとだけあった。クリスマスの思い出もそのひとつだ。

そのころには、うちの地下室の一角に兄さんたちが使うちいさな部屋ができていた。地下室の四分の一にも満たないせまい部屋だ。そこは兄さんたちのお気に入りの部屋だったけど、暗くて不気味な雰囲気《ふんいき》が恐《おそ》ろしくて、ぼくは苦手だった。拷問《ごうもん》道具なんかが飾《かざ》ってある恐怖《きょうふ》の部屋そのもの、といった感じだったのだ。

クリスマス当日の朝、兄さんのロスとスコットは目覚めると――クリスマスイブの夜、ぼくたち兄弟は興奮《こうふん》して眠《ねむ》れないことが多かったけど――ぼくとキースの寝室《しんしつ》となっている部屋にそっとはいってくるのが常《つね》だった。

母さんは毎年、ぼくたちを年の若《わか》い順に並《なら》ばせた。ぼくたちは一列になって長い廊下《ろうか》を歩き、サンタさんのプレゼントが置いてあるリビングにはいっていくのだった。ぼくは下から二番目だったから、リビングの光景が一番よく見渡《みわた》せた。弟のキースよりも長身なのはもちろんだけど、うしろにいるスコットの視界《しかい》をさえぎるくらいに背《せ》が高かったのだ。

クリスマスの朝の整列に、ぼくは一度も不満をいだいたことがなかった。

大きなピンボールマシーンが目に飛びこんできたとき、サンタさんは今年はずいぶん奮《ふん》発《ぱっ》したのだなと思った。ピカピカ光るライトがついていて、おまけに音まで出るマシーンだった。ぼくは金色の文字がしたためられた赤いリボンに目をやった。毎年、ぼくたち兄弟がそれぞれもらう一番大きなプレゼントに、各自の名前が書いてあるのだ。ピンボールマシーンには、「スコット」と大きな金色の文字が記されたリボンがかかっていた。その横にそっと置かれた新品のイーヴル・クニーヴルのスタントバイクモデルには、「キース」と書かれたリボンがハンドルとハンドルのあいだに垂《た》れている。大きな電子機器にかかっている金色のリボンには、「ロス」の文字。

ぼくは部屋の突《つ》き当たりまで行って、うしろをふり返った。きっと自分のリボンを見落としたんだ。しかし、いくらさがしても、〝リチャード〟と記されたリボンは見当たらなかった。ほかの兄弟たちは、山ほどあるプレゼントに、とりわけ今年一年いい子にしていたごほうびとして特別大きなプレゼントがあることに、驚《おどろ》きの目を見張《みは》っていた。ずっときょろきょろしていると、母さんと目があった。プレゼントを必死でさがしているぼくをさっきから見ていたらしく、母さんはクリスマスツリーの下をあごでしゃくった。ツリーの下を見ると、リボンが目に飛びこんできた。〝リチャード〟と書かれてある。リボンの下には、マンガの本が二冊《さつ》。

一瞬《いっしゅん》、パニックに襲《おそ》われた。ぼくへのプレゼントは、ほかにもあるはずだ。ツリーの下や周辺に、必死になって目をこらす。

母さんのほうへ目をやると、「すてきなプレゼントね」と兄弟たちに話しかけていた。ずっといい子にしていたからだわ。そういって、喜びに目を輝《かがや》かせている兄弟たちを、一人ひとり抱《だ》きしめている。

しばらく呆然《ぼうぜん》としたあと、ぼくは手を伸《の》ばしてリボンをとった。一冊《さつ》は、アポロの月面着陸をテーマにした十年以上もまえのマンガ。もう一冊は、数年まえにテレビでやっていた『スナグルプス』のマンガ。独特《どくとく》な声や言いまわしが、ぼくは大好きだった。

マンガを手にとって、じっと見下ろす。サンタクロースに対する信頼《しんらい》――サンタのおじさんだけは、ぼくがいい子でいようと努力していたのを見ていたはず、命令されたことはすべて口答えせずにもくもくとやって、虐待《ぎゃくたい》をじっと耐《た》えていたことを知っていたはずだ――が、すうーっと消えていった。サンタのおじさんだけは、ぼくがいつもいい子になろうとしていることを知っているから、ぜったいにぼくのことを悪く思っていないと信じていた。サンタのおじさんですら、ぼくのことをとんでもなく悪い子だと思っていると気づいたとたん、これまでの夢《ゆめ》や希望がくだけちった。

ぼくはマンガをしっかりと持って、横になった。そこだとツリー全体が見渡《みわた》せて、枝《えだ》から枝に渡《わた》してあるいろんな色のイルミネーションが見える。それからうしろ向きにどんどん、どんどんはっていって、ツリーが飾《かざ》ってある隅《すみ》っこに行った。壁《かべ》のところまで来ると、マンガを胸《むね》にかかえて泣いた。兄弟たちが、もらったオモチャで遊んだり、たがいにプレゼントを見せっこしたりしている。部屋の隅に十五分ほどいただろうか。じきに母さんが、ぼくの姿《すがた》が見えないことに気づいたようだった。ちょっとあたりを見まわしてから、ぼくが隠《かく》れている所に近づいてきて、出てくるように手招《てまね》きした。気が乗らないまま命令にしたがい、木の下からはい出ると、母さんがかがみこんで耳元でささやいた。

「うちの子たちのクリスマスを台無しにしたら、承知《しょうち》しないよ」

「うちの子たち」という言葉を耳にしたとき、ぼくは母さんを狂《くる》っていると思った。母さんと母さんの子たちは、クリスマスの朝食がはじまるまえのわくわくするような時間を楽しんでいる。ぼくはその輪にはいっていけない。呆然と床《ゆか》にすわっていると、なにが起こっているのかがわかってきた。母さんはぼくがのけ者であることを、兄弟たちに教えこもうとしているのだ。デイヴがうちにいたころみたいに。ほかの兄弟たちは、ぼくをまったく無視《むし》するように、教えこまれていた。

母さんがお酒を取りにいくためにキッチンに向かうと、弟のキースが寄《よ》ってきて、もらったばかりのオートバイの模型《もけい》を見せてあげようかといってきた。ぼくは二冊のマンガに目をやり、はっきりと自分のものだとわかるプレゼントはこれだけだということを、あらためて思い知った。キースはバイクのオモチャにまた夢中《むちゅう》になっている。ネジを巻《ま》くと、パワーがなくなるまで廊下《ろうか》をびゅんびゅん走るオモチャだ。興味《きょうみ》を覚えたぼくは、マンガをカウチに置いて廊下に出た。キースはネジを巻いて、バイクが走る様子をぼくに見せてくれた。

キッチンのほうをちらっと見ると、母さんがウオッカを飲んでいた。朝の七時くらいだったと思う。母さんはそんな時間帯から、いつものように一杯《ぱい》ひっかけていた。

ほどなくして、オモチャ遊びはほかの場所でしなさいといわれた。スコットがピンボールマシーンを廊下に運びだして、キースとぼくの寝室《しんしつ》に持っていくためだ。スコットの部屋に置けば、彼《かれ》は夜中まで夢中《むちゅう》で遊んでしまうだろう。母さんはそれを心配していた。スコットを寝不足《ねぶそく》にさせるわけにはいかない、というわけだ。母さんにとってスコットはとても大切な存在《そんざい》だから、彼が健康を損《そこ》ねるようなことがいっさいないように気をつかっている。たとえそれで、ほかの兄弟たちが迷惑《めいわく》をこうむることがあっても。

キッチンから母さんの声が聞こえてきた。

「みんな、包装紙《ほうそうし》を片《かた》づけてちょうだい。朝食のしたくをはじめますからね」

ぼくたちはみな、クリスマスの朝食を楽しみにしていた。母さんは毎年、ふだんより多くの料理をつくって、テーブルをすごく念入りにセッティングする。朝食の時間は、プレゼントを開けるときとおなじくらいにわくわくした。

みんなで包装紙を集めていると、母さんがキッチンからやってきた。ぼくの腕《うで》をつかむなり、キッチンの入り口に引《ひ》っ張《ぱ》っていく。

「おまえはこのゴミを地下室に運んで、わたしが行くまで待ってなさい」

不安だった。母さんはどうしてぼくだけを地下室に行かせようとしているのだろう。ゴミ袋《ぶくろ》を地下に持っていって、ゴミ置き場に置く。それからその場にたたずんで、楽しかったころの思い出にひたった。クリスマスの朝といえば、昔はすごくはしゃいだものだった。プレゼントをもらって、愛されていることを実感したものだった。空想にふけっていると、母さんが背後《はいご》からいきなりぼくの肩《かた》をつかみ、自分のほうへ顔を向けさせた。暗い地下室には、ぼくたちふたりしかいなかった。

母さんが顔をぐいっと近づけ、血走った腫《は》れぼったい目でこっちをにらんだ。

「マンガを買ってやったのは、わたしの子供《こども》たちがプレゼントを開けているあいだ、おまえが騒《さわ》がないようにするためよ。サンタクロースなんていないの。そろそろ、わかってもいいころよ。家族とおまえのめんどうを見ているのは、このわたしなんだからね」

サンタクロースなんてほんとはいないんだよ、プレゼントは親がくれるんだ、と以前に同年代の子たちから聞いたことがあったけど、ぼくはその話をぜったいに信じなかった。でもいまは、サンタクロースなんてほんとはいないことを実感した。

ぼくの少年時代の最後の夢《ゆめ》を、母さんは奪《うば》った。サンタクロースの魔法《まほう》を母さんは奪ったのだ。

母さんは笑《え》みを浮《う》かべながら背中《せなか》を向けると、その場を去っていった。暗い地下室に取り残されたぼくは、ひとりで泣いた。

じきに午後となり、母さんは腕《うで》によりをかけてクリスマスディナーをつくりはじめた。居間《いま》のカウチにすわっていたぼくは、うちのなかをひっそりと観察することができた。ハロウィーンから新年までのあいだ、母さんはいつも家じゅうを飾《かざ》る。ツリーが置いてあるリビングは、クリスマスの飾りであふれている。暖炉《だんろ》のマントルピースにもキャンドルや装飾品《そうしょくひん》が飾られて、すごくすてきだ。数年前のクリスマスを思い出した。あたらしい自転車のハンドルに、赤いリボンが結んであって、そこに金色の文字で自分の名前が書いてあるのを見たとき、ぼくはぴょんぴょん跳《は》ねまわった。うちの車まわしでちょっとだけ自転車に乗って、補助輪《ほじょりん》がはずれたら転んじゃうなと、びくびくしたのを覚えている。楽しかったころのちょっとした思い出がいっきによみがえってくる。もうあの時代には、戻《もど》れない。

しばらくして食事の用意ができたが、キースが食べはじめるまで待ち、彼《かれ》と同時に食べおわるというい つものルールに、ぼくは屈辱《くつじょく》を感じなかった。テーブルは、まるで王様を招待《しょうたい》したみたいにセッティングされていた。料理といっしょに置いた長くて赤い何本ものロウソク――六十センチくらいの長さのものもあった――コットンでつくった雪のフィギュアーなどなど。ぼくの席からは見えなかったけど、ほかにもあれこれ飾り立てられていた。テーブルにはたくさんの料理が並《なら》び、リビングからレコードのかすかな音が聞こえてくる。ハリー・ベラフォンテ、ナット・キング・コール、それともちろん、ビング・クロスビーも。

うちは親戚《しんせき》がほとんど寄《よ》りつかない家だったけれど、クリスマスの期間だけはべつだった。ソルトレイクに住んでいるおばあちゃんが、うちに何日か泊《と》まることがあったのだ。おばあちゃんがクリスマスに来ることが決まると、母さんはいつもその直前に、おばあちゃんにいっていいことと、いってはいけないことをぼくに教えこんだ。

ぼくは母さんのまえで、おばあちゃんに話すべきことを暗誦《あんしょう》させられ、オッケーがでるまで声の調子や話しかたを直された。おばあちゃんに対して生意気で反抗的《はんこうてき》な態度《たいど》をとるように、母さんは徹底的《てっていてき》にぼくを教育した。おばあちゃんがどうでもいい存在《そんざい》であることを、母さんは手のこんだやりかたで、おばあちゃん本人に思い知らせようとしていた。

ぼくが言わされたのは、次のようなセリフだ。

「これはうちの家族のクリスマスなんだよ。どうして、おばあちゃんが来るの？」

「クリスマスは家族のお祝いなんだよ。おばあちゃんは、家族じゃないよ」

ぼくは生意気な口調でいうのだった。

おばあちゃんが来るまえにぼくたち兄弟に心の準備《じゅんび》をさせようと、母さんはおばあちゃんの悪口をなんども長々とくり返した。

「おばあちゃんはうちに乗りこんで、わたしたちのクリスマスをめちゃくちゃにしようとしているのよ」

「家族の行事に、おばあちゃんを参加させちゃだめ」

「クリスマスは、家族だけのお祝いなんだから」

母さんは自分の母親に向かって、あんたはお呼《よ》びじゃないと、なんのためらいもなくいっていた。自分の母親に〝あんたは存在しない人間〟だと、面と向かっていい放っていた。電話でおばあちゃんと話しているときに、〝あんたは存在《そんざい》しない人間〟だと、家族の一員と思っていないといっていたことも数回あった。たいていは、お酒を飲んでいるときだった。

娘《むすめ》がひどいアル中で児童虐待《ぎゃくたい》の加害者であることを、おばあちゃんはいったいどう受けとめているのだろう、とぼくはしばしば不思議に思った。おばあちゃんはなにもかも、自分の胸《むね》にたたみこんでいるように見えた。母さんはあれこれとりつくろっていたけれど、おばあちゃんは娘のほんとうの精神状態《せいしんじょうたい》を見抜《みぬ》いていたはずだ。おばあちゃんと母さんは、ネコとネズミみたいだった。つねにどっちかが、どっちかを追いかけまわしている関係。

リビングで遊んでいる子供《こども》たちを、大きな張《は》り出し窓《まど》の前でながめているおばあちゃんのそばに行って、母さんに教えこまれたセリフをいったときのことは、よく覚えている。

「おばあちゃんは、お呼びじゃないんだ。自分のうちに帰りなよ」ぼくはいった。

何度も練習したセリフを吐《は》いたぼくは、キッチンに向かった。ぼくが任務《にんむ》を完璧《かんぺき》に果たしたことに、母さんは喜んだ。

するとおばあちゃんは、荷物をまとめて朝食も食べずにひとりで車に乗って帰っていった。おばあちゃんをひどく傷《きず》つけたことを、ぼくはじゅうぶんに自覚していた。

あれは、母と娘の戦いだった。母さんとおばあちゃんの。互《たが》いに互いを傷つけても、あのふたりはその傷に気づかなかった。というか気づこうとしなかったし、相手のことを思いやりもしなかった。ふたりとも、自分のことしか考えていなかった。自分のことしかかわいがれない母と娘だった。

ほかの兄弟たちがおばあちゃんのほんとうの人柄《ひとがら》に気づいていたかどうかは、わからない。おばあちゃんは、自分を傷つけたり粗末《そまつ》に扱《あつか》ったりする人間に対して、これっぽっちも思いやりを示《しめ》さなかった。母さんは自分の母親に対して、ずっと冷酷《れいこく》だった。

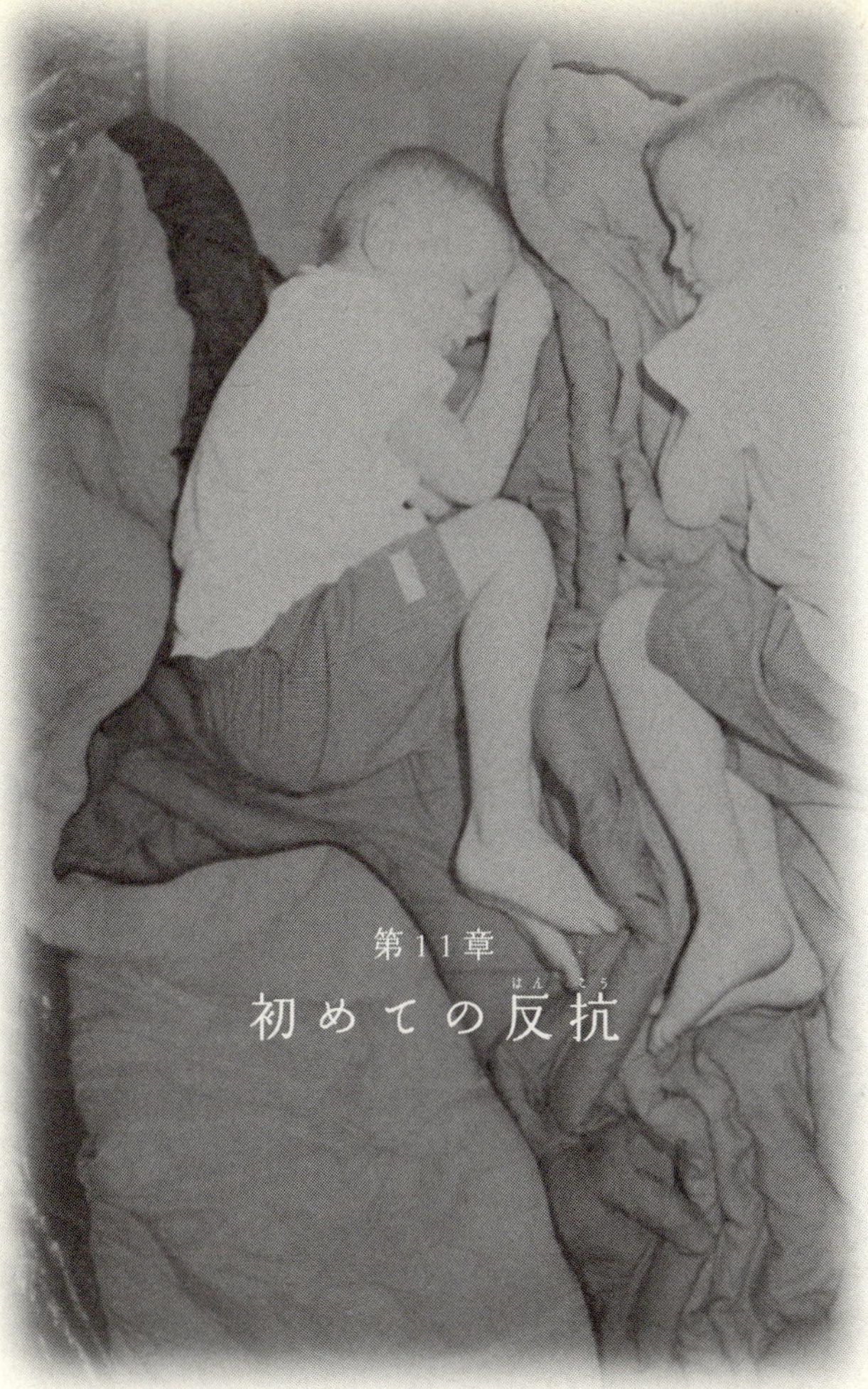

第11章

初めての反《はん》抗《こう》

おさなかったぼくは、母のような狂《くる》った人間をうまく扱《あつか》えなかったけれど、自分の置かれた状況《じょうきょう》を理解《りかい》しようと、いつも頭を働かせていた。そしてじきに、母を黙《だま》らせる方法を見つけようと心ひそかに決意するようになった。母の弱みをにぎれば、それを利用して狂った行いをやめさせることができると確信《かくしん》していた。十一歳《さい》のとき、ぼくは母の弱点を知った。希望の光が見えてきたように思った。

一九七六年の学年最後の日、ぼくは例によって校長室に呼《よ》ばれていた。廊下《ろうか》のソファにすわるのも、これが最後だ。デイヴが家を出てから、ぼくはしょっちゅう校長室に呼ばれて、家庭の様子をきかれるようになった。ぼくの生活のこまごましたことを把握《はあく》することが校長先生にとってなぜそれほど大切なのか、ぼくは理解できなかった。

学校の先生たちは詮索《せんさく》好きで、あれこれ質問《しつもん》をしておまえを罠《わな》にかけようとしている、と日ごろから母さんはいっていた。

「言葉にはくれぐれも注意するんだよ。それと、先生からきかれたことは、すべて報告《ほうこく》するようにね」

「学校の先生たちは、おまえがこんなにも悪い子だってことを知ったら、デイヴみたいにおまえを刑務所《けいむしょ》に送ろうとするはずよ。だから、なにもしゃべっちゃだめ」

秘書《ひしょ》の女のひとと口をきくのがこわかった。校長先生とふたりで話をするのが恐《おそ》ろしかった。母さんがいっていたように、学校の先生たちはほんとうにぼくに目を光らせていて、刑務所に入れようとしているのだろうか？

ぼくはさっきまで、クラスメートが将来《しょうらい》の夢《ゆめ》について発表するのを教室で聞いていた。消防員《しょうぼういん》、学校の先生、宇宙《うちゅう》飛行士などが人気だった。将来なにになりたいかについて発表するのはいやだったし、クラスのみんなのまえで話をするのは緊張《きんちょう》するから、教室の電話が鳴って、また校長室に行くようにいわれたときは、ほっとした。ぼくの番がまわってきたら、きっとしどろもどろになって、みんなのまえでまたしても情《なさ》けない姿《すがた》をさらすだけだ。

ぼくはなりたい職業《しょくぎょう》が、思いつかなかった。自分の将来を想像《そうぞう》する余裕《よゆう》など、ぜんぜんなかったのだ。その日その日を生き抜《ぬ》いていくのに精一杯《せいいっぱい》という状態《じょうたい》が長く続いていたから、将来の夢についてきかれて、ただ面食らうばかりだった。

校長先生の声が聞こえて、ぼくは我《われ》に返った。いまさっき訪《おとず》れたクラスでは将来の夢についてさまざまな答えがきけたと、だれかに話している。ソファにすわっているぼくに目を留《と》めたときの校長先生の表情《ひょうじょう》から、いつものおしゃべりのために、ぼくをここに待たせておいたのを先生が忘《わす》れていたことがわかった。先生はこっちに近づいてくると、ぼくの横に腰《こし》をおろした。笑《え》みを浮《う》かべて話しかけてくる。

「大きくなったら、なにになりたい？」純粋《じゅんすい》な好奇心《こうきしん》からきいてきたようだった。

ぼくは一言で答えた。

「子供《こども》！」

先生はにこやかな表情をさっと曇《くも》らせて、ほんとうはなにになりたいのかと、気づかうような声でくり返した。

答えが思いつかなかった。自分の将来について、これまであまり考えたことがなかったのだ。おとなにはなるだろうけど、なにになるかは、じっくり考えたことがない。沈黙《ちんもく》が流れて、ぼくは気まずい雰囲気《ふんいき》に押《お》しつぶされそうになった。自分の心のなかをさぐって素直《すなお》な答えを見つけようとしたけど、心のなかはいつものようにからっぽだった。おまえは役立たずだ、おまえの居場所《いばしょ》はないんだ、とこの数年間何度となく聞かされているうちに、からっぽの空間はどんどん大きくなってきている。先生に返すべき言葉が、一言も浮《う》かんでこない。校長先生がぼくの肩《かた》に腕《うで》をまわしてきいてきた。

「お巡《まわ》りさんかな？」と、校長先生。

「かもしれません」許《ゆる》しを請《こ》うように、ぼくはいった。

奇妙《きみょう》なことに、先生が口にしたのは、ぼくがぜったい選ばないだろう職業《しょくぎょう》だった。ぼくはずっとお巡りさんをおそれていたし、お巡りさんといっしょにいるところを母さんに見られたらひどい目にあうとおびえていたから、お巡りさんに対する恐怖《きょうふ》は増《ま》していくばかりだった。まさか校長先生が、そんなことをいうとは思っていなかった。ぼくは先生の意見に飛びついて、お巡りさんになりたがっているようにふるまった。でも内心では、自分がそんな職業に就《つ》けるはずがないと思っていた。みんなから尊敬《そんけい》されて、仰《あお》ぎ見られるような人物にぼくがなれっこない。

以前からずっとぼくに優《やさ》しくしてくれたことに報《むく》いようと、ぼくは校長先生にあれこれ目をかけてくれてありがたく思っていますと伝え、嬉《うれ》しそうな顔をしてみせた。すると先生は立ちあがって秘書《ひしょ》のところに行き、リチャードはお巡りさんになるそうよ、と声をかけた。しばらくして校長先生は、もう教室に戻《もど》っていいわ、といった。

教室に向かうとちゅう、学校の助けは期待できそうもないと感じた。秘密《ひみつ》をひた隠《かく》しにしなければならないという切羽詰《せっぱつ》った気持ちと、助けてもらいたいという気持ちに引き裂《さ》かれて、自分はだめな人間なんだという思いがいっそうつのっていく。
ぼくの心はこんなにからっぽなのに、同級生たちは最後の日を見るからに楽しんでいる。彼《かれ》らの笑い声がうつろに聞こえる。面と向かって、あるいは陰《かげ》でいつもあざ笑われているぼくは、みんなの笑い声を耳にすると空しさしか感じない。同級生といっしょに幸せな気分にひたるのは、ごめんだった。そのときぼくは、うちの家庭や母さんを、だれもなんとかしようとしてくれないことを痛感《つうかん》した。ぼくはこの人生から、逃《のが》れられないのだ。体が徐々《じょじょ》に縮《ちぢ》んでいって、しまいにこの世から消えてしまえばいいのに。胸《むね》のうちを見透《みす》かされないようにだれにも心を開いちゃだめだ、とぼくは自分にいい聞かせた。

それからの数ヵ月、いや数年の記憶《きおく》は心の奥底《おくそこ》に埋《う》めてしまっていたから、小学校を卒業してからのことはなかなか思い出せない。ぼくは意識的《いしきてき》に感情《かんじょう》を麻痺《まひ》させていた。いつもの折檻《せっかん》とあらたなお仕置きとともに、夏が来て去っていった。ぼくの自由を奪《うば》うお仕置きは引きつづき行なわれていたが、これまでにくらべて衝撃度《しょうげきど》はすくなかった。ぼくはもはや、なにも感じないようになっていたのだ。以前とおなじように痛《いた》めつけられたけど、めったに泣かなくなったし、おびえることもなくなった。感情をすべて麻痺させて、なにも感じなくなっていたから。これまでの夏とほとんど変わらない夏。唯一《ゆいいつ》のちがいは、建国二百年記念のイベントをテレビで見てもいいとときたま許可《きょか》されたことだけだった。

あの夏、ぼくはずっと夢《ゆめ》のなかで生きていたような気がする。ジュッシュや彼《かれ》の弟のケヴィンともいっしょに遊んだはずなのに、いっさい思い出せない。どこかに遊びにいったり、キャンプをしたりした記憶《きおく》もない。兄弟のことも、なにもかも、いっさい忘《わす》れている。

小学校を卒業したばかりの新入生にとって、中学校での生活はさぞかし刺激的《しげきてき》だろう、とぼくは想像《そうぞう》していた。一日中ひとりの先生の授業《じゅぎょう》を受ける生活から、科目ごとに教室が変わる生活になるのだから。自分の時間割《じかんわり》に合わせて教室を移動《いどう》し、なにより楽しみなことに、カフェテリアがある。ぼくは何年もまえから、中学校生活をあれこれ想像したものだった。

でもいざ中学生になると、ぼくはなにも感じなかった。わくわくするような気分は消えていた。体操着《たいそうぎ》を買ってほしいと母さんに頼《たの》む勇気をなんとかふるいおこせたのは、学校がはじまってすでに三、四週たったときだった。体育の授業には体操着が必要だった。つぎの月曜までに用意しなければ授業を受けさせてもらえず、単位を落としてしまう。週末はずっと、体操着を買ってくれとやんわりとお願いする方法を考えていた。頼み方に注意しないと、母さんはまた怒《おこ》ってぼくをこらしめるだろう。ディナーが終わり、皿洗《あら》いをすませてから、すぐに家のどこかにいる母さんをさがした。ぼくが頼みごとをしたというだけで、母さんは感情《かんじょう》を爆発《ばくはつ》させるだろうと内心では思っていたが、そうするしかなかった。体操着を用意しないで単位を落としたら、母さんはきっとそのことを口実にぼくを折檻《せっかん》するだろう。

玄関《げんかん》の扉《とびら》の前を通り過《す》ぎたとき、母さんの声が聞こえた。病気の子犬みたいな顔で階段《かいだん》をのぼりきった場所に立っているぼくに、地下からあがってきた母さんが気づいたようだ。もはやなにが起ころうと平気になっていたぼくは、母さんがつぎにどういう行動に出るか予想する気にもなれずに、階段をあがりきったところで母さんを待った。

「なんか用?」母さんは階段をあがりきると、嚙《か》みつくようにいった。例によって口ごもりながら返事をしようとするぼくをさえぎって、母さんはつづけた。

「まともにしゃべれるようになるまでは、わたしのまえに現《あらわ》れないで」

口を開くチャンスすら、ぼくに与《あた》えてくれなかった。ぼくが口を開くといつもしどろもどろになって、わけがわからなくなることを、母さんはじゅうぶんすぎるくらいに知っているのだ。いまいましそうな顔をして、向こうに行ってしまった。

ぼくはやる気をそがれて、じっとうつむいたまま部屋に戻《もど》った。

机《つくえ》にすわって窓《まど》の外をながめていると、ほどなくして母さんが部屋にはいってきた。

「いったい、なんなの？」母さんはどなった。

ぼくは机《つくえ》からおり、母さんからわずかに離《はな》れた場所に立って、例の件《けん》を打ち明けた。体育の先生に体操着《たいそうぎ》を用意しておくようにいわれたと説明すると、母さんは一言「だめよ！」と言って、出ていった。

このていどで済《す》んだのだから、もうけもんだ、とぼくは思った。

机に戻《もど》って、窓《まど》の外に目をやる。なにがどうなろうと、もう気にならなくなっていた。

街灯がついて、通りで遊んでいた子どもたちの姿《すがた》が消えると、ぼくは二段《だん》ベッドの上段にのぼって、カバーを頭からかぶった。

さえざえとした夜で、ひんやりとした霧《きり》のにおいがあたりに充満《じゅうまん》していた。ぼくがデイリーシティで気にいっている数すくないもののひとつに、このにおいがある。窓をもうちょっと開ければ、夜の静けさに心行くまでひたって、星も見られるかもしれない。ぼくはベッドの足元にある窓に手を伸《の》ばそうと、頭からかぶったシーツのはしをめくった。

と、そこに母さんがいた。ちょうど目のまえに！

母さんの顔が、ぼくの顔のわずか十センチほどまえにある。身動きひとつせず、物音を立てずにベッドのそばに立ち、ぼくが動くのを待っていたようだ。どうしたらいいのかわからず、ぼくはシーツをぎゅっとつかんだ。いつものようにシーツを頭からかぶって、身を隠《かく》そうとするみたいに。シーツをかぶろうとしたとき、母さんはぼくの手からシーツを奪《うば》いとって、ぼくの頭をマットレスのほうへ押《お》しやった。さっきシーツから顔を出したときに、ぼくは上体を起こして枕《まくら》に背中《せなか》をあずけていたのだ。母さんに頭を押された勢《いきお》いで、ぼくは枕よりわずかに高いヘッドボードを越《こ》えて、二段ベッドの上段から床《ゆか》に落ちてしまった。母さんは間髪《かんぱつ》いれずに、体操着を買うのがどんなに大変か、どなりはじめた。母さんが立っている場所を確《たし》かめてから、ぼくは床に手をついてひざで立とうとした。鋭《するど》い痛《いた》みが手首から腕《うで》にずきんと走る。とっさに手をかばったぼくは、横向きに倒《たお》れそうになった。母さんがすぐさま横腹《よこばら》に蹴《け》りをいれ、ぼくは二段ベッドの横のオレンジ色のドレッサーにぶつかった。ドレッサーがぐらぐら揺《ゆ》れ、その反動で上に置いてあったレコードプレーヤーが落ちてきて、ぼくの頭と肩《かた》を直撃《ちょくげき》した。がしゃんと音がした。痛みよりも、その音のほうが衝撃的《しょうげきてき》だった。すると突然《とつぜん》、母さんが笑いだした。こんなおもしろい光景ははじめて見たといわんばかりに、腹《はら》をかかえてぼくをあざ笑っている。倒れたまま頭と肩をさすっているぼくを指さして、げらげら笑っている。フローリングの床に落下して、レコードプレーヤーはこなごなになっていた。母さんの笑い声とこわれたレコードプレーヤーがあいまって、夏のあいだずっと押《お》し殺していた感情《かんじょう》がいっきにこみあげてきた。これまでずっと怒《いか》りを感じてきたけど、かろうじて胸《むね》のうちに抑《おさ》えこんできた。でも、長いあいだ感情を押し殺して、もう限界《げんかい》というところまでいったら、爆発《ばくはつ》させてもかまわないとぼくは思った。ぼくは顔をあげ、母さんの目をまっすぐに見て、きっぱりいった。

「鬼《おに》ババア！」

その一言で、地獄《じごく》の扉《とびら》が開かれてしまうことはわかっていた。母さんが激《はげ》しい怒りを爆発させることはわかっていた。でも、もう知るもんか。母さんはしゃがみこむと、ぼくの両耳をつかんで自分の顔のそばにぼくの顔を引き寄《よ》せた。

「ひとつはっきりさせておくわね。わたしはおまえを、好きなようにできる。その気になったら、いつでもおまえのことを殺せるんだよ」

母さんの声音《こわね》は真剣《しんけん》そのもので、目は血走っていた。ウオッカのせいなのか、それとも怒りのせいなのかは、わからない。でも、母さんが本気だということはわかった。こわかった。ものすごくこわかった。

ほんの一瞬《いっしゅん》、ぼくたちはにらみあった。ぼくは恐怖《きょうふ》に身を固くした。つぎの瞬間《しゅんかん》、母さんはぼくの顔につばを吐《は》きかけ、ぼくの頭をドレッサーに乱暴《らんぼう》に押《お》しやって、何事もなかったように部屋を出ていった。

しばらくのあいだ、その場でじっと物思いにふけっていたのを覚えている。自分があんなセリフを吐いたなんて、信じられなかった。考えていることを言葉にするのがあんなに簡単《かんたん》だったなんて、ショックだった。ぼくはまちがったことをしたのだろうか？　それとも、やりかえす勇気をついにもてるようになったのか？　もしかしたら、そうなのかもしれない。もしかしたら、母さんに立ち向かえるようになったのかもしれない。ぼくは慎《しん》重《ちょう》にベッドの上段《じょうだん》に戻《もど》り、また頭からシーツをかぶった。奇妙《きみょう》なことに、その夜はぐっすりと眠《ねむ》れた。母さんは戻ってこないと、なぜか確信《かくしん》していた。

日曜日、母さんはほかの兄弟を連れてウエストレイク・ショッピングセンターに行き、ズボンの横と上着のそでに白い線がはいった体操着《たいそうぎ》を買ってきた。そしてぼくの部屋に来ると、その体操着を床《ゆか》に放り投げ、なにもいわずに出て行った。驚《おどろ》きだった。必要な物が手にはいったのだ。母さんに立ち向かっただけで、思いどおりになった。これまでわからなかった母さんの弱点を、発見したのだ。ひょっとしたら、ぼくはこれまで大事ななにかを見落としていたのかもしれない。

それからの二、三週間、ぼくはことあるごとに母さんに口答えをした。より大きな声で、より長く、自分の感情を吐きだそうとした。口ごもりながらも、おどおどしながらも、胸《むね》のうちをぶちまけた。母さんが引き下がることもすくなくなかった。それはたいてい、言い争いを耳にした兄弟たちが母さんとぼくの様子を見にきたからだった。それに気づいてからは、母さんはぼくに怒《いか》りをぶつけたくなるとかならずほかの兄弟たちを階下か外に行かせるようにすることが、わかってきた。兄弟たちが近くにいるときは、母さんはぼくを支配《しはい》しようとしない。ということは、騒《さわ》ぎたてさえすれば、母さんを引き下がらせることができるのだ。これまで見落としていたのが信じられなかったけれど、それは貴《き》重《ちょう》な発見だった。ぼくはただ、大声を出しさえすればいい。それまでずっと生き残ることしか考えていなかったから、もっとも簡単《かんたん》で効果的《こうかてき》な生き残り術《じゅつ》をかえって見逃《みのが》していたのだろう。母さんの虐待《ぎゃくたい》をストップさせること。それがぼくの求めていることのすべてだった。もっとも恐《おそ》れていたこと――思っていることを言葉にして、ぼくたちのささやかな秘密《ひみつ》をさらけ出すこと――が、虐待をストップさせるのに役立つとは、なんだか不思議だった。

　母さんははっきりとした目的をもって、長年にわたって家庭内に恐怖《きょうふ》を染《し》みこませていった。母さんは恐怖によって、家族を支配していたのだ。それを知ってから、ぼくはこれまでもっていなかった力を得た。ぼくは生まれてはじめて母さんに立ち向かい、モノではなくひとりの人間として認《みと》めさせることができたのだ。

数週間たっても、母さんとぼくはささやかなゲームをつづけていた。母さんがそばに来ると、ぼくはためらうことなく声をかぎりにわめいた。それによって、信じられないくらいの力が湧《わ》いてきた。なにより大事なことに、母さんが取るに足らない、からっぽな人間であることにも気づいた。母さんは、すでに終わりつつあるぼくの幼少《ようしょう》時代の汚点《おてん》でしかなかった。ぼくは生まれてはじめて勝ったのだ。まるで母さんを支配して、このさきもずっと支配していくような感じだった。

すくなくともそう思っていた。

ある金曜日、学校から戻《もど》ってきてうちのフェンスのところまで来ると、大事なブーメランの形のパイン材のテーブル、黒いラッカー塗《ぬ》りのステレオキャビネットなど、ぼくが集めた家具がすべて裏庭《うらにわ》に捨《す》ててあった。すべてこなごなにされて積まれている。あわてて自分の部屋に行くと、なにもかもきれいさっぱりなくなっていた。ぼくの持ち物は、なにひとつ残っていない。オレンジ色のドレッサー、黒い机《つくえ》に置いてあった本、家具、長方形のテーブルに置いてあった水槽《すいそう》――それらがすべて、消えていた。目のまえが真っ暗になった。ガラクタとはいえ、わずかばかりのぼくの私物《しぶつ》を母さんが処分《しょぶん》するとは、まさかそんなひどいことをするとは、思ってもいなかった。ひどすぎる。

クロゼットのスライドドアを開くと、そのなかもほとんど空になっていた。母さんは一日かけて、ぼくが大切にしているものをすべて壊《こわ》して、処分したのだ。ぼくを連想させるものをすべて、母さんは破壊《はかい》した。ぼくの服はいまや、クロゼットのなかに隠《かく》している古いドレッサーのなかの物だけになってしまった。それ以外に自分の物と呼《よ》べるのは、二段《だん》ベッドだけ。母さんが見落としたものがあるかもしれないと、ベッドの下をのぞきこもうとすると、部屋の入り口に立っている母さんの姿《すがた》が目にはいった。壁《かべ》に寄《よ》りかかって、薄《うす》笑《わら》いを浮《う》かべている。

「物分かりが悪い子だね。おまえはぜったいに、勝てないんだよ」母さんはそういうと、部屋を出ていった。

「母さんがゲームをしたいなら、ぼくもやってやるよ！」ぼくは冷ややかにいった。

「母さんが思いつきもしない方法で、つづけてやる。ふたりだけで片《かた》をつけようよ、お巡《まわ》りさんに話す必要なんかないさ。この鬼《おに》ババア！」

　母さんがふいに足を止めた。こっちをふり返った母さんの顔に、とまどいの色が浮《う》かんでいる。と、そのとき、自分がはっきりした落ち着いた声を出していたのにぼくは気づいた。いいよどむこともなかった。べつの人間になったような感じで、優位《ゆうい》に立った気分になれた。こんどばかりは母さんが、面食らって不安にさいなまれる立場にある。ある意味、ぼくは勝利を手にしていた。ささやかだけれど、とても意味のある勝利。

数年前から、ぼくは母さんが弱点をさらした思い出をひとつひとつ周到《しゅうとう》にたどっていた。それらを検証《けんしょう》して、いざというとき切り札に利用できる母さんの弱みをつかもうとしていた。今回の事件《じけん》は、いままでもっとも大きな前進だった。それからの何週間か、ぼくは母さんの行動を観察して、ひとつのパターンを見つけだした。母さんがどういう人間か、徐々《じょじょ》にわかってきた。ぼくはわずか十一歳《さい》だったけど、母さんの人間性《にんげんせい》を把握《はあく》しようとやっきになっていた。母さんを分析《ぶんせき》し、どうしてこういう人間になったのか、突《つ》きとめようとした。そうしなければならなかった。

じきに気づいたことだが、どうやら母さんには母親という立場が苦痛《くつう》のようだった。子《こ》供《ども》のせいで、自分の時間が奪《うば》われるとでも思っていたのか、子育ての責任《せきにん》がひどく重荷のようだった。父さんが家にいないから、母さんには愚痴《ぐち》や不満をぶつける相手がいない。母さんが兄さんをのけ者にするようになったのは、父さんとの関係がぎくしゃくするようになってからだ。兄さんがこの家から救いだされてからも、母さんは虐待《ぎゃくたい》をつづけた。でも、それまでとはいくぶんちがうやりかただった。以前にまして慎重《しんちょう》に行動するようになって、人目を気にするようになった。世間だけじゃなく、家族のほかのメンバーからも秘密《ひみつ》を隠《かく》そうと心がけるようになったのだ。母さんには怒《いか》りを発散させるはけ口が必要なのだということが、ぼくは徐々にわかってきた。感情《かんじょう》を吐《は》きださずにはいられない気持ちは、ぼくも理解《りかい》できた。ぼく自身、何年ものあいだわだかまりや恐怖感《きょうふかん》を胸《むね》にためこんできていて、それが爆発《ばくはつ》しそうになっていたからだ。

なんだかんだいっても、母さんはぼくの母親なのだ。おまけに、精神的《せいしんてき》に重い病気をかかえている。だれの目にも、それは明らかだった。ぼくのような子供《こども》の目にも。注意しなければ、とぼくは自分にいい聞かせた。これまで母さんの考えを察知して出し抜《ぬ》いてやろう、と考えたことが何回かあったけど、失敗に終わっていたのだから。今度ばかりは、なにをすべきかよくわかっていた。

いままで以上に、感情《かんじょう》を心の底に埋《う》めなければならない。母さんに対する哀《あわ》れみや愛《あい》情《じょう》などの奇妙《きみょう》な感情を、ぼくは無視《むし》しなければならない。いまだにときおり聞こえてくるか細い声を無視して、母さんと自分は似ているけれどちがうということを肝《きも》に銘《めい》じなければならない。母さんとぼくはおなじコインの表と裏《うら》だった。敵《てき》同士だった。

母さんに立ち向かわなきゃ。

ずっとさがしてきた氷の裂《さ》け目《め》を、ぼくはついに見つけた。自由になるチャンスを逃《のが》すつもりはなかった。こんどこそは。

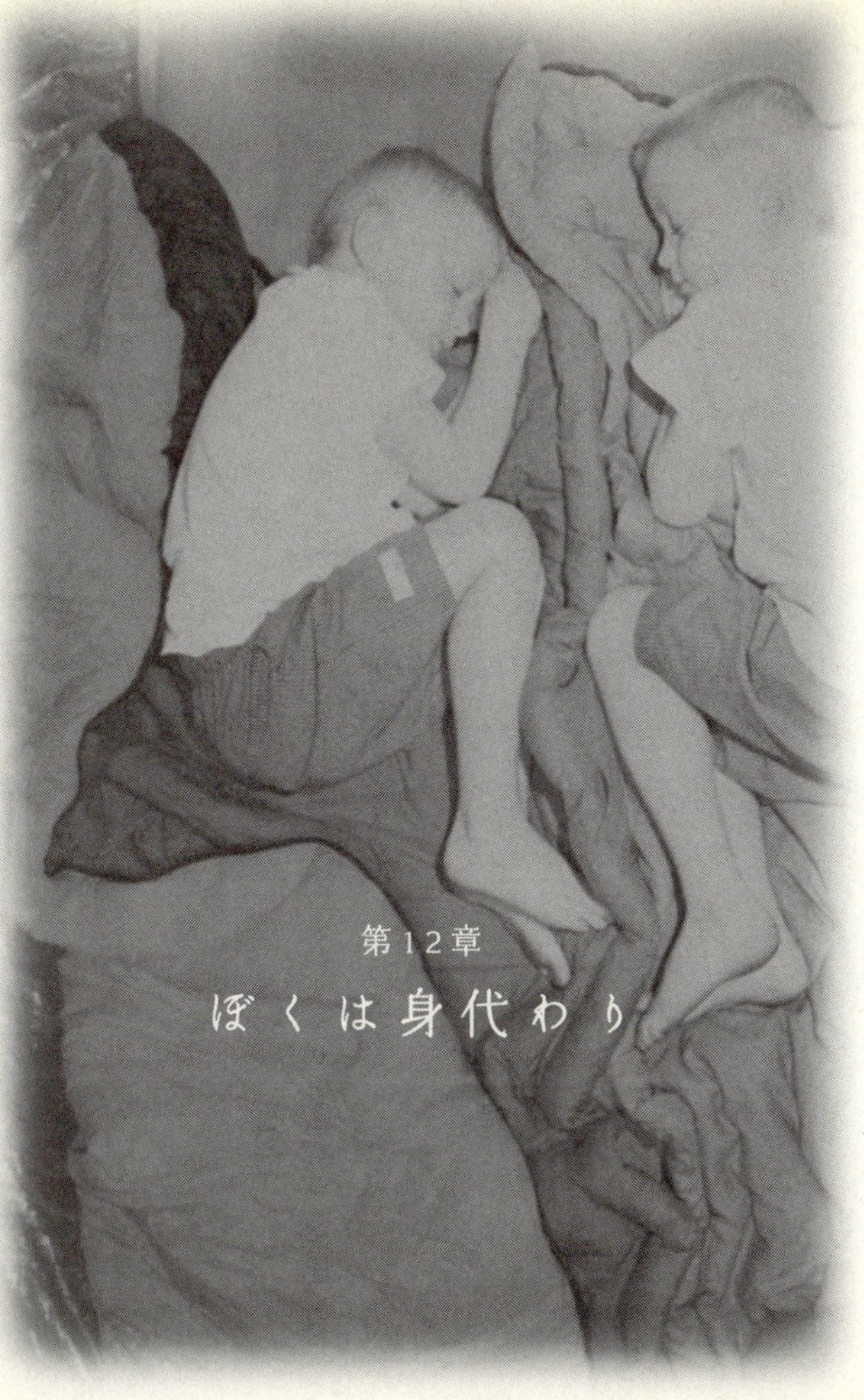

第12章
ぼくは身代わり

ちょっとしたいさかいに勝つことはあったが、十二歳《さい》のころには、母を押《お》しとどめることは不可能《ふかのう》だとあきらめていた。母は上手《うわて》だった。うちの事情《じじょう》を正面切ってきいてきたひとたちに、何年にもわたって真実を隠《かく》してきたのだから。ぼくは以前の自分が兄にした仕打ちをなにかにつけて思い出し、彼《かれ》が置かれていた立場を理解《りかい》するようになっていた。デイヴがかつて恐怖《きょうふ》とともに受けいれていた人生を、ぼくも歩むようになっていた。彼の身代わりになりつつあったのだ。何年も彼をひどい目に合わせつづけた天罰《てんばつ》がくだったような気がしていた。

中学校にすこし慣《な》れてくると、ぼくは〝友だちのいないやつ〟、もしくは〝変わり者〟と見なされるようになった。そういうレッテルは小学校時代にもはられていたからすっかり慣れっこになっていたけど、いじめは以前よりひどくなった。

ぼくは時間の許《ゆる》すかぎり、図書室で避難所《ひなんじょ》をさがすようになった。さいわい、中学校の図書室は小学校よりも、はるかに広かった。でも残念なことに、小学校のときほど歓迎《かんげい》してはもらえなかった。小学校の図書室では、職員《しょくいん》さんがなにかにつけて目をかけてくれた。でも中学校では、人見知りをするおどおどした生徒がまたひとり来ているといったていどで、だれも気に留《と》めない。教室で居心地《いごこち》の悪い思いをして図書室に逃《に》げこむ生徒は、ほかにもたくさんいたのだ。

学校がはじまって一カ月がたつころには、いじめの標的にされるのをがんとしてはねつけるか、いじめられっ子の立場に甘《あま》んじてひたすら耐《た》えるしかないのか、はっきりさせなくてはいけないと思うようになっていた。いずれか決着をつけなければならない問題だったが、ぼくはある日ついにどっちの道をとるか決断《けつだん》をせまられた。ひとりの生徒に容姿《ようし》のことについてからかわれたのが、そもそもの発端《ほったん》だった。図書室の丸いテーブルを通りすぎたとき、そこにグループですわっていた図体の大きい太った男子が、ぼくをばかにして笑ったのだ。図書室がしんと静まりかえった。なにかいいかえさなきゃ、と自分を必死で勇気づける。頭に浮《う》かんだ言葉は、一言だけ。

「くたばっちまえ！」

家ですっかり定番となっているセリフ。頼《たの》み事《ごと》をしたり宿題を手伝ってほしいといったりするたびに、このセリフを何度耳にしたことか。その図体の大きい男子はすぐさま席を立ち、ぼくのまえに来ると悪口を浴びせてきた。友人たちが見ている手前、あとには引けないと思ったのだろう。それはぼくもおなじだった。その男子はいきなり飛びかかってきて、ぼくを床《ゆか》に押《お》し倒《たお》した。ぼくよりはるかに体重が重い彼《かれ》は、ぼくを押さえつけて抵抗《ていこう》できないようにした。パンチを何発も食らっているうち、母さんや自分の人生に対して日ごろ感じている怒《いか》りが込《こ》みあげてきた。狙《ねら》いを定め、渾身《こんしん》の力をこめて彼のあごにパンチを見舞う。びっくりしたことに、パンチを食らった男子はあおむけになって倒《たお》れ、ぼくは自由の身になった。そばにいた彼の友人も、ぼくとおなじようにびっくりしていた。男子とぼくがつぎの行動を思いつく暇《ひま》もなく、図書室の職員が駆《か》けつけた。ぼくたちは取りおさえられ、職員室に連れていかれた。そこでぼくは、自分で自分の首をしめるようなことをしたのに気づいた。怒りをぶちまける口実を、母さんにまたしても与《あた》えてしまった。

七年生のカウンセリングルームのドアのまえでソファにすわっていると、ドアが開いてなかにはいるようにいわれた。机《つくえ》の向こうにいるカウンセラーは声のよく通る男のひとで、今回は大変なことをやらかしてくれたねといった。きみを迎《むか》えにくるようにご両親に連絡《れんらく》したと、男のひとは告げた。そしてぼくに、停学処分《しょぶん》をいいわたした。母が迎えにくるんでしょうか、とぼくは淡々《たんたん》ときいた。

「ああ。ちょっとまえにお母さんに電話した」男のひとはいった。「小学校では、カウンセラーや校長先生が、元気にしているかといつも優《やさ》しく声をかけてくれて、家の様子をきいてきた。でも今回は口を開くチャンスを与《あた》えられず、一方的に学校の規則《きそく》を聞かされて、きみは校則《こうそく》をやぶったのだと告げられた。カウンセラーの話を聞いているうちに、ぼくはいつの間にか、またしてもあごが胸《むね》につくくらいにうつむいていた。こんなふうにうなだれるなんて、悪いことはなにもしていないのに母さんにどなられたときみたいだ。

カウンセラーの男のひとは、お母さんが来て早退《そうたい》のサインをするまで、廊下《ろうか》で待っていなさいと厳《きび》しい声で命じた。母さんがすぐに来るはずがない。しゃんとするのに時間が必要だから、しばらくかかるはずだ。二時限目《じげんめ》の終了《しゅうりょう》ベルが鳴るまえに、けんか相手の男子のお父さんが彼《かれ》を迎《むか》えにきた。おまえが息子をたきつけたんだといわんばかりに、お父さんはこっちに向かって顔をしかめた。しばらくして三時限目の終了ベルが鳴り、カウンセラーが部屋から出てきて、ぼくがまだ母さんを待っているのに気づいた。ぼくは家に帰ってからされるだろうお仕置きをあれこれ想像《そうぞう》しないようにするために、必死でほかのことを考えようとしていた。裏庭《うらにわ》の斜面《しゃめん》を思い浮《う》かべる。あの場所でミニカー遊びをしたときを思い出すと、おだやかで平和な気分になれた。四時限目の終了ベルが鳴って、ランチタイムとなった。どんなにちがうことを考えようとしても、母さんに連れ戻《もど》されてから家でどんなことをされるだろう、と想像してしまう。またベルが鳴って昼休みとなった。

五時限目のベルが鳴ってからすぐに、カウンセラーの男のひとがやってきた。お母さんにもう一度電話をかけたと告げて、ぼくの返事も待たずに言葉をついだ。

「じきに来るだろう。いま、こっちに向かっているところだと思う」

それでカウンセラー室に戻っていった。六時限目のベルが鳴ったとき、ぼくははっとして目を覚まし、いつの間にかソファで居眠《いねむ》りしていたことに気づいた。落ち着きを取り戻すと、秘書《ひしょ》の女のひとに呼《よ》ばれて、お母さんに電話をしなさいといわれた。ぼくはしぶしぶ秘書のデスクに向かった。プルプル、プルプル、と呼び出し音が鳴る。鉛《なまり》を飲みこんだような気分になってきた。ほどなくして、ぼくはいった。

「もしもし、母さん？」

話をつづけようとするぼくをさえぎって母さんがすごく大きな声でどなったから、秘書の女のひとがはっとして顔をあげた。受話器を耳から離《はな》しているぼくをみて、眉《まゆ》をひそめている。母さんはどなりつづけている。

「おまえ、なにしてるのよ？　わたしが車で、薄汚《うすぎたな》いおまえを迎えにいくとでも思ってるなら、おまえはとんだマヌケだよ！」

母さんは相変わらず大きな声でぼくを叱《しか》りつづけたから、その声が秘書《ひしょ》の耳にも届《とど》いているのは明らかだった。ぼくは受話器を自分の耳にできるだけ近づけて、母さんと会話をしているふりをした。

「いま家を出るところなんだね？」と、ぼく。

「はんっ？　聞いてなかったの。ひとりで帰ってこいっていっただろう」母さんがさえぎった。

「わかった、じゃあ、またあとでね」ぼくは静かにいった。

受話器を置く直前、母さんのどなり声がぼくと秘書の耳にいっそう大きく響《ひび》き、電話を切ったのと同時に部屋がしんと静まりかえった。ぼくは無言のままソファに戻《もど》り、さっきとおなじようにぐったりと腰《こし》をおろした。

最終授業《じゅぎょう》の七限目《げんめ》の終了《しゅうりょう》ベルが鳴るとカウンセラーがやってきて、ひとりで帰りなさいといった。そのさい、ご両親に見せるようにと手紙を渡《わた》された。ぼくは手紙を受けとると、ひとりで学校を出た。

母さんに迎《むか》えにくる気がないことは、わかっていた。ぼくのせいで貴重《きちょう》な一日が台無しになったと、午前中からずっといらいらしているはずだ。こんどはどんなお仕置きを考えだすだろう？　どんなことをされても驚《おどろ》かないように、ぼくは覚悟《かくご》を決めた。

うちに近づくにつれ、これまで何度も感じてきた恐怖《きょうふ》をみぞおちのあたりに感じた。家に戻《もど》ったぼくを見たときの母さんの反応《はんのう》は、予想がつく。それを思うと、こわくてしかたがない。うちのステップのまえでいったん立ちどまり、気を引き締《し》めてから階段《かいだん》をあがって玄関の扉《とびら》に手を伸《の》ばした。ドアノブに触《ふ》れるか触れないかで、母さんがドアを開いた。

「とっとと、はいりなさい」ぼくをせきたてた。

リビングに行くと、スコットがダイニングテーブルのまえにすわっていた。ぼくに気づくなり立ちあがって、母さんのいるキッチンに行った。

「いったいどういうつもり？　こっちの話はまだ終わっていなかったのに、わざと電話を切ったわね」母さんがどなった。

キッチンに足を踏《ふ》みいれると、スコットがぼくと目を合わせていった。

「それがどんなに失礼なことか、おまえわかってんの？」

母さんはスコットにぼくの学校での一件《いっけん》を、すでに話した様子だった。リチャードを徹《てっ》底的《ていてき》にとっちめてやろうと、ふたりで話をまとめていたようだった。

ぼくはムダだと知りつつも、母さんを落ち着かせるためにケガをしたほうの手を意識的にかばっていた。しばらくしてスコットがきいてきた。

「手、どうかしたのか？」

ぼくはスコットのほうを見ないで、母さんに目をやった。

「骨《ほね》が折れたかもしれない。学校でなぐられてから、ずきずきするんだよ」

ぼくはただ話題を変えて、母さんが母親らしく心配するかどうか試そうとしただけだった。このあらたな戦略《せんりゃく》がうまくいくか？　それとも、怒《いか》りをぶちまけたいという気持ちを母さんはやはり捨《す》てないのか？　例によって、ぼくの思いどおりにはならなかった。

母さんが慎重《しんちょう》にいった。

「こっちに来て、手を見せてごらん」

いたわりを期待して、ぼくはいわれたとおりにした。母さんがざっとぼくの手を調べると、スコットが見にきた。ぼくはとっさに手を引っこめて、自分の体の横に置いた。母さんはスコットとキッチンと目を合わせると、まるでぼくが帰ってくるまえに予行演習《えんしゅう》をしていたみたいに、キッチンの食料室のまえに歩いていった。そして、ぼくを呼《よ》んだ。

「ここにつかまりなさい」と、母さん。

ドアの横にある柱を指している。命じられたとおりにすると、スコットがさっきのセリフをくり返した。

「おまえは尊敬《そんけい》することを学ばなきゃいけない！」

ぼくは瞬時《しゅんじ》に、またはめられたことに気づいた。顔の向きを変えて、視線《しせん》をスコットから母さんのほうへ戻《もど》すと、母さんは怒りの表情《ひょうじょう》もあらわに食料室のドアをばたんと閉《し》めた。とっさに頭が働かず、柱から手を引っこめることができなかったために、ドアが手の甲《こう》に叩《たた》きつけられた。手のありとあらゆる骨《ほね》が悲鳴をあげ、激《はげ》しい痛《いた》みが腕《うで》に走った。いまいちど、スコットの声がした。

「母さんとぼくを尊敬することを、学ぶんだな」

食料室のドアがぼくの手の甲に当たった反動でばたんと開いたから、ぼくは手を引っこめた。でも母さんは、また閉《と》じることができるようにドアを押《お》さえた。

「地下室に下りてなさい。すぐに行くから」とどなった。

地下室に行けと命じられたのは久《ひさ》しぶりで、そのときは知る由もなかったが、ぼくはそれ以降《いこう》ずっと地下室でお仕置きを受けるようになった。また、母さんがほかの兄弟の目のまえでぼくを罰《ばっ》するのも、その日がはじめてだった。兄弟のまえでぼくを罰することはないと、夏のあいだは思っていたのに。スコットのまえでぼくをののしり、彼《かれ》をある意味でお仕置きに参加させたということは、母さんはいっそう危険《きけん》な方向に向かいつつあるらしい。

階段《かいだん》を最後まで下りたぼくは、手をさすりながら隠《かく》れる場所を探《さが》した。地下室は冷えびえとしていて、暗かった。あたりはしんと静まり返っていて、ぼくは裏庭《うらにわ》につづくドアのほうへ歩いていった。昔、デイヴが寝《ね》起《お》きしていた場所が目にはいる。

デイヴのことを思い出したとたん、母さんのたくらみがわかった。ぼくが母さんとふたりっきりになりたくない場所に、うまくぼくを追いやったのだ。ぼくがもっとも恐《おそ》れている場所に。冷たいコンクリートの壁《かべ》で守られている地下室であれば、母さんは人目をはばからずに、心行くまで好きなことができる。ぼくは手をさすりながらその場に立ちつくし、解決策《かいけつさく》を探《さが》した。ドアに視線《しせん》を転じる。ドアの向こうは裏庭《うらにわ》だ。その日の午後、ずっと思い浮かべていた場所。慎重《しんちょう》に階段《かいだん》のほうへ戻《もど》り、スコットや母さんが下りてくる気配がないかうかがう。それから忍《しの》び足で静かにドアに向かった。ノブを回したとき、手首と腕《うで》に痛《いた》みが走った。もう一方の手でドアを開け、ぼくは裏庭の斜面《しゃめん》を駆《か》けていった。斜面を下るとパンパスグラスが生《お》い茂《しげ》っている場所が広がっていて、フェンスの向こうにはトニーとアリスが住んでいた。丈《たけ》が百八十センチ近くあるパンパスグラスが一面に茂っているから、身をひそめるのにうってつけの場所だ。

その茂みには、数年前にボールかなにかを探《さが》しにはいったことがあったけど、隠れるためにはいったことははじめてだった。じきにぼくは、パンパスグラスの茂みが避難所《ひなんじょ》として最適な場所ではないことを思い知った。細長い葉の先端《せんたん》が鋭《するど》くとがっているのだ。おまけに丈がぼくの身長よりも高かったから、体のあちこちに切り傷《きず》をこしらえずに掻《か》きわけていくのは大変だ。ぼくはひたすら前進して、パンパスグラスに身をひそめようとしていた。隠れるためには、できるだけ奥《おく》のほうに行かなくては。じきに、腕や手が傷だらけになった。そしてついに、パンパスグラスを倒《たお》して腰《こし》を下ろせる場所が見つかった。一番すわり心地のいいところに腰を下ろして、スコットがぼくをさがしにくるのを待つ。

そうやってすわったまま、デイヴのことを思った。母さんに命令されるままデイヴを痛《いた》めつけていたぼくは、彼《かれ》の最大の敵《てき》だった。そしていま、おなじことが起きている。ぼくは兄さんに痛めつけられ、抵抗《ていこう》できずにいる。

ここ数年の出来事が、つぎつぎと頭に浮《う》かんでくる。そのうちいつの間にか、ぼくはあらたな避難所で寝入《ねい》っていた。

目を覚ますとあたりは真っ暗になっていて、すごく不安になった。もう日はとっくに暮《く》れている。その日の出来事を思い出したぼくは、茂みを掻きわけて裏庭のひらけた場所に戻《もど》っていった。体は泥《どろ》だらけで、ちいさな虫がいっぱいついている。汚《よご》れをできるだけ払《はら》って、斜面を上がっていく。窓《まど》からリビングとダイニングの灯りがまだ漏《ぬ》れていた。何時なのかわからないまま、裏口のドアを開けてガレージにはいる。

階段をあがって真正面のキッチンに目をやると、母さんがこっちに背中《せなか》を向けて、いつもの灰色《はいいろ》のグラスからウオッカを飲んでいた。ぼくは母さんに見つかることなく、部屋に戻《もど》った。お風呂《ふろ》にはいるよりも、気づかれないでいるほうが大事だった。明日の朝、こっそりシャワーを浴びることにしよう、とぼくは思った。

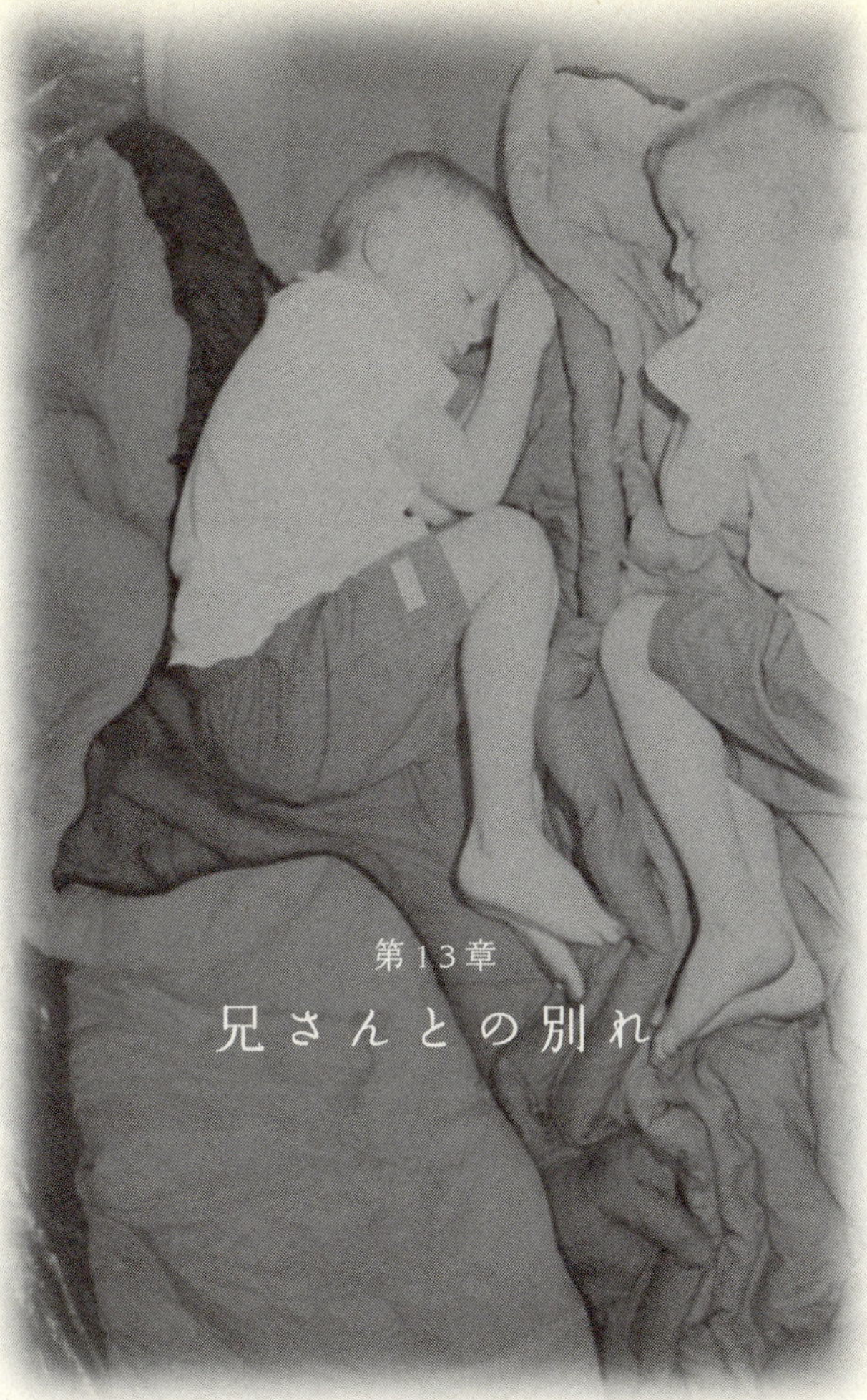

第13章

兄さんとの別れ

ロスは一番年上の兄で、ぼくのことを何度となくかばってくれた。ぼくはまだ十二歳《さい》でロスは十八歳だったけど、ぼくをのけ者にすることはめったになかった。同年代の友人と遊ぶとき、よく仲間にいれてくれたのだ。でも、この狂《くる》った家から出ていく最初のチャンスが訪《おとず》れた時、兄がそれを逃《のが》すはずがないことをぼくは覚悟《かくご》しておくべきだった。

一九七七年の夏は、思いがけない変化がたくさんあった。世界がちょっと広がって、人間らしい生活を送れるようになったのだ。うちの向かいの男の子ジョッシュはぼくの親友で、彼《かれ》にはドナという妹がいた。ドナはとてもかわいい女の子で、ロスとぼくに好意を持っているようだった。ぼくはいつも、ドナはロスに熱を上げていると思っていた。でも、嫉妬《しっと》は感じなかった。女の子の友人がいるだけで、満足だったのだ。ドナはロスといっしょにいるといつも嬉《うれ》しそうだった。みんなで家の外で遊ぶとき、ぼくは別世界にいるような気分になった。兄弟以外の子供《こども》たちと交流することができたのだから。

その夏は、自転車に乗っているときが一番楽しかった。以前はクレストライン通りでしか遊ぶことが許《ゆる》されなかったけれど、その夏はもっと遠くに行ってもいいと許可《きょか》が出たから、あたらしい道をさがしたり、ほかの道を探検《たんけん》したりした。以前から母さんの目を盗《ぬす》んでそうしていたけど、その夏はおおっぴらにできるようになった。

学校で見かけたことがある子供たちが、ごく近くに住んでいるのを知って驚《おどろ》いたのも、そのころだ。となりの通りに住んでいる子もいた。ぼくはいまや、自転車で彼《かれ》らの領域《りょういき》に侵入《しんにゅう》して、そこに生息している生物を観察するみたいに、彼らの生活を目にすることができた。可能性《かのうせい》が無限《むげん》に広がっているように思えた。ウエストモア通りからオーシャン通りの角に出て、ビーチウッド通りに向かい、モントローズ通りに行ってサウスゲート通りに戻《もど》ってくる。好きなようにいろんな場所に行ける。当時は実感していなかったが、目のまえで世界が徐々《じょじょ》に開かれつつあった。

うちのなかであれ外であれ、毎日の生活が以前よりも刺激《しげき》に満ちたものになってきた。ジョッシュとふたりであたらしい遊びを考え、オーシャン通りの端《はし》から端までをローラースケートで走るといったような、ちょっぴり危険《きけん》なことをよくしたものだった。

大きくなってくるにつれ、思いがけない誘《さそ》いがかかるようにもなった。友だちと遊びに行くからいっしょに来ないかとロスに誘われるようになったのだ。ロスはとても話のわかるひとだったから、彼の忠告《ちゆうこく》にぼくはすぐに従《したが》った。ぼくは調子にのってしゃべりすぎるところがあったけれど、ロスににらまれると、すぐに口を閉《と》じたものだった。そのころには、吃音《きつおん》はなくなっていた。うまく話せないのは、母さんと、嫌《きら》いなおとなに対してだけになっていた。

ロスといっしょにいるだけでぼくは鼻が高く、幸せで居心地《いごこち》がよかった。彼との信頼《しんらい》関係を持続させるためだったら、なんでもやるつもりだった。

サッカーをするときロスのチームに入れてもらえると、いつも嬉《うれ》しくてしかたなかった。それはまた、お笑い草でしかない話でもあった。ロスやその友人たちは、すくなくともぼくより六十センチ背《せ》が高かったのだから。ぼくがチームに貢献《こうけん》できるとは、とても思えない。試合に参加したぼくはぶざまだった。ぼくがボールを取ろうとしたり、自分よりも九十センチ背が高い男の子をマークしようとしたりする姿《すがた》は、さぞかし滑稽《こつけい》だっただろう。でもぼくは、参加できるだけで嬉しかった。仲間にはいらないかと声をかけてもらうなんて、願ってもないことだったのだ。まったくの足手まといになって退場《たいじよう》をいい渡《わた》されることもあったけど、気にならなかった。ぼくはいつでも、兄さんの顔に泥《どろ》を塗《ぬ》ったりしないように細心の注意を払《はら》っていた。

ロスの友人ブラッドと、大音響《だいおんきょう》のステレオシステムをそなえた大きなリアタイヤの青い小型のクーガーもなつかしい思い出だ。白で統一《とういつ》された車内といい、シフト・レバーの先端《せんたん》についている8の文字がついたビリヤードの黒い玉といい、その小型のクーガーはうちの近所でいちばんクールな車だった。

ブラッドはいつもうちのまんまえに車を横づけして、エンジンを空ぶかししたり、クラッチを急につないで車を急発進させ、うちのブロック全体に煙《けむり》をもうもうとまき散らしたりするから、母さんは閉口《へいこう》していた。そのときのにおいと音は、すごかった。そんなことをするだけでもすごくクールだったけど、母さんを困《こま》らせるためにわざとやっているように思えて、ぼくはじつに愉快《ゆかい》だった。ブラッド本人は母さんを困らせるつもりじゃなかったのだろうが、ぼくにはそう感じられた。そう考えるだけでも、せいせいした気分になれた。だれかが母さんに正面切って反抗《はんこう》して、母さんはただ手をこまねているのだから。

ロスの部屋は、秘密《ひみつ》の場所に改造《かいぞう》してあった。いや、ぼくが勝手にそう考えていただけかもしれない。ぼくがロスの部屋で彼《かれ》と分かちあっていた楽しみを母さんが知らなかったから、そう思いこんでいただけなのかもしれない。兄さんはステレオセットを持っていて、レコードのコレクションもたくさんあった。ビートルズ、クリーデンス・クリアウォーター・リヴァイヴァル、ドアーズ、そのほかにもいっぱいあった。なかでも、グリーンアップルレーベルのビートルズの四十五回転のレコードを兄さんはことのほか大切にしていたようだ。だから当然、ぼくの一番のお気に入りもビートルズだった。

ベッドの横の壁《かべ》には、青い人食いザメの大型ポスターが貼《は》ってあった。まがまがしい凶《きょう》暴《ぼう》なあごを大きく開いて、とがった歯を見せているポスターだ。でも母さんにくらべたら大したことなかったから、ぼくの目にはこわいというよりすごくクールに映《うつ》った。

ベッドの向かいの壁には、水《みず》着姿《ぎすがた》のファラ・フォーセットのポスターがあった。エッチなポスターではなかったけど、そのころのぼくにはこのうえなくセクシーに感じられた。ベッドの真上の天井《てんじょう》には、オレンジ、緑、青、赤、黄色が入り混《ま》じったサイケデリックなポスターが貼ってあった。それぞれの色の帯が、らせんを描《えが》くように外側から中心に向かって渦《うず》を巻《ま》きながらどんどん小さくなっていくデザインのポスターだ。ガラクタだらけのぼくの部屋とは、ぜんぜんちがう部屋。ぼくは時間が許《ゆる》すかぎり、ロスとその部屋で過《す》ごした。

庭からレコードをかけられるように窓辺《まどべ》にレコードプレーヤーを置いたのも、夏のいい思い出のひとつだ。窓辺に置かれたレコードプレーヤーは、プールの季節の風物詩だった。

うちの裏庭《うらにわ》は、テラスと斜面《しゃめん》に分かれていた。テラスの向こうが下り坂となって、およその十二メートル下の隣《となり》の家の庭につづいていたのだ。うちの大きな張《は》り出し窓《まど》から見える光景はすばらしかった。街の中心部に向かって道路が延《の》びているベイエリア一帯の夜景と、ゴールデンゲート・ブリッジのイルミネーションが霧《きり》のなか赤く灯るのが見わたせた。目のまえで霧が立ちこめていく夜もあって、地面を霧がたなびいていく様子は、昔の怪奇映画《かいきえいが》のワンシーンみたいだった。

裏庭《うらにわ》のテラスは幅《はば》と長さがそれぞれ七メートル半の正方形で、渦巻《うずま》き模様《もよう》のタイルが張ってあったように思う。プールがあったのはこのテラスで、ちょうどダイニングルームの窓《まど》の真下に位置していた。裏庭のコンクリートの部分のほとんどを、プールが占《し》めていた。深さが百五十センチ近くあって、百万ガロンほどの水がはいっていた。プールに水が張られると、ぼくたちは一日のほとんどをプールで過《す》ごした。ジョッシュと彼《かれ》の弟ケヴィンもよくうちのプールに遊びにきていた。

ぼくたちがおおっぴらに楽しんでいるとき、母さんは手に負えない子供《こども》たちにいつもいらだっていた。だから、新しいお仕置きを考えだした。ほかの子供たちがプールで遊んでいるあいだ、ぼくは家のなかで濡《ぬ》れたまま、遊んでいるみんなをじっと見ているように命じられた。

ぼくの家と隣の家を隔《へだ》てるフェンスは、わずか一メートルにも満たない高さだった。めったにないことだったけど、母さんがぼくたちの関係を人目にさらすのも構《かま》わずに家の外までぼくを追いかけてきたときは、ベティおばさんの裏庭が格好《かっこう》の逃《に》げ場所となった。お隣のベティおばさんは、数年前に夫を亡《な》くした年配の女のひとだった。亡くなったご主人はジェームズ・タウンゼンドというひとで、陸軍の大佐《たいさ》だったらしい。ベティおばさんは上品でいつもきちんとした身なりをしていた。すごく気さくで優《やさ》しいひとだったから、ぼくが裏庭に来たときはかならず様子を見にきてくれた。おばさんはいやな顔をしなかった。坊《ぼう》やが来ていることを知っている、と知らせるために様子を見にくるのだ。おばさんの家の裏庭は、ステップや花壇《かだん》が複雑《ふくざつ》に入りくんでいて、いつもきちんと手入れされていた。ぶらぶら歩いて、物思いにふけることができるから、逃げこむ場所としては最適《さいてき》だった。

「友だちを集めろよ、リチャード。戦争ごっこをやろう」ロスはぼくによく号令をかけた。

ぼくは兄さんの命令を即座《そくざ》に理解《りかい》した。いわれたとおりに、ジョッシュとケヴィンを呼《よ》びに行く。ぼくよりうんと背《せ》が高い子供たちが集まると、ぼくたちはふたつのグループにわかれる。ぼくはいつもロスのチームにはいった。理由はわからないけど、兄さんのチームにいると安心していられた。戦争ごっこは、もっとも高度な遊びだ。おさない子供《こども》は参加できない。大きい子供だけの遊び。弟のキースは小さかったから、参加させてもらえないことが多かった。スコットも、いつもはずされた。ぼくのヒーローは、スコットにはけっして声をかけなかったのだ。

クレストライン通りのはずれのウエストモアヒルが、戦いの場所だった。はじめにチームのなかで、攻《せ》める側と守る側のどちらにつくかが決められる。戦争ごっことは、相手チームの旗を奪《うば》って捕虜《ほりょ》にならないように陣地《じんち》に戻《もど》る、いわゆる旗取りゲームだった。戦いの場所は丘の全域。そこは原っぱが数千ヤード以上広がっていて、舗装《ほそう》してある場所はごくわずかしかなかった。

ほかの子供たちが見つからなかったり、ゲームが長引いて飽《あ》きたりしてしまうこともあって、そんなときぼくとロスはウエストモアヒルのはずれで時を過《す》ごした。ダンボールをソリ代わりにしたこともあったが、ときにはジーンズが濡《ぬ》れた草にこすれるのも構《かま》わずに、丘の斜面《しゃめん》を滑《すべ》って遊んだ。ロスがぼくよりも遠くにすべろうとするときが、一番楽しかった。

遊びつかれたぼくが帰ってくると、母さんは待ってましたとばかりに、外にいるあいだに悪いことをしたとどなりつける。遊んでいるぼくをずっと監視《かんし》して、なぐる口実をあれこれさがしていたようだった。ぼくは収容所《しゅうようじょ》の捕虜で、母さんは看守《かんしゅ》のようだった。スコットを遊びに参加させなかった、遊んでいるときに弟のキースをいじめた、という理由でぶたれたり蹴《け》られたりすることも多かった。ぼくはじきに、自分は暴力《ぼうりょく》を受けるために生きているのだと思うようになった。母さんの怒《いか》りのはけ口となるべく、生まれてきたのだ、と。ぼくはこの家の奴隷《どれい》として、母さんのいいオモチャとして、誕生《たんじょう》したのだ。その思いがどんどん強くなるにつれ、自分の運命を変えて、もっと大きい価値《かち》のある人間になる方法を見つけなきゃ、と焦《あせ》るようになった。ぼくのヒーロー、ロスはこんな状況《じょうきょう》に黙《だま》って耐《た》えている必要はない、とぼくによくいってくれた。もうじき状況が変わると請《う》けあってくれもした。兄さんの言葉を信じようと、ぼくは必死で自分にいい聞かせていた。

ぼくのヒーローが夜に仕事から戻《もど》ってきたとき、ガレージのシャッターを開けるのがぼくの仕事となった。兄さんは車のクラクションを鳴らすだけでいい。ガレージの三メートル手前で車を降《お》り、自分でシャッターを開けにいく必要はない。優《やさ》しくしてもらっている恩《おん》をちょっとした気づかいで返せるのだから、めんどうくさいとは思わなかった。ぼくがその仕事をさぼることは一回もなかった。ベッドに横になってクラクションの音が聞こえてこないかと耳を澄《す》ませていたことも、たびたびあった。

ロスの自慢《じまん》の車、カリフォルニアのハイウェイパトロールカーを改造《かいぞう》したダッジを洗車《せんしゃ》するのも、夏の恒例《こうれい》行事だった。テレビ番組『ジョン&パンチ』に登場するのとそっくりの車だ。ほんのわずか泥《どろ》がついているだけでも気になったから、ぼくたちはしょっちゅう洗車をしていた。その大きな黒い車は、ショールームのたいていの新車よりもピカピカだった。ロスは一生懸命《いっしょうけんめい》に働いて手にいれた車を、ひとに見せるたびに得意そうにしていた。

週末、ロスとぼくは洗車をすませると、ちょっとしたドライヴによく出かけた。ドライヴそのものが目的だったから、場所はどこでもいい。たまに〈ローリングピン・ドーナツ〉に行くこともあった。

〈ローリングピン・ドーナツ〉は、大きな子供《こども》しか行けない場所だった。駐車場《ちゅうしゃじょう》の車といい、大きな子供たちの服装《ふくそう》やふるまいといい、ヒーローがいなかったら、ぼくなどけっしてはいれない店だった。

ひとりで帰れといわれたり、邪魔者扱《じゃまものあつか》いされたりしたことは、記憶《きおく》にあるかぎりいちどもない。兄さんはぼくがどんな目にあっているかわかっていて、ぼくを喜ばすために〈ローリングピン・ドーナツ〉に連れていってくれたのだ。はっきりと口でそう説明したことはなかったけれど。

夏が終わって秋になると、ロスが外出してぼくから離《はな》れている時間が、どんどん増《ふ》えていった。兄さんはぼくから距離《きょり》を置くようになったばかりか、好んでひとりになりたがっていた。なにかある、という気はしていた。兄さんはちょくちょくサンフランシスコに出かけたが、どういう用事なのかは教えてくれなかった。大切な用事だということは、予想がついた。大切だからこそ黙《だま》っているのだ、と思っていた。

あの日のことは、いまでもよく覚えている。ロスが入隊して家を出ていくことを、ついに知らされた日だ。兄さんは入隊テストに合格《ごうかく》したことを誇《ほこ》らしげにしていたけど、ぼくは兄さんの決断《けつだん》に打ちのめされた。ロスの目を見れば、彼《かれ》が喜んでいるだけじゃなく、得意の絶頂《ぜっちょう》にあることがわかった。ぼくはがっかりした気持ちを必死で隠《かく》した。この家を出たら、兄さんはもう二度と帰ってこないだろう。兄さんはぼくを見捨《みす》てようとしているのだ。

兄さんが市内に通っていた理由もわかった。兄さんは市内でテストを受けて、入隊に必要な資格《しかく》を満たしたのだ。テストを受けたことを秘密《ひみつ》にしていたのは、母さんが知ったら荒《あ》れ狂《くる》って、残される家族が、ことによると兄さん自身が、とんでもない目にあわされると思ったからだろう。兄さんはどんな手を使ってでも、この家を出たかったのだ。

ロスが基礎《きそ》訓練を受けにアラバマに旅立つ朝、ぼくはウエストモアヒルのてっぺんから兄さんを見送った。軍からの迎《むか》えの車、フォードアの緑色のボラーレに乗って兄さんは去っていった。兄さんは成し遂《と》げたのだ、とぼくは思った。

この家を出るチャンスを見つけて、それをつかんだのだ。車はうちの通りを走りすぎ、市内に向かって角を曲がっていく。ぼくは思わず駆《か》けだして、丘《おか》のてっぺんで車と平行に走りながら、だめと知りつつも叫《さけ》んでいた。

「だめだよ！　行かないで、ロス！」

どういうわけか、兄さんが車を止めさせて、さよならのハグをしに駆け寄《よ》ってきてくれるように思った。でも車はどんどん遠ざかっていき、ぼくは見捨《みす》てられたような気がした。最初は父さん、つぎがデイヴ、そしてこんどはロス。ぼくは、完全にひとりぼっちになってしまった。

長男が正当な理由で家を出る最初のチャンスをつかんで出て行ってから、母さんはそれまでの態度《たいど》を変えた。うちの家族の仕組みを慎重《しんちょう》に組みなおした。細かいところまで注意をはらって、残されたメンバーにそれぞれの義務《ぎむ》を課したのだ。

スコットはいまや父親のような存在《そんざい》になって、あれこれ手のこんだお仕置きを考える母さんに、知恵《ちえ》を貸《か》すようになっている。母さんはいつもスコットを味方につけた。スコットを慎重にあやつり、彼《かれ》がどんどん頼《たの》もしい存在になっていくにつれ、友人同士のような

親子関係を築《きず》いていった

それはぼくにとって、さらなる打撃《だげき》だった。いまやそれは、以前にまして大っぴらになっていた。ぼくはこれっぽっちの価値《かち》もない人間で、母さんの怒《いか》りのはけ口になるためだけに生きていた。この家に置いてもらえるだけでも幸せなのだから、よそ者らしくこの家のルールに従《したが》わなきゃいけない、と母さんはぼくにはっきりといいわたした。ぼくはもうリチャードと呼《よ》ばれなくなった。あらたな名前は、〝ニクソン〟だ。

ニクソンが大統領《だいとうりょう》だったとき、母さんは大統領をひどく嫌《きら》っていた。大統領になる資《し》格《かく》がない男だし、尊敬《そんけい》するに値《あたい》しないとはっきりいっていた。母さんのなかでは、ぼくとニクソン大統領に共通するものがあったのだろう。だから、ぼくに〝ニクソン〟とあだ名をつけたのだ。

母さんには知られないようにしていたけど、アメリカ大統領に似《に》ていると思われるなんて、鼻が高かった。得意な気持ちを母さんに悟《さと》られないようにすることが、ぼくの心の支えでもあった。母さんになにをされようが、どんな濡《ぬ》れぎぬをかぶせられようが、ぼくには人間としての価値があった。母さんが与《あた》えてくれた価値が。いつの日か――いつの日か、ニクソンというあだ名にふさわしい人間であることを、証明《しょうめい》できるかもしれない。

母さんはうちに残った最後のあどけない男の子、一番下の弟キースを溺愛《できあい》するようになった。自分に息子を育てる資格があることを、たしかめようとしていた。もちろんぼくは息子ではなく、母さんのオモチャだった。怒《いか》りのはけ口。価値《かち》のない子供《こども》。反応《はんのう》をいっさい見せない、無表情《むひょうじょう》の憎《にく》たらしい子供。

ぼくの体には、母さんの怒りを受けとめた痕《あと》がいたるところにあって、その傷跡《きずあと》はいかがわしい秘密《ひみつ》のように世間から隠《かく》されていた。母さんはそれまでのやりかたを変えるようになっていた。デイヴの一件《いっけん》で懲《こ》りたのか、体罰《たいばつ》を与《あた》えるとき目に見える傷をできるだけすくなくするようになったのだ。

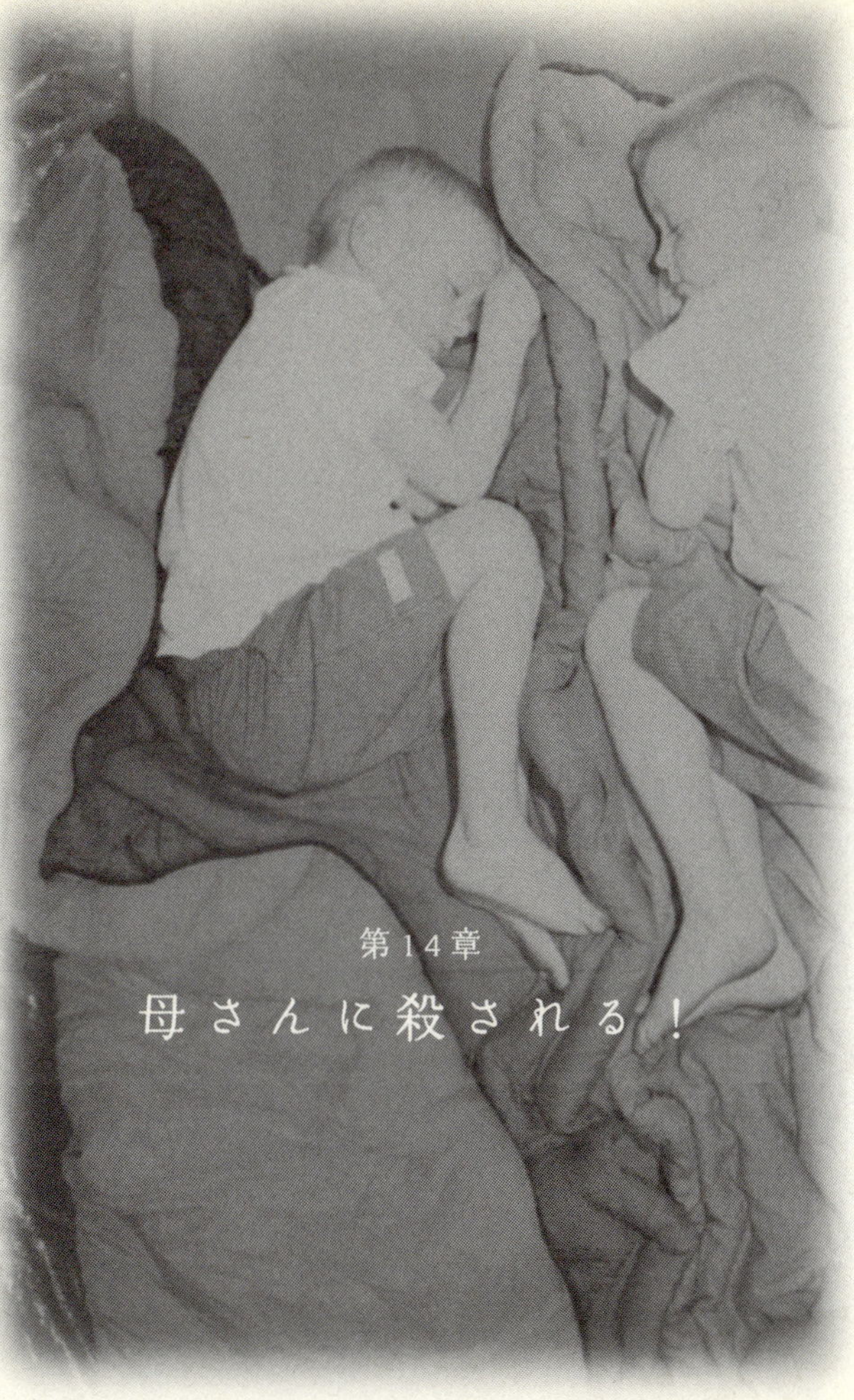

第14章

母さんに殺される！

ぼくはできるだけトラブルを避《さ》けて、目立たないようにしていた。母さんの機嫌《きげん》が悪いときは静かにしていろと、ロスがいつもいっていたのだ。でもロスは家を出て、あの優《やさ》しい目がぼくを見守ってくれることもなくなった。ぼくはひとりぼっちだった。生活に喜びを見出すことが、ほとんどなかった。いつもロスのことを考え、いまごろなにをしているのかと想像《そうぞう》していた。彼《かれ》がどこにいるのかはわからなかったけれど、ロスからの電話を待ちわびていた。

クレストライン通りの先に、スポーツ好きの男の子がふたりいる家があった。ぼくはその兄弟とあまり会うことはなかったけど、ときたまボール遊びをして遊んだ。その子たちの家の裏《うら》には、ぼくよりすこし年上の男の子の兄弟が住んでいた。彼らはいつもつるんでいて、友だち同士みたいに仲がよかった。

もうひとり、ベンというかなり年上の友人もいた。彼《かれ》はぼくのうちからわずか二、三軒《げん》離《はな》れたところに住んでいた。ベンはあのとき、たしか二十一歳《さい》だったと思う。家族構成《かぞくこうせい》がうちとまったくちがっていた。ベンはお姉さんとお姉さんの結婚《けっこん》相手の三人で暮《く》らしていたのだ。ベンの家に遊びにいったとき、たまたま彼の両親が来ていることもあったけど、すごく優《やさ》しくて感じのいいひとたちだった。

おなじ年の仲間とスポーツをしても足手まといになることが多かったから、ぼくはほかの方法で友人に溶《と》けこまなくてはならなかった。だから、七十年代の男の子たちのほとんどがそうしていたように、女の子や車や学校の話をして友人たちと過《す》ごすようになった。友情《ゆうじょう》が深まってくると、ぼくは兄弟とケンカをした罰《ばつ》として母さんになぐられた痕《あと》を、仲間たちに見せるようになった。仲間たちも兄さんがいたから、よくわかってくれた。

自分が仲間とおなじようなことを考えているのを知ったのも、そのころだった。女の子たちへの好奇心《こうきしん》や車へのあこがれを胸《むね》にいだいているのは自分ひとりではないと知ったときは、すごく驚いたものだ。話題によっては、みなおなじような疑問《ぎもん》や考えを持っていた。気持ちを分かちあい、いっしょになにかを学べる友人ができて、ぼくは嬉《うれ》しかった。

仲間といっしょに自転車でウエストモア通りを走り、ハイスクールのグラウンドを通りすぎ、イーストモア通りに出て坂道を下っていくのは、決まりきった毎日のなかのいい気晴らしだった。自転車に乗って遠出したなかで、一番すてきだった場所は、テラスヴュウコートの坂道だった。駐車場《ちゅうしゃじょう》のはずれに設《もう》けてある柵《さく》と崖《がけ》のあいだに、自転車一台がわずかに通れる道があった。その険《けわ》しい道の頂上《ちょうじょう》は冒険《ぼうけん》のスタート地点で、その冒険はぼくにとってちょっとした試練だった。てっぺんから長い坂道を何度も下ったが、その時々のことはすべて覚えている。ふもとまでの長い急斜面《きゅうしゃめん》を見下ろすと、いつも足がすくんだ。長さが三十メートル近くあって、直線にして十二メートルほど下る道だった。斜面の坂道はふもとで登山道につながり、その登山道からは丘《おか》のあちこちに向かう未舗装《みほそう》の道が枝分《えだわ》かれしている。登山道にはさまざまな高さの木製《もくせい》の自転車用傾斜路《けいしゃろ》が、およそ十メートルおきに設けてあった。丘の斜面で遊ぶ近所の子供《こども》たちが行き来しているうちに自然とできた道もあって、その周囲は何年も草木がぼうぼうに生《お》い茂《しげ》ったままになっていたから、仲間同士で忍耐力《にんたいりょく》や勇気を試すのにうってつけの場所となっていた。

　ぼくたちはその森で、ほかの場所ではできないいろんなことをした。女の子といちゃついたり、タバコを吸《す》ったり、ビールを飲んだり。ぼくがはじめてマリファナを吸った場所も、その森だった。ぼくはあまり大麻《たいま》が好きになれなかった。ちっとも刺激的《しげきてき》じゃないし、なにも感じない。でも仲間がやっていたから、断《ことわ》るわけにはいかなかった。女の子に好意をもってもらうのはすごく大事なことで、ガールフレンドができなかったら、ぼくはどんなことでもしたと思う。ぼくのことを〝かっこいい〟とほめて、〝つきあいたい〟といってくれる女の子が、何人かいた。ぼくのことを変人だと思いつつも、デートしてくれる女の子たちも何人かいた。どっちにしろ、ぼくは男として認《みと》められていた。ぼくだって捨《す》てたもんじゃない、と自信がもてた——すくなくとも家の外では。

ぼくたちはいちばんいい自転車のパーツや、最新の付属品《ふぞくひん》を手にいれようと、仲間同士で競いあった。〝森〟のグループの一員でいるためには、資格《しかく》が必要だった。ぼくは仲間はずれにならないように、新聞配達のバイトをしていた。

ぼくの自転車はリムとフォークが〈アシュタビュラ〉製《せい》、ハンドルにスリップ止めがついていて、おまけにスリックタイヤという特別仕様だったから、うらやましがる仲間が多かった。その夏の終わりには、ほとんどの部分を最新式のものに変えて最高にかっこいい自転車に改造《かいぞう》していた。ぼくはつねに、自転車を身近に置いておいた。以前盗《ぬす》まれたことがあったから、大切にしようと心に誓《ちか》っていたのだ。

ぼくは仲間たちと、どんどん心が通じあうようになっていた。仲間たちがぼくを見るとき妙《みょう》な目をする理由を知っていたけど、べつに苦じゃなかった。ぼくが虐待《ぎゃくたい》されているように見えるのは、じっさいにそうだったからだ。仲間たちは、しだいにその事実を受けいれるようになって、ちょっとしたコメントをするようになった。

「ったく、とんでもない親だよな」彼《かれ》らは何度となくいっていた。

自転車でクレストライン通りをのぼり、ボールドウィン通りに出て坂をくだっていくと、仲良くしていた仲間の家があった。その仲間はふたり兄弟で、彼らのうちの車庫に行くのはぼくのお気にいりのコースだった。車庫でおしゃべりをしながら、値打《ねう》ちのあるクラシックカーを扱《あつか》うみたいに自転車の手入れをしたものだ。近所の人々や女の子たちのうわさ話は、ほとんどその兄弟から仕入れた。彼らとのつきあいを通じて、ぼくはざっくばらんに語りあうことを学び、友人との人間関係や、どんなに親しくても語ってはいけないことがあることを知った。仲間たちとつねに分かち合えるものもあれば、自分の胸《むね》に秘《ひ》めておくものもあった、というわけだ。

その兄弟はぼくよりも反抗的《はんこうてき》で、暴力的《ぼうりょくてき》な行動を互《たが》いにけしかけあっていた。彼らはガレージにおいてある父親のライフルや銃弾《じゅうだん》に興味《きょうみ》を持っていた。

ある日、ふたりがキャビネットを開けてライフルを取りだした。ぼくは落ち着かない気分になった。ふたりとも銃弾の込《こ》め方と発砲《はっぽう》の仕方を知っているような口ぶりで、自分たちの知識《ちしき》をひけらかしていた。ぼくはその昔、銃を手にしたときとおなじ恐怖《きょうふ》を感じ、胸がどきどきした。あのことは、仲間たちに話さなかった。あれがじっさいに起こったことかどうか、自分でもわからなかったからだ。

その兄弟はいけすかない連中や、学校で彼《かれ》らにいじわるをする子供《こども》たちに向かって、銃《じゅう》で殺してやるとよくおどかしていた。

「これでおまえの母親を始末しようか？」と彼らはいった。

ショックだった。これまで心の奥《おく》に埋《う》めて慎重《しんちょう》に隠《かく》しとおしていた考えを仲間が思いつくとは。冗談《じょうだん》でいってるんだ、実行するわけがない、とぼくは自分にいい聞かせた。

もう帰らなきゃ、とぼくはいった。ライフルを目にしながら母さんのことを考えていると、気分が悪くなったのだ。でも、ぼくはじっさいに考えていた。そう、やってしまおうかとも思っていた。でも、まさかそんなことはできない。自転車で家に帰る途中《とちゅう》、ぼくは空想にふけった。親を殺すなんて凶悪《きょうあく》なことをしたら、その先の人生はどんなふうになってしまうだろう。母さんを殺そうとするような真似《まね》はもう二度とできない。それは自分でも、わかっていた。

角を曲がってクレストライン通りにさしかかったとき、ぞっとするような音があたりの空気を切り裂《さ》いた。銃声《じゅうせい》がパン、パンと鳴りひびいたのだ。ぼくは坂道の上で自転車を止め、恐怖《きょうふ》に身をかたくした。ついさっきまでいた友人の車庫から発砲《はっぽう》されたのかもしれない。どうしたらいいのかわからずに、そこに立ちつくす。最後の銃声のあと、あたりはしんと静まりかえっている。一羽の鳥も見えず、なんの音も聞こえない。まったくの静《せい》寂《じゃく》が霧《きり》みたいにただよっている。

　しばらくしてから、ぼくは坂道をおり、うちの地下室にはいっていった。いつものように自転車を置いて、部屋にあがる。驚《おどろ》いたことに、だれにも気づかれずに自分の部屋に戻《もど》れた。うちの家族も銃声を耳にして大変なことが起こったと思っているせいか、ぼくが二段《だん》ベッドの上で窓《まど》の外をながめていても、なにもいってこなかった。

　と、そのとき、両隣《りょうどなり》の家の夫婦《ふうふ》が庭に出てきた。数分もしないうちに、パトカーが坂道の上に現《あらわ》れてこっちにくだってきた。坂道の下でお巡《まわ》りさんたちは車を横向きに止めて、通行禁止《きんし》にした。二台の救急車がやってきて坂道の下でしばらく待機していたが、やがて坂をあがっていった。さっきまで車庫でいっしょだった仲間がやったのだと思うと、ぼくはこわくてしかたなかった。発砲はあのふたりの家の車庫から聞こえてきたにちがいない。大変なことになっている。

　あとになって知ったことだが、犯人はやはり例の兄弟で、自宅《じたく》の裏庭《うらにわ》でライフルに銃《じゅう》弾《だん》を込《こ》め、三発発砲したとのことだった。庭の真ん中にある大木に発砲しようとしたが、銃弾がそれてしまったらしい。

　ライフルの扱《あつか》いに慣《な》れていなかった彼らは、銃弾が木をびゅんとかすめて、裏の家のベッドルームに当たるとは思わなかった。被害《ひがい》にあったひとたちは、裏手に住んでいる問題児の素行《そこう》に悩《なや》まされていて、あまりにもひどいからほんとうに迷惑《めいわく》していると、日ごろから何度も文句《もんく》をいっていた。

母さんは自分には関係のない警察《けいさつ》ざたを見物するチャンスを、見逃《みのが》さなかった。パトカーの音を耳にするや、すぐさま外に飛びだして近所の野次馬に混《ま》じって見物をした。それからすぐに、車まわしに出てきなさいとスコットとぼくを呼《よ》んだ。パトカーが坂をくだってくると、母さんは道の真ん中に出てパトカーを止めようとした。お巡《まわ》りさんは母さんの手前で急ブレーキをかけ、パトカーの窓《まど》を開けて母さんに強い口調で命じた。

「お子さんをうちに引きあげさせてください。それと、通行の邪魔をしないように！」

母さんはお巡りさんを無視《むし》してパトカーに近づくと、なにが起こったのかきいた。

「坂の上の民家に、銃弾《じゅうだん》が撃《う》ちこまれたんですよ。まだ犯人《はんにん》は、つかまっていないんです！」お巡りさんは説明した。

母さんはすぐさまぼくたちのほうをふり返ると、声を張《は》りあげた。

「ガレージにはいってなさい。ふたりともね」

後から入ってきた母さんはガレージのドアを閉《し》めると、スコットに向かっていった。

「上に行ってなさい」

それからぼくを見て、太くて低い声で命じた。

「おまえは残るのよ！」

母さんはドアを閉めた直後から、おまえが発砲事件《はっぽうじけん》に関わっているのを知っているといわんばかりの顔で、ぼくをにらんでいた。母さんの表情《ひょうじょう》にただならぬものを感じとったぼくは、ガレージの奥《おく》に逃《に》げた。ガレージの床《ゆか》はいつも濡《ぬ》れていたから、つるつるしてすべりやすかった。車の左側を走り抜《ぬ》け、母さんがどこにいるかたしかめようとふり返ると、そのとき、足をすべらせて木造《もくぞう》の大きな物置にぶつかった。物置の角に頭をもろにぶつけて、その反動で薪《まき》を積んだカートにぶつかった。

目のまえに火花が散ったのと同時に、腕《うで》をつかまれて立ちあがらせられた。

母さんの口からつぎつぎと出てくる非難《ひなん》の言葉から、母さんがなにを考えているかがわかった。ぼくがだれかに発砲して、母さんにかくまってもらうために家に逃げこんできたと思っているらしい。

「おまえみたいなクソガキを、黙《だま》ってかばってやる気はないからね！」母さんがどなった。

目のまえの火花が徐々《じょじょ》に消えてくると、ぼくは自分が無関係であることをわかってもらおうと、必死で説明をしようとした。母さんはぼくを自分の顔の近くに引き寄《よ》せると、言葉をつづけた。

「おまえがやってようと、やってまいと、こっちは知ったこっちゃないんだよ」

ぼくは力をふりしぼって、母さんにどなりかえした。

「ぼくはなにもしてない。なにもしていないんだから、お仕置きしないでよ」

すると母さんはぼくの髪《かみ》をぐいっとつかみ、頭をコンクリートに叩《たた》きつけた。後頭部がひんやりとしたセメントにがつんと当たった。あのとき頭蓋骨《ずがいこつ》が立てた音は、いまでもはっきりと記憶《きおく》に残っている。

背骨《せぼね》の下がかあっと熱くなり、その熱が後頭部まで一気に伝わって、全身がほてってきた。痛《いた》みは感じなかった。ともかく熱かった。

ぼくは最悪の事態《じたい》を覚悟《かくご》した。母さんは引きつづき、怒《いか》りをぶちまけている。ここ数日のぼくへの不満を、一気に吐《は》きだしている。

「おまえの部屋は、豚小屋《ぶたごや》だよ！」

「それでこんどは、殺人犯《さつじんはん》だ！」

発砲事件《はっぽうじけん》がたんなる口実にすぎないことが、だんだんわかってきた。母さんは今回の事件をだしにして、いつもの狂《くる》ったお仕置きをしているのだ。頭をまたセメントに叩きつけられ、ゴツンという不気味な音が耳に響《ひび》いた。

スコットがおりてきていった。

「こんどはまた、いったいなにをやらかしたんだ？」

「〝It〟がひとを殺したのよ！」母さんが叫《さけ》んだ。

あの言葉——あの言葉を母さんが口にした。

ぼくのことを〝It〟と呼《よ》んだ！

信じられない。母さんから〝It〟と呼ばれるなんて。

母さんはスコットに向かって声を張《は》りあげた。

「坂の上の家に発砲したのは、こいつなのよ！」

スコットが驚《おどろ》きに目を見張《みは》っているまえで、母さんはいまいちど、ぼくの頭をセメントに叩きつけた。視界《しかい》が暗くなっていくなか、顔の血をぬぐって部屋に行きなさいと命令する母さんの声が聞こえた。

あお向けに倒《たお》れたまま、ぼくはなにも聞こえなくなった。なにも感じない。なにも見えない。意識《いしき》はあるけれど、ただあお向けに横になっている。数分後、目が見えるようになってきたから、横向きになってコンクリートの床《ゆか》に目をやった。視力《しりょく》がもとに戻《もど》ったのと同時に、首がまた燃《も》えるように熱くなってきた。さっきまでなにも感じなかった頭が、痛みを絶叫《ぜっきょう》しはじめた。体がばらばらになりそうだ。上体を起こしたとき、髪が血で濡《ぬ》れているのに気づいた。首のうしろをぬぐうと両手に血がついていたけれど、じっさいもっと出血しているはずだ。ステップまで這《は》っていって、一段《だん》、また一段とあがっていく。心のなかでは、ついに母さんはやったのだと思っていた。

ぼくはこのまま死ぬんだ、そう思った。

ムダと知りつつもスコットを呼《よ》び、木のステップにうつぶせに倒《たお》れた。

あたりがしんと静まりかえっているなか、ぼくはまた自分が意識《いしき》を取り戻《もど》したのに気づいた。ステップを上がりきったところに兄さんがいて、叫《さけ》んだ。

「目を覚ましたよ」

兄さんが母さんとおなじようにふるまっているのを知って、ぼくは打ちひしがれた。スコットは母さんの共犯者《きょうはんしゃ》になりつつある。自分が母さんの手先だったころが、よみがえった。

視線《しせん》をあげたとき、顔と額《ひたい》の生《は》え際《ぎわ》から血が出ているのがわかった。硬《かた》い木のステップに点々と血がついていて、陽射《ひざ》しがステップに反射《はんしゃ》していた。血を見つめながら手で顔とシャツに触《ふ》れていると、母さんがステップをおりてきた。

「自分の部屋に行きなさい、さあ！」

なんとか立ちあがったけど、すぐにまたへたりこんでしまった。母さんがぼくの腕《うで》をつかみ、ステップをのぼるように引《ひ》っ張《ぱ》った。必死になって上体を起こし、脚《あし》を交互《こうご》にあげる。のぼりきったところで、ぼくは扉《とびら》の開いた戸口にもたれかかった。倒《たお》れないようにドアフレームにしがみつく。母さんが真うしろでどなった。

「行きなさい！　はやく、行って！」

廊下《ろうか》を歩いて部屋にはいり、二段ベッドの上に目をやる。と、ふいに金気としょっぱさが口中に広がって、床《ゆか》に倒れてしまった。

気がつくと、カバーをかぶってベッドに横になっていた。母さんが部屋に来て、ドアのところでがなりだした。

「すぐに警察《けいさつ》に引きわたしてやるからね。おまえが目を回してしまうほどはやくね」母さんはどなった。

「おまえなんか、殺せばよかった。できそこないのクソガキ！」

ぼくはぴくりとも動かずに、じっと横になっていた。母さんはこっちに来て、ぼくをなぐり殺すつもりなんだ。母さんがこっちに近づいてくる。声をかぎりに怒《いか》りと口汚《くちぎたな》い言葉を吐《は》きちらしながら。なぐりかかってきたとき、ぼくは両手で頭をかばった。母さんが手になにを持っていたのかはわからなかったけど、レンガのように感じられた。目からあごにかけて、手首からひじにかけて、痛《いた》みが走る。またしても目のまえに火花が散った。胃がぎゅっと縮《ちぢ》みあがって、吐き気《け》が込《こ》みあげてくる。

ぼくはすでにベッドに横になっているから、母さんはぼくが意識《いしき》を失っているか、吐《は》いているか、たしかめる必要がない。火花がどんどん小さくなってかすんでいき、いまいちどぼくになぐりかかってきた母さんの声が徐々《じょじょ》に遠くなっていくように感じられた。なぐられたのと同時に下あごと胸《むね》がずきっと痛《いた》んだことを、ぼくはいまでも覚えている。目のまえが暗いのは、身をまもるためにシーツをかぶっているからなのか、母さんになぐられているからなのか、その区別さえつかなくなった。

そうやって横になったままでいると、じきに母さんは出ていって、ぼくはひとりになった。カバーから顔を出し、窓《まど》の外に目をやる。すでに夜明け近くになっていた。体の傷《きず》を調べるために、ぼくは上体を起こして、脚《あし》をベッドのフレームから下ろした。床《ゆか》に飛びおりて、鏡を見ようと思ったのだ。でも、起きあがったとたん、また目のまえに火花が散った。一瞬《いっしゅん》ふらっとして、ベッドにあお向けに倒《たお》れたつもりが、がくっと前のめりになって、かたいフロアリングの床に頭から落ちてしまった。ぼくが床にどさっと落ちて、頭をかたい木に打ちつけた音を聞きつけたのか、母さんが駆《か》けこんできて、げらげら笑いながらいった。

「ベッドから転がり落ちるような年でもないと思ってたけどね、バカなクソガキだよ」

顔をあげて母さんを見る。かなり酔《よ》っているようだ。朝の六時ごろだったと思う。

ぼくは部屋の出入り口に寄《よ》りかかっている母さんの横をすりぬけて、バスルームに行こうとした。まだ頭がくらくらして、混乱《こんらん》していたけれど、なんとかバスルームに行こうとした。明かりをつけようとしたとき、母さんに腕《うで》を引《ひ》っ張《ぱ》られた。

「ベッドに戻《もど》りなさい！」

そう命令しただけで、母さんは出て行った。

夜明けの光が射《さ》してきたとき、ぼくはもう一度挑戦《ちょうせん》しようと勇気をふりしぼった。慎《しん》重《ちょう》に二段《だん》ベッドのはしごを降《お》りる。ベッドのすぐ横には、オレンジ色と白の古ぼけたドレッサーがあって、ぼくのぼろぼろの衣類がおさめてあった。クロゼットの下着の引き出しを開け、一番上に置いてあったものを取り、バスルームに向かう。部屋にある全身鏡を通りすぎたとき、血がこびりついた髪《かみ》がつんつん立っているのに気づいた。バスルームにはいったものの、まだ頭がくらくらしている。

学校にいく準備《じゅんび》をしなきゃ。

顔と手を洗《あら》っていると、透明《とうめい》な水がじきにどす黒い赤に変色した。水に目を凝《こ》らしながら、ぼくは思った。いろんなことがあっても、けっきょくはいつもふりだしに逆戻《ぎゃくもど》りしてしまう、と。きょうもまた、いつものような一日がはじまって、血に染《そ》まった水を見るのは、これが最後かもしれないと考えている。

着替《きが》えがほぼ終わったときに、母さんが部屋にはいってきた。

「なにやってるの?」母さんがきいた。

ぼくはどぎまぎして、言葉につかえながら答えた。

「学校に行くんだよ」

母さんはぼくを見下ろして、にやっと笑った。

「じゃあ、そうしなさい。遅《おく》れないように、とっとと家を出ればいいわ。ジョッシュを待たないで、急いで行きなさい。走って学校に行くがいいわ」げらげら笑った。

あまりにも疲《つか》れていて母さんとやりあう気力がなかった。ぼくは毎朝、集めた家具がきちんと配置されているかたしかめていたが、その日は習慣《しゅうかん》となっている部屋のチェックをしていなかった。でも、つぎの瞬間《しゅんかん》、思いだした。家具はもう捨《す》てられていたんだ。

廊下《ろうか》に出て玄関《げんかん》に向かう。なにかされるのを覚悟《かくご》してキッチンを通りすぎると、母さんは例の灰色《はいいろ》のグラスでお酒を飲んでいた。ぼくが通りすぎても、母さんはなにもいわなかった。玄関のドアを閉《し》めて、ピンクのステップを降《お》りていく。

明るく澄《す》んだ朝で、ウエストモアヒルのふもとを通っていくと、静けさのなかに水分を含《ふく》んだ朝のすがすがしい空気が感じられた。通りは車の往来《おうらい》がなく、しんと静まり返っている。高校の階段《かいだん》の横を通りすぎ、中学校に向かう。と、そのとき、はっとした。

いつも走っている車が見えないのは、なぜ？

子供《こども》たちの姿《すがた》が見えないのは、なぜ？

ひどくぶたれたせいで、今日が何月何日なのかわからなくなっていた。今は夏なのか、春なのか、子供たちがいないのは、夏休みだからなのか。

高校のプールを通りすぎ大きな校舎《こうしゃ》の横を抜《ぬ》けて、サッカー場とその向こうの陸上競《きょう》技場《ぎじょう》に歩いていく。トレーニングをしているひとたちがちらほらいる。高校の生徒じゃない。みんな、おとなのようだ。

ぼくは心のなかをさぐって、月日の感覚をとりもどそうとした。すると突然《とつぜん》、デイヴがまだうちにいたころ、おさないぼくが彼《かれ》にしていた仕打ちが心によみがえった。兄さんをさんざん苦しめていたことを、思い出した。兄さんを痛《いた》めつけたときのこと。ぼくの嘘《うそ》のせいで兄さんが母さんになぐられるのを、黙《だま》って見ていたときのこと。矢継《やつ》ぎばやにあのころのことがよみがえってきて、ぼくは泣きだした。罪《つみ》の意識《いしき》に苦しむのも当然だと思った。あんなにひどい弟だったのだから。いまひどい目にあっているのも、あのときの報《むく》いなんだ。ありとあらゆる攻撃《こうげき》にさらされていたデイヴの姿と、彼をあざ笑っていた自分の姿がよみがえる。徐々《じょじょ》に頭がはっきりしてきた。決断《けつだん》しなきゃいけない。

ぼくがなんとかしなきゃ——じゃなかったら、兄弟のだれかが殺されてしまう！

プールに引き返していく途中《とちゅう》、いつもの癖《くせ》でうなだれていることに気づいた。うつむいたまま真っ直ぐ歩く技《わざ》は、長年の習慣《しゅうかん》で身につけたものだ。でも、この習慣は絶《た》たなければ。性格《せいかく》をまるっきり変えなきゃ。もっと強くなって、もっと自己主張《じこしゅちょう》ができるようになって、自分の考えを、思いを、はっきりいえるようにならなきゃ。だれにもいじめられない、だれもいじめない人間にならなきゃだめだ。

びくびくせずに、堂々と生きていこう。だれにも頼《たよ》らずに、やっていこう。なにより、見て見ぬふりをするのはやめよう。そして、だれかに傷《きず》つけられないようにしよう。

でも、あらたな自信は、ウエストモア通りに近づくにつれしぼみはじめた。できもしないことを決意したような気がして、不安になってきた。

どうやったら、そんなふうにふるまえるのか？

どうやったら、母さんに立ち向かえるのか？

さらに歩いて、また高校の階段《かいだん》のところに来た。コンクリートに目をやる。冷たく硬《かた》いコンクリートは頑丈《がんじょう》で、けっして動かず、けっしてだれにも屈《くつ》しない。ぼくは階段をのぼり、出入り自由の細長い玄関《げんかん》ホールを抜《ぬ》けて、校庭の真ん中にある植え込《う こ》みに近づいていった。そのとき、ふと思った。

やり返す必要はない。ぼくはなにもしなくていいんだ。

ただ、警告《けいこく》を発すればいいだけ。そうすれば、学校のひとたちがうちに踏《ふ》みこんで、なんとかしてくれるはず。いまのぼくは、家から連れだされた当時のデイヴとほぼおなじ年《ねん》齢《れい》だ。

踵《きびす》を返して家に向かいながら、ぼくは決意を固めていた。

もう、終わりにしよう。

なんとかして、終わりにするのだ。

ウエストモア通りのはずれからうちまでは、二百メートルもない。自分の家に一歩いっぽ近づくにつれて、弱気になってきた。うちが徐々《じょじょ》に見えてくるにつれ、やる気と決意がしぼんでいった。さっきまでの強い決意と希望がすべて、薄《うす》らいでいく。母さんの姿《すがた》が目に浮《う》かんできた。ぼくにがみがみどなりつけ、なにかと口実を見つけてなぐる母さんの姿。小さい子供《こども》に戻《もど》ってしまった気分だ。母さんのことを思うたびに、希望がすぐにはかなく消えてしまうのが、情《なさ》けなくてしかたがない。家につくころには、またしてもいつもの気持ちになっていた。

母さんにはむかうことはできない。

そんな恐《おそ》ろしいこと、ぜったいに無理だ。

第15章

父さんの葬《そう》式《しき》

父の死をぼくに告げたのは、ピストルを手に母のベッドのそばに立っていたときに「やめるんだ」とぼくに命じたのとおなじ声だった。耳慣《みみな》れた声だったけれど、ぼくはまだその声におびえていた。

ある日の早朝、母さんがなにか口実をつくってぼくを追いかけまわすいつものお仕置きのまえに、ぼくはキッチンにはいっていった。母さんがテーブルでコーヒーを飲みながら、タバコを吸《す》っていた。

自分でも驚《おどろ》いたが、ぼくはいきなりおだやかな声でいった。

「父さんが死んだよ」

どこからそんな考えが浮《う》かんできたのか、わからなかった。自分の口から大きな声で発せられた言葉に、ぼく自身ぎょっとした。それまでは慎重《しんちょう》に言葉を選んでから口を開くようにしていたのに、こんどばかりは、するっと出てしまった。

母さんはすぐさま席を立ってこっちに来ると、いつものようにものすごい勢《いきお》いで手をふり上げた。ぼくの顔を何度も叩《たた》くから、ぼくは必死になって、両手で顔をかばおうとした。

と、そのとき電話が不気味な音で鳴って、母さんはぼくを叩くのをやめた。

母さんはおもむろに受話器を取って、相づちひとつ打たずに感情《かんじょう》を押《お》し殺して電話を聞いていた。そして、この何週間か入院していた、子供《こども》たちの父親でもある自分の夫がきのう亡《な》くなったことを知らされた。

母さんは無表情《むひょうじょう》で受話器を置いてから席に戻《もど》り、またタバコに火をつけると窓《まど》の向こうに目をやった。スコットがキッチンにはいってきて、ただならぬ気配を察したのか、なにがあったのときいた。

母さんはキースを呼《よ》んだ。

キースがキッチンに来ると、母さんはスコットとキースを抱《だ》きしめて、淡々《たんたん》とした口調で伝えた。

「お父さんが亡くなったわ！」

ぼくは冷蔵庫《れいぞうこ》の横で、兄弟たちと悲しがっているふりをしている母さんを見ていた。母さんはスコットとキースを抱きしめながらも、射《い》るような冷ややかな目をぼくに向け、おまえは家族のもっとも痛《いた》ましい出来事からも締《し》めだされているのよ、と言葉にせずに語っていた。報《しら》せを聞いて悲しみをあらわにしている兄弟たちを目にして、ぼくも徐々《じょじょ》に感情が高まってきた。キッチンは悲しみに閉《と》ざされている。ぼくの目に涙《なみだ》があふれそうになったとき、母さんが兄弟を抱きしめたまま、ぼくにどなった。

「部屋に行ってなさい」

ぼくはとっさに、ほっとした。きょうはお仕置きを受けずにすむ。部屋にはいってから、いまごろ父さんはここよりマシな場所に行っているのだろうか、と考えた。うちにくらべたら地獄《じごく》ですらマシな場所に思えた。

うちから出ていかれて、父さんはさぞかし幸せだろう。

数時間もしないうちに、父さんが死んだ報《しら》せはおじさんやおばさんをはじめとする親戚《しんせき》に伝えられた。みな父さんの死を悼《いた》んで、形式ばかりのお悔《く》やみの電報《でんぽう》を送ってきた。親戚のひとたちにとっては、あまり関心のないことのようだった。みな、うちの状態《じょうたい》を知りながら、なにもしてくれなかったのだから。

「父さんとあの子がいなくなったいま、残されたわたしたちは助けあっていかなきゃね」

母さんがいった。

父さんが死んで二十四時間もたたないうちに、母さんとスコットはこの家を売ってユタ州のソルトレイクシティに引《ひ》っ越《こ》すことを決めた。お葬式《そうしき》すらすんでいないのに、家を売るとか、二十年以上も住んだこの家の所有権《しょゆうけん》を手放せば、引越し代をまかなうだけの現金《げんきん》が入るとか話しあうなんて、ぼくは気分が悪くなった。母さんとスコットは、父さんの死によって転がりこむかなりの遺産《いさん》についても話していた。ふたりとも、家を売ってはいるお金と、父さんの生命保険《ほけん》と、父さん名義《めいぎ》の銀行口座《こうざ》の預金額《よきんがく》しか頭にないようだった。もちろん、大掛《おおが》かりな引越しのまえにやっておかなければいけないことも、いくつかあった。ついでにやらなきゃいけないこと――たとえば、父さんのお葬式。

父さんが死んだ直後、おばあちゃんがうちにお金を送ってきて、母さんがお金をちゃんと受け取ったかどうか何度も電話で確認《かくにん》してきた。おばあちゃんは母さんに、お葬式でまともな格好《かっこう》をさせたかったらしい。

電話がかかってくるたびに、母さんは不機嫌《ふきげん》になっていった。おばあちゃんからの電話にすごくいらだつようになって、おばあちゃんをなんとか避《さ》けようとした。それで例によって、子供《こども》に嘘《うそ》をつかせた。

母さんがお葬式のためにあたらしい服を買い、髪《かみ》をセットしてすごくきれいになったとおばあちゃんに伝えるのは、ぼくの役目だった。何時間か指導《しどう》を受けて、セリフをとちらないように練習させられた。じっさいのところ、母さんが買ったのはいつものようにウオッカの大瓶《おおびん》だけだった。

電話をかけるときは緊張《きんちょう》した。おばあちゃんが出てわずか数分後には、嘘がバレているのがわかってきた。母さんがおばあちゃんのいいつけを守ったと、うまく伝えられなかったのだ。

母さんはぼくの横にぴったり張《は》りついて、ぼくが練習したとおりに喪服《もふく》の話をするのに耳を澄《す》ましていた。半信半疑《はんしんはんぎ》でぼくの話に相づちを打つおばあちゃんの声も、母さんに聞こえていたはずだ。ぼくは母さんの喪服とヘアスタイルについてあれこれ説明したが、そのうち母さんが目に見えていらだってきた。喪服についての説明が、二回目と三回目でちがっていたからだ。母さんはいきなり切れて、すぐに電話を打ち切らせるためにぼくの腕《うで》をひねり上げた。

受話器を置いたとたん、母さんがなぐりかかってきた。ソルトレイクシティに電話をしたあの一件《いっけん》は、最悪の思い出として記憶《きおく》に残っている。母さんはぼくをガスレンジに突《つ》き飛ばした。オーヴンの黒い鉄製《てっせい》のハンドルにぶつかったのと同時に、後頭部に焼けるような痛《いた》みが走った。ぼくが床《ゆか》に倒れこむのも待たずに、母さんは腕《うで》や胸《むね》を蹴《け》りつけてきた。

意識《いしき》がとぎれとぎれになっていくなか、ぼくはデイヴがガスレンジで焼かれたのを思いだし、恐怖《きょうふ》をつのらせていった。失神してはいけないと思い顔をあげると、母さんがレンジに置いてあった鉄製《てっせい》の黒いフライパンをつかんで、いつもの充血《じゅうけつ》した腫《は》れぼったい目でこっちをにらんでいるのが見えた。なんとか立ちあがろうとしたが、バランスをくずして黒いハンドルにまた頭をぶつけてしまった。気を取り直す暇《ひま》もなく、鉄製のフライパンを手にした母さんがぼくの口元をひざで蹴《け》った。視界《しかい》が暗くなっていく。またしても意識が遠のいていくのがわかった。お仕置きがまだ序《じょ》の口《くち》であることには、まったく気づかなかった。

気がつくと、ぼくはひとりでキッチンに倒《たお》れていた。顔と目が腫れあがっていて、ほとんどなにも見えない。肩《かた》と腕《うで》がずきずきしている。ぼくが床《ゆか》で意識を失ってからも、母さんはなぐる蹴るをつづけていたようだ。なんとか上体を起こすと、横に落ちているフライパンが手に触《ふ》れた。視線《しせん》を向けると、取っ手の横に血が点々とついていた。腕や肩がばらばらになったみたいに痛《いた》む理由が、ようやくわかった。床に伸《の》びているぼくに、母さんがフライパンを何度も振《ふ》りおろしたのだ。

その一件《いっけん》もまた、ぼくたちの狂《くる》った家で当たり前となっていた出来事のひとつにすぎなかった。

父さんのお葬式《そうしき》は、それまでぼくが一回しか行ったことがない教会で行われることになった。日取りが決められ、親族に伝えられた。だれを親族と見なすかは自分の独断《どくだん》で決めていいのだと、母さんは考えていたようだ。母さんは自分のおめがねにかなった、人前に出して恥《は》ずかしくないと思う人間しか親族と認《みと》めなかった。

お葬式は短くおざなりで、母さんは悲しみに暮《く》れる未亡人《みぼうじん》を演《えん》じていた。お葬式が終わって教会の外に出ると、うわべだけのお悔《く》やみの言葉を人々がかけてきた。母さんは酔《よ》っ払《ぱら》っていてみっともなかった。

以前会ったことがあって、おぼろげに覚えている親族もいれば、はじめて会う親族もいた。はじっこのほうに、制服姿《せいふくすがた》の痩《や》せたブロンドの男のひとがいた。ぼくたち家族に声をかける順番を待っている。その男のひとがだれなのか、まったくわからなかった。何人かのグループが挨拶《あいさつ》を終えると、その男性《だんせい》がぼくたちのまえに来て、デイヴですと名乗った。

母さんの息子。

It。

母さんが口をぽかんと開け、表情《ひょうじょう》をこわばらせた。ほどなくして母さんは気を取り戻《もど》したようだったが、凶暴《きょうぼう》な一面が現《あらわ》れてきたのがはた目からもわかった。いまこの場で、デイヴに怒《いか》りをぶちまけそうだ。

デイヴと母さんがその短い時間にどんな話をしたのかは、思い出せない。ただ母さんがデイヴになにかを要求していたことだけは、覚えている。なにを要求していたのか、それが母さんにとってどういう意味合いのものだったのかはわからない。でも、大切なことであるらしく、それをデイヴからなんとか取りもどそうとしているみたいだった。

最後に母さんは、神様とみんなの面前でデイヴの頰《ほお》を平手打ちした。それから取り乱《みだ》した様子で子供《こども》たちを呼《よ》び寄《よ》せ、車に乗るように命じた。デイヴは去っていった。

そのときの母さんの顔を、ぼくは一生忘《いっしょうわす》れないだろう。あれほど憎《にく》しみをあらわにした表情《ひょうじょう》は、それまで見たことがなかった。

デイヴが〝夫のお葬式《そうしき》〟に現《あらわ》れたことに、母さんはすごく腹《はら》を立てていた。招待《しょうたい》されていないのだから出席する資格《しかく》はない、というのが母さんの言い分だった。

「ったく、何様のつもりなのかね。子供たちの父親の葬式に、制服姿《せいふくすがた》で現れるなんて」

母さんは声を張《は》りあげた。

制服姿のデイヴを見たのは、そのときだけだった。最後に彼《かれ》に会ってから、かなりの歳《さい》月《げつ》が経《た》っていた。

父さんが死んだ週から、スコットが一家の主《あるじ》となった。不動産業者に頼《たの》んでうちを売りに出し、ソルトレイクシティに家をさがしにいく日取りを決めた。当時は、母さんがソルトレイクシティにどうして移《うつ》りたがるのかわからなかった。これまではずっと、ソルトレイクシティのおばあちゃんのことを鬱陶《うっとう》しがっていたのに。それがいきなり、おばあちゃんの近くに引《ひ》っ越《こ》したがるなんて、どういうことだろう？

スコットがいろんなことを取り仕切るようになって、母さんは嬉《うれ》しそうにしていた。どんどんしっかりしてきたから、すごく頼《たよ》りがいがあるとしょっちゅう褒《ほ》めていた。

夜も更《ふ》けたころ、ふたりがソルトレイクシティに行く計画を立てているのが聞こえてきた。おばあちゃんの弟のデイルおじさんに知られないように、母さんとスコットは細心の注意を払《はら》っていた。母さんはデイルおじさんを避《さ》けていて、言葉を交わすことすらいやがっていたのだ。

みんなといっしょに引越しなんかするもんか、とぼくは自分にいい聞かせた。

ソルトレイクにはぜったいに行かない。

どこにも行きたくない。

「もう決めたぞ！」

ぼくは声に出すと、夜の闇《やみ》を見つめた。顔に笑《え》みが広がるのを感じながら、眠《ねむ》りに落ちた。

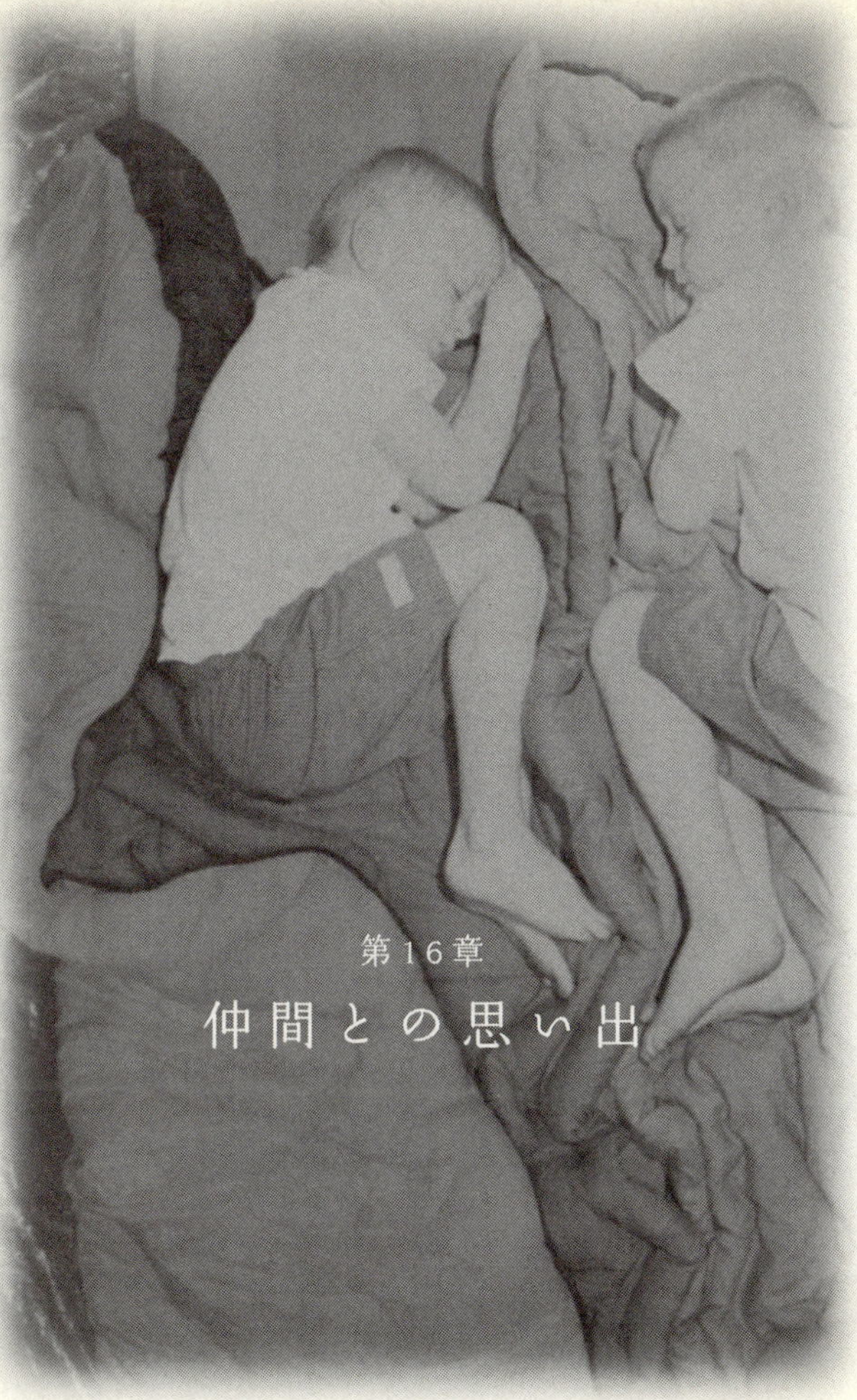

第16章

仲間との思い出

残念ながら、ぼくは母に立ち向かう覚悟《かくご》が精神的《せいしんてき》にできていなかった。母は相変わらず常軌《じょうき》を逸《いっ》した虐待《ぎゃくたい》をつづけていて、父が亡《な》くなったあといっそう凶暴《きょうぼう》になっていった。それでも、ぼくとぼくを取り巻《ま》く世界はまた変わりつつあった。ぼくには年上の友人が数人いた。ときおり体験した自由がぼくの人格《じんかく》を形作り、その後の人生の基礎《きそ》となった。ぼくは変わりつつあったが、自分が将来《しょうらい》なにになるのか、どういう人間になるかはわからなかった。

その日の朝、デイリーシティにはいつものように冷たい霧《きり》がかかっていた。目が覚めたとき外は明るくなっていて、家はしんと静まりかえっていた。ベッドのなかで、ぼくは思った。きょうはどんな日になるのだろう？　つぎの瞬間《しゅんかん》には起きだして、すばやくスエットの上下に着替《きが》えてテニスシューズをはいた。ベッドメイキングをすませ、母さんが目を覚ますまえに家を出た。

ベンの家に行き、彼《かれ》の部屋の窓《まど》をコンコンと叩《たた》く。窓が開いたとき、彼があまり寝《ね》ていないのがわかった。二十一歳《さい》の独身男性《どくしんだんせい》が頻繁《ひんぱん》に夜更《よふ》かしをしてなにをしているのか、十四歳のぼくはいつも興味《きょうみ》があった。当時のぼくは、自分の世界がいかに狭《せま》くて小さいか自覚していなかった。あのころは、わからないことがいっぱいあったけど、ぼくはじきにいろんなことを学ぶようになった。

数分もしないうちにガレージのドアが開いて、ベンがジョギングの格好《かっこう》をして現《あらわ》れた。ぼくたちはいつものようにウエストモアヒルをくだって、きょうはどの道を走るか決めた。コースが決まって走りだすと、ふたりでいろんな話をした。あたらしくできた切り傷《きず》やアザについて、ベンはよくきいてきた。ぼくはそのたびに、もっともらしい受け答えをして質問《しつもん》をはぐらかし、彼の近況《きんきょう》をきいたり、ぼくに関係のない話を持ちだしたりした。気の合うぼくたちは話がはずんだ。

ベンの自慢《じまん》は、ホンダのバイクだった。バイクの手入れをするときは、車体を磨《みが》くのを手伝わせてくれたり、工具を渡《わた》す係をまかせてくれたりした。手入れが終わって試乗するときは、たいてい後ろにぼくを乗せてくれた。ぼくはベンに、兄さんのロスを重ねあわせていた。

バイクに乗ったときのときめきと解放感《かいほうかん》を思えば、車体を磨くのもちっとも苦ではなかった。

土曜日には、ウエストモアヒル一帯をジョギングして、いったんそれぞれの家に戻《もど》ってから、またどこかに遊びにいくのが恒例《こうれい》となっていて、ふたりでよく朝食を食べにドーナツツショップに行った。シャワーを浴びて着替《きが》えをするために急いでうちに帰るときは、いつも気が重かった。母さんがすでに起きていて、ぼくをこらしめようと待ち受けているかもしれないからだ。その日は、兄弟の部屋に置いてある大きな玉突《たまつ》き台に積んである洗《せん》濯物《たくもの》の山から汚《よご》れていない服を選び、バスルームでシャワーを浴びるために二階に駆《か》けあがった。後ろをたしかめることなくバスルームのドアを閉《し》めようとしたとき、後頭部に燃《も》えるような痛《いた》みが走った。母さんがぼくの髪《かみ》をがっしりつかみ、ぼくを引きずりだして廊《ろう》下《か》の床《ゆか》に倒《たお》したのだ。

「覚えときなさい。おまえがなにをしようと、こっちはすべてお見通しなのよ」母さんがいった。

ぼくをにらむ母さんの目は血走っていて、朝だというのに息がウオッカくさかった。ぼくの頭が床に当たったのと同時に、母さんは手を放した。強く引《ひ》っ張《ぱ》られたせいで髪が抜《ぬ》けてしまったようだ。母さんが払《はら》い落とした髪が、ぼくの顔にはらはらとかかった。ぼくはできるだけ、じっとしていた。動いたり音を立てたりしたら、母さんのなかの悪魔《あくま》が目覚めて、地獄《じごく》の扉《とびら》がまた開いてしまう。

母さんはげらげら笑いながらその場を離《はな》れ、コーヒーを飲んでタバコを吸《す》うためにキッチンに行った。ぼくは立ちあがると、すぐさまバスルームにはいってドアを閉《し》めた。音を立てないように、細心の注意を払《はら》いながら。頭の後ろに手をやると、髪《かみ》の毛がごっそり抜《ぬ》けていた。母さんは、片手《かたて》でつかめるかぎりの髪をつかんだようだ。

とりあえずシャワーを浴びてから、どんなふうになっているかたしかめようと、ぼくは思った。

時間がなかったから、ぼくは急いでシャワーを浴び浴室を出た。鏡でちらっとたしかめると、髪がごっそり抜けたのがいやでも目についた。あらわになった地肌《じはだ》がまだずきずきして、赤くなっている。それでもぼくは服を着て、ベンの家に向かった。彼《かれ》の家のまえまでくるとガレージのドアが開いていて、オートバイがさっきとおなじ場所に置いてあった。ぼくはバイクをながめた。こんな大きなオートバイを運転したら、さぞかっこいいだろう。ベンが部屋から出てきて、そろそろ行こうかと声をかけてきた。

ベンが通りすがりにさりげなく頭をなでたから、ぼくは悲鳴をあげて縮《ちぢ》みあがった。親愛の情《じょう》を示《しめ》しただけなのに、ぼくが痛《いた》がったことに驚《おどろ》いたのだろう、ベンがこっちを見下ろした。ぼくは恥《は》ずかしさのあまりうつむいた。彼はいつものように事情《じじょう》を察して、だいじょうぶかときいてきた。

ベンはヘルメットをバイクのシートに置いて、きょうは車で行ったほうがいいかもしれないといった。バイクに乗れないのは残念だったけど、ベンといっしょになにかできるだけでぼくは幸せだった。

いつものように、ときがあっという間に過《す》ぎ、そろそろ帰る時間になった。ぼくが寝起《ねお》きしている場所、〝家〟という特殊《とくしゅ》な場所に。

帰ってきたことに気づかれないようにこっそり家に戻《もど》ると、ざわざわしたおだやかでない雰囲気《ふんいき》を感じた。母さんがなにかに興奮《こうふん》しているのがわかった。ちょうど電話で話しているところで、相手はおばあちゃんのようだ。おばあちゃんと電話で話すとき、母さんはいつも取ってつけたような嬉《うれ》しそうな声を出す。でもきょうは、ほんとうに喜んでいる様子だ。おばあちゃん、気をつけなきゃだめだよ、とぼくは心のなかで警告《けいこく》した。母さんはおばあちゃんになにかをねだろうとしてるんだから。

母さんは電話を切ると、ぼくの横を走り抜《ぬ》けて階下に降《お》りていった。ちらっと目を向けることすらしなかったから、ぼくは自分が透明《とうめい》人間になったように感じた。でも、へたにちょっかいを出されるよりは、ましだという気もした。

母さんのあとについておりていったぼくの耳に、ドアの向こうからの会話が飛びこんできた。ぼくたちはほんとうに引《ひ》っ越《こ》すらしい。ショックだった。

母さんはスケジュールをスコットに話していた。

「ソルトレイクシティまで車で行って、家をさがしましょう」

「しばらく、あっちに滞在《たいざい》するわ」

「キースは喜ぶでしょうね」

「ユタに行って、家族旅行を楽しみましょう」

事情《じじょう》を飲みこんだぼくは、徐々《じょじょ》に嬉《うれ》しくなってきた。ソルトレイクシティには、おばあちゃんが住んでいる。ごくたまにだったけど、おばあちゃんのところに遊びに行くと、庭にプールがあって、芝生《しばふ》でミニゴルフをさせてもらえた。あのときの思い出が一気によみがえってきて、ぼくはすっかり嬉しくなった。ぼくはドアを開けて、意気揚々《いきようよう》と部屋にはいっていった。母さんがふり返り、ちょっと話を中断《ちゅうだん》してぼくを見たが、また何事もなかったようにスコットと話しだした。

母さんの口からつぎつぎと出てくる計画やアイデアを、ぼくは信じられない思いで聞いた。家族の絆《きずな》を深めるために、久《ひさ》しぶりに旅行するのだ。あまりにもすばらしすぎて、ほんとうのこととは思えなかった。

すばらしすぎる話には、落とし穴《あな》がある。じきに、ぼくが母さんたちの浮《う》かれ騒《さわ》ぎに巻《ま》きこまれているだけということが、明らかになってきた。

「ソルトレイクシティに行けるのは、わたしの子供《こども》たちだけなのよ」母さんがぼくをじっと見て、はっきりといった。

「おまえは留守番《るすばん》してなさい。わたしの子供たちは、父親を失った心の傷《きず》を癒《いや》す時間が必要なのよ」

ぼくは呆然《ぼうぜん》として、母さんたちの浮かれ騒ぎに巻きこまれて喜んでいた自分を呪った。

もっとはやくに気づくべきだった。

これまで何度も期待を裏切《うらぎ》られて懲《こ》りているはずなのに、すっかり舞《ま》いあがって嬉しそうにするなんて、ばかみたいだ。

回れ右をして部屋を出たが、母さんとスコットはまだ話をつづけていた。家族旅行の計画を楽しそうに練っている。二階にあがって、部屋に向かう。廊下《ろうか》を曲がったとき、はたと気づいた。

母さんがソルトレイクシティに行っている間、ぼくはここにひとりで残る。

母さんにおびえることなく、ぐっすり眠《ねむ》れる。食べたいものを、おなかいっぱい食べられる。洗濯《せんたく》をした、きれいな服を着られる。

あれこれ考えて胸《むね》をおどらせていると、母さんが部屋にはいってきてきっぱりといった。「おまえはソルトレイクシティに連れていかないから」

ぼくがきく。「どのくらい行ってるの？」

「二、三週間」母さんが嚙《か》みつくようにこたえた。「息抜《いきぬ》きに行くんだからね。じきに戻《もど》ってきて、またいつもの生活をはじめるわよ」

意地悪をされて傷《きず》ついているように見せるべく、ぼくは悲しそうな顔をした。嬉《うれ》しがったら、なにをされるかわからないからだ。ほんとうは、嬉しくてしかたなかった。でも母さんが満足するように、顔だけは悲しそうにしてみせる。母さんはぼくの表情《ひょうじょう》を真に受けると、部屋を出ていった。

うまくいったぞ！

行っちまえ！　ソルトレイクに行っちまえ！

中国に行っちまえ！

地獄《じごく》にだって、行っちまえ！

母さんが留守《るす》のあいだはどんな暮《く》らしになるだろうか、という期待で頭がいっぱいになった。

まずはこのすばらしい報《しら》せを、ベンに伝えよう。母さんのことが気になって家のなかをさがすと、母さんは旅行の件《けん》にかかりっきりで、またソルトレイクシティに電話をかけていた。こんどは、アンおばさんとトムおじさんだ。玄関《げんかん》からこっそり出て坂道を走っていったけど、ベンの車がなかった。外出しているらしい。ぼくは踵《きびす》を返して、うちにのろのろ戻った。と、そのとき、ベンの緑色のマーキュリー・クーガーがやってきた。ベンがぼくに手をふってクラクションを鳴らしたから、ぼくは回れ右をして車のあとを追って彼《かれ》の家に向かった。

「すごくいい知らせがあるんだ！」ぼくは息せき切って、まくしたてた。母さんと兄弟たちが、ユタ州のソルトレイクシティに行くんだ。ぼくはここに残って、ひとりで暮らすんだよ」

きっと喜んでくれると思っていたのに、そういう反応《はんのう》はなかった。ベンはひどく驚《おどろ》いた顔をしている。

「みんな、ソルトレイクシティに移《うつ》るんだ！」ぼくは熱をこめて、声を張《は》りあげた。

それでもベンは、けげんそうな顔をしただけだった。ガレージに向かって歩きながら、ベンはぼくの肩《かた》に手を回して頭を揺《ゆ》すった。

「移るって、どういうことだ？」ときいてきた。

「母さんが電話で話しているのを聞いたんだ。ここの家を売って、引《ひ》っ越《こ》すんだってさ」

ベンはガレージの隅《すみ》にあるツールボックスのそばに行って、腰掛《こしか》けるようにぼくにいった。

「どういうこと？」

「母さんと兄弟たちはソルトレイクシティに行くから、ぼくはもう家族といっしょに住まなくてもいいんだ。わからない？　母さんはよそに行くんだよ！」

「ちがうよ、リチャード。そういうことじゃない！」ベンがいった。「子供《こども》を置き去りにするなんて、できないよ。きみを残して引《ひ》っ越《こ》すなんて、できっこないじゃないか！」怒《いか》りのこもった口調だった。

「きみはどこで暮《く》らすつもりなんだ？」

「どうやって食べていくんだよ？」

「お金はどこから手にいれるつもりなの？」

怒《おこ》っているみたいに、次々きいてきた。

ベンがつぎつぎと質問《しつもん》を投げかけてくるなか、次第に彼の声が遠くなっていって、ぼくは気づかされた――ベンのいう通りだ。

ぼくにはお金がない。

ぼくにはなにもない。

ぼくは十五歳《さい》の子供なのだ。

ぼくが呆然《ぼうぜん》としているのに気づくと、ベンは質問するのをやめて、なにもかもうまくいくさ、とぼくを励《はげ》ました。気まずく妙《みょう》な沈黙《ちんもく》が流れた。すると彼は話題を変えて、バイクのチェーンを変えるのを手伝ってくれるかときいてきた。ぼくは喜んで手伝った。

翌週《よくしゅう》の金曜日、不動産業者のひとが現《あらわ》れて、ぼくたちの家は売りに出された。月曜日の午前中に買い主が決まり、ぼくたちは十五日以内に家を引き払《はら》うことになった。ソルトレイクシティであたらしい家をさがさなければならないから、十五日の猶予《ゆうよ》期間をもらう契約《けいやく》を母さんはあらかじめ業者と結んでいたのだ。

水曜日には買い主との取引が正式にまとまって、母さんは小切手を手にした。木曜日の朝、母さんはさっそくシボレーの販売《はんばい》代理店に行って、ソルトレイクシティに行くための新車を買った。車の販売店に足を踏《ふ》みいれたのは、そのときがはじめてだった。ぼくはため息をつきながらいろんな新車をながめたが、とくに目を引いたのはコルベットの新車だった。運転席にすわると、このままうしろをふり返らずに、どこへでも行けそうな感じがした。

と、そのとき、母さんにいきなり襟首《えりくび》をつかまれて、運転席からコンクリートの床《ゆか》に引きずりだされた。あばら骨《ぼね》をいきなり蹴《け》られて、ようやく理解《りかい》した。車に触《ふ》れちゃいけないんだ。母さんがかがみこんで、ぼくの耳元でささやいた。

「この車をまた触《さわ》ったら、ただじゃおかないからね」

なんとか気を取りなおしてウインドウまで歩いていくと、向かいの〈トイザらス〉が目にはいって、楽しかったころを思い出した。母さんに連れられて兄弟全員であの店に行き、好きなオモチャを選んだっけ。

スコットのアドバイスにしたがって、母さんは一九八〇年に発売されたばかりのシボレーのサイテーションを買った。がっかりした。それまでいろいろな車を見てきたけど、これほどカッコ悪い車はなかった。ぎりぎり四人しか乗れない車にお金を払《はら》うなんて、ひどくばかげている。

その夜、買ったばかりの車で家に戻《もど》ると、近所のひとたちが車を見に集まってきた。みんな興味津々《きょうみしんしん》といった様子で、あとどのくらいで引《ひ》っ越《こ》すのか知りたがった。引越しの時期しかきいてこなかったひとたちが、何人かいたのを覚えている。

どこに引っ越すのかきいてきたのは、ジョッシュのお母さんスーザンだけだった。

スコットが車に荷物を積みおえたとき、ぼくは自分の部屋でみんなが出発するのを待っていた。居間《いま》の近くでびくびくすることなくすわっているのは、ひさしぶりだ。このさきの数日間を思うと、ワクワクした。出発のまぎわに母さんが来て、家のなかを自分たちが出て行ったときとおなじ状態《じょうたい》にしておけと念を押《お》した。ぜったいに問題を起こすんじゃないよ。あたらしい家が見つかるかどうかが、かかってるんだから。母さんはぼくに六十ドルを渡《わた》すと、背中《せなか》を向けて出ていった。

窓《まど》から様子をうかがっていると、彼《かれ》らが車を出して通りに出ていくのが見えた。

「ついに、行ったぞ」ぼくは叫《さけ》んだ。

十分待ってから、コートを着て〈カラの店〉に向かった。欲《ほ》しい食料品をすべて買う。ピザやマカロニチーズ、ソーダやチップスを好きなだけ口にできると思うと、歩いて帰るのもそれほど苦ではなかった。宝物《たからもの》を持って家に帰るころには、日が暮《く》れようとしていた。

買ったものをキッチンのテーブルに並《なら》べていると、電話が鳴った。お向かいのスーザンおばさんからの電話だった。おばさんはいっしょにディナーを食べないかと誘《さそ》ってくれた。ぼくはいまさっきストアから帰ってきたし、ディナーはありますからと伝えた。

「でも、ありがとうございます」とぼくはいった。

ほどなくして、母さんたちが出かけて家にぼくしかいないことをジョッシュがたしかめにきた。きみを残して旅行に出るなんて信じられないと父さんがいってるよ、とジョッシていることを知った。ぼくはジョッシュにすごく快適《かいてき》だよといったけど、彼《かれ》のお父さんが怒《おこ》っていることを知った。

ジョッシュのお父さん――フレッドおじさんには、近寄《ちかよ》りがたい雰囲気《ふんいき》があった。ジョッシュのうちに遊びにいってるとき、たまたまお父さんが仕事から帰ってくると、ぼくはなるべく物音を立てないよう気をつけたものだった。ジョッシュが帰ってからすぐに、スーザンおばさんからまた電話がかかってきて、うちに遊びにいらっしゃいといわれた。ジョッシュの家のステップを上がりながら、ぼくは思った。ディナーをご馳走《ちそう》になったら、すぐに帰ろう。

母さんがソルトレイクシティに行っているあいだ、ぼくがひとりで留守番《るすばん》していることについて、フレッドおじさんを怒らせたくなかった。

スーザンおばさんとフレッドおじさんは、ぼくひとりに留守番を押《お》しつけるのは非常識《ひじょうしき》だと思うし、困《こま》ったことがあったらいつでも力になる、といってくれた。驚《おどろ》いたことに、おじさんとおばさんが腹《はら》を立てているのは、ぼくではなくて母さんだった。留守番はべつにいやじゃないんですとぼくがいうと、お母さんがいなくなってきみが喜んでいるのはよくわかるが、それは感心できることではないんだ、とフレッドおじさんは強い口調でくり返すのだった。おじさんがなにをいいたいのか、ぼくは理解《りかい》した。おじさんはただ、ぼくの家で起こっていることを知っているよと伝えたいだけなのだ。ぼくが母さんと離《はな》ればなれになっているのは喜ばしいことだ、とほんとうは思っているのだ。

しばらくしてぼくはうちに戻《もど》り、リビングでテレビを観た。食べるものは豊富《ほうふ》にある。雑用《ざつよう》はしなくていいし、母さんに追いかけられることもない。天国だ。ぼくは汚《よご》れた服を脱《ぬ》ぎ、パンツ一枚《まい》の姿《すがた》で寝転《ねころ》がってテレビを見た。その夜はソファで眠《ねむ》った。自分のベッドに行きたいとすら思わなかった。

翌日《よくじつ》の早朝、ぼくの様子をたしかめにベンが電話をかけてきた。ぼくがひとりで留守番していることを知っていて、目をかけてくれるひとがいるのは、心強かった。こんなにたくさんのひとが心配してくれていることに、いまのいままで気づかなかったなんて、自分が恥《は》ずかしかった。

引《ひ》っ越《こ》すまえに、きみの好きなことをして思い出をつくろうとベンは提案《ていあん》した。電話を切ったあと、ぼくはひらめいた。西部のカリストガにバイクで連れていってもらおう。いちど行ってみたいと思っていた場所だ。遠くへ旅行したことはそれまでなかったから、どこでもいいから遠出をしたかった。うちにずっといてジョッシュと過《す》ごすよりも、ベンとバイク旅行がしたい。ジョッシュと遊ぶのがいやだったわけじゃないし、むしろ遊びたかった。でも、行ったことのない土地に行く絶好《ぜっこう》のチャンスなのだ。うわさでは、カリストガにはウォーターパークやプールがあり、おいしい食べ物が豊富にあってすごく楽しい所らしい。それにバイクにも乗れる。想像《そうぞう》するだけでワクワクして、なんとしてでも行きたくなった。

ぼくはさっそく、〈J・C・ペニー〉にスイミングパンツを買いにいくことにした。母さんにもらったお金から食費を引いても、まだスイミングパンツを買う余裕《よゆう》があったのだ。

〈J・C・ペニー〉の売り場に行くと、スイミングパンツは思っていたよりもずっと安かった。ティーンエージャー用の服が売られているコーナーには、驚《おどろ》くほどたくさんの服があった。すごい品ぞろえだ。いろんなスタイルの真新しいコート、ズボン、シャツ。靴下《くつした》でさえもいっぱいある。はじめてデパートに来たわけではなかったけど、顔をあげちゃいけないと自分にいい聞かせることなく、ひとりで売り場を歩くのははじめてだった。母さんに連れられてデパートに来たときは、足元をじっと見つめて口を閉《と》じていなければならなかったのだ。今回は心行くまで、自由に歩きまわることができる。

店内を歩き、ほかのお客さんを観察しているうちに、自分がやけに浮《う》いていることに気づいた。おなじように売り場を歩いている親子連れが、通りすがりにぼくをちらっと見る。自分がぼろぼろの服を着て薄汚《うすよご》れていていることに気づかされた。はた目からは、すごくむさくるしく見えるのだろう。いますぐに、なんとかしなくては。なにがなんでも、あたらしい服を買わなきゃ！

売り場を歩きまわって、シャツとズボンと靴下を買うことにした。母さんにばれたら大変なことになるけど、帰ってくるまえに処分《しょぶん》すれば問題ない。赤いシャツと青いコーデュロイのズボンを選び、白い靴下をさがす。しばらくして靴下が置いてあるコーナーが見つかったが、種類がたくさんあってなにを選んでいいのかわからなくなった。ともかくすごい品ぞろえなのだ。靴下だけじゃない。パンツやTシャツもたくさんある。ビニール袋《ぶくろ》にはいったパンツのまばゆいまでの白い色にくらくらしながら、ぼくはいまはいているパンツを思った。ぼくの持っている数枚《すうまい》のパンツは、どれも雑巾《ぞうきん》にも使えないほど汚《よご》れている。そのときはじめて、あたらしいパンツを手にいれたくなった。シャツとズボンとソックスを買ったら、もうパンツを買う余裕《よゆう》はない。それでもぼくは、新品のパンツが何段《なんだん》にもわたって並《なら》べられている棚《たな》のまえを、どうしても立ち去ることができなかった。

しばらくして、ズボンとシャツと靴下を棚に戻《もど》して、パンツを何枚か買うことに決めた。色や生地がそれぞれちがうパンツ。新品の、ぼく専用《せんよう》のパンツ。あたらしいものを身につけていても、母さんの目に留《と》まらなければ問題ない。これだったら、だいじょうぶだ。母さんに知られることはないだろう。洗濯《せんたく》は自分でしているから、ぼくがどんな下着を身につけているか、母さんはほとんど知らない。それでも、欲《ほ》しいものをすべては買えないと思うと、歯がゆかった。ズボンとシャツを買ったらパンツは買えないし、パンツを買ったらズボンとシャツは買えない。両方とも手にいれよう、とぼくは決意した。

ぼくはパンツを何枚《なんまい》か慎重《しんちょう》に選んで、ズボンとシャツの売り場に戻《もど》った。パンツをズボンのなかにたくしこんで、試着室に向かう。試着室にはいると、ぼくはすぐさまズボンを脱《ぬ》ぎ、ビニール袋《ぶくろ》をつぎつぎと開けてパンツを身につけた。三枚《まい》から四枚のパンツを重ねてはき、それからまたズボンをはいた。ビニール袋をすべてポケットに突《つ》っこんで、試着室を出る。お尻《しり》のあたりが不自然に見えてつかまってしまうかもしれない、と気が気じやなかった。まっすぐレジに行って、さっき選んだズボンとシャツをカウンターに置き、支払《しはら》いをすませる。それから回れ右をして、一目散にデパートを出た。

万引きは悪いことだと思っていたが、あたらしい服を手にいれるチャンスは見逃《みのが》せなかった。ここ一年以上、毎日のように身につけているズボンとシャツを処分《しょぶん》する、絶好《ぜっこう》のチヤンスだったのだ。

クレストライン通りにバスで戻る途中《とちゅう》、買う予定だった品物を買い忘《わす》れたことに気づいた。スイミングパンツ。通りを歩いていくと、ベンが彼《かれ》の家のまえで車を洗《あら》っているのが目にはいった。ぼくはすぐに家に戻り、自分の部屋に直行した。ズボンを脱いで、盗《ぬす》んだ下着を引き出しの一番下に隠《かく》す。それからまたズボンをはいて、ガレージから通りに出た。ベンがこっちにこいよと声をかけて、羽を伸《の》ばしてなにをやってたんだ、ときいてきた。ぼくは冗談《じょうだん》半分に、旅行にそなえてスイミングパンツを買ったと答えた。

「そりゃ、いいな！　見せてくれよ」

といわれても見せることができず、ぼくはまごついた。これじゃ、明らかに嘘《うそ》だとわかってしまう。ぼくはうなだれていった。

「べつのものを買ったんだ。ほんとうに必要だったから、買ったんだよ。きれいなのを持ってないし……」

ベンがぼくをさえぎった。「なんの話だよ、リチャード？」

ぼくはうつむいたまま、ささやくようにいった。「下着」

ベンがきいてきた。

「だったらなんで、スイミングパンツを買ったっていったんだ？　下着っていうのが、恥《は》ずかしかったのかい？」

「ちがうよ！」ぼくはこたえた。ほんとは、図星だったけど。「下着が必要だったってことを、だれにも知られたくなかっただけだよ」

むきになっているぼくに気づかないのか、ベンはどのくらい服を持っているのかときいてきた。

「夏用のズボンとシャツが一組と、冬用のズボンとシャツが一組だよ」——といってもこれらは、まだ手にいれていない、〝このさき買えたらいいなと思っている〟服だったが——と説明するぼくの横で、彼《かれ》はなんの反応《はんのう》も見せずに黙《だま》っていた。ベンはよく、きみのお母さんは精神的《せいしんてき》に病んでいるといっていた。母さん自身を責《せ》めずに、病気のせいにしていた。

そのころにはもう、周囲のひとたちが母さんのほんとうの姿《すがた》を見抜《みぬ》いていることに、ぼくは気づいていた。母さんの正体を知っているのは、ぼくひとりじゃなかったのだ。おなじ通りに住む男の子たち、ジョッシュの両親、お隣《となり》のトニーとアリス——彼らはみな、母さんが留守《るす》にしていたその週、母さんのことや、ぼくにたいする母さんのふるまいについて、あれこれ話していたのだ。

その夜、シャワーを浴びたぼくは、黄色と青のあたらしいパンツ一枚《まい》だけの姿でくつろぎ、サンフランシスコの夜景と、ベイエリアの送電線のランプがちかちか点滅《てんめつ》するのをながめた。おびえることなくおだやかな眠《ねむ》りにつきながら、人生はまだ捨《す》てたものじゃないとぼくは思った。

翌朝《よくあさ》、電話の音で目を覚ましたぼくは、一晩《ひとばん》ぐっすり眠っていたことに気づいた。暗闇《くらやみ》や恐《おそ》ろしい音におびえるのが日常《にちじょう》となっているぼくにしてみれば、すごいことだ。部屋のドアが開く音なんかがいい例だ。それは、もしぼくが眠っていたら、それを理由に母さんにお仕置きをされる、というサインだった。ぼくはいつも、母さんがその日のぼくのミスをすべてまくしたてるために部屋に来るまで、起きていなければいけなかったのだ。母さんがなかなかやってこないときは、ずっと起きて待っていた。

電話はジョッシュからで、うちに来て朝食を食べないかという誘《さそ》いだった。何時なのかはっきりしないまま、ぼくはいそいで身なりを整え、記録的なはやさで向かいの家に行った。体を清潔《せいけつ》にして、真あたらしいきれいな服を着ていると自信がわいてきて、気分がよかった。ジョッシュのお父さんの横を、はじめて堂々と通りすぎることができた。テーブルにつくと、スーザンおばさんが全員にブリトーとミルクをくれた。あたたかい料理を思う存分《ぞんぶん》に食べられるのは、すばらしかった。

子供《こども》たち――ジョッシュ、ケヴィン、ドナ――はそれぞれにしたいことがあるのか、はやく食事を終えようとしている。みんなはばかることなく、思ったことを口にしている。こんなにぎやかな食卓《しょくたく》はひさしぶりだった。ジョッシュはぼくがなかなか食卓を離《はな》れようとしないのを見て取ると、さっさと席を立っていってしまった。四本目のブリトーを食べるぼくに、フレッドおじさんが付きあってくれた。

おじさんはぼくのテーブルマナーや、服についてうるさいことはなにもいわなかった。歓迎《かんげい》されているのだ、とぼくは感じた。過酷《かこく》な環境《かんきよう》のなかで精一杯《せいいっぱい》がんばっているぼくを、おじさんは受《う》けいれてくれているのかもしれない、という気がした。ジョッシュの家に遊びにいって、自分の格好《かっこう》を恥《は》ずかしいと思わなかったのは、記憶《きおく》にある限《かぎ》りそのときがはじめてだった。それまでは、リクライニグチェアにすわっているおじさんの横を小走りで通りぬけて、ジョッシュとケヴィンの部屋におりていくことが多かったのだ。おじさんが小声でぼくの身なりについてなにかいい、子供《こども》の世話をしない母さんを非難《ひなん》するのを、それまでぼくはちょくちょく耳にしていた。

ジョッシュの家でご馳走《ちそう》してもらってうちに戻《もど》ると、ぼくはさっそく荷物をまとめて、ベンの家に向かった。その日の午前中に出発することになっていたのだ。ぼくは期待に胸《むね》をときめかせていた。どんな光景を目にすることができるんだろう？　カリフォルニアのすばらしい道をバイクで風を切って走ったら、さぞかし爽快《そうかい》だろう。

ベンに荷物を渡《わた》すと、彼《かれ》はそれをバイクの後ろにしっかり固定した。ベンも張《は》りきっている様子で、ぼくに注意をした。「気をつけて乗るんだぞ。カーブにさしかかったら、おれに合わせて体を斜《なな》めにするんだ。ぎゅっとしがみついてくれよ」

ぼくはうっとりして、一言ひとことに耳をかたむけた。

バイクで市内を出ると、想像《そうぞう》以上にきれいな光景が見えてきた。カリフォルニアがこれほどすばらしいとは、思っていなかった。さまざまな色の木々、どこまでも続くアスファルトの道路。そこには、神聖《しんせい》ともいえる雰囲気《ふんいき》がただよっていた。ぼくは過《す》ぎ去っていく景色を記憶《きおく》に焼きつけた。そのとき見たカリフォルニアは、おとぎの国みたいだった。

カリストガのちょっと手前で、周囲の景色にぴったり合ったちいさなカフェに寄《よ》った。ぼくたちは思い出話をした。バイクや車の手入れを手伝ったときのこと。ウエストモアヒルをジョギングしたときのこと。思い出話をしていると、なんとなく悲しくなった。

軽食を食べおわると、ぼくたちは店を出て目的地を目指した。じきに、カリストガが見えてきた。道路標識《ひょうしき》にしたがって、街にはいっていく。大通りをちょっと横にはいると、目的地が目のまえにあった。

すぐにウォーターパークにはいり、バイクを駐《と》める。入場門に向かいながら、入場料はいくらなんだろうとぼくはベンにきいた。

「いいんだよ」彼はいった。「きみのぶんも払《はら》うから」

本物の兄さんみたいだった。ぼくたちは一日中、ありとあらゆる種類のウォータースライドをすべり、プールのなかで追いかけっこをした。くたくたになるまで、思うぞんぶん楽しんだ。じきに日は傾《かたむ》きはじめ、一日の終わりが近づいてきた。

ぼくたちはすっかり満足してプールからあがったが、ウォーターパークに入場したときの興奮《こうふん》はもはや感じなかった。ふたりとも疲《つか》れていたし、これからまたバイクに長時間乗らなければならない。

帰り道、ベンはぼくに、カーブにさしかかったら体を斜《なな》めにしてしがみつくんだぞと何度も注意した。ぼくは疲《つか》れ果てていたけど、必死で言うとおりにした。帰りは行きほど時間がかからなかったようで、ぼくたちはじきにクレストライン通りに着いた。バイクから降《お》りると、日はとっぷりと暮《く》れて冷えこんできていた。あたらしいジーンズが湿《しめ》っているうえに、霧《きり》が立ちこめてじめじめしていたから、どっと疲《つか》れが襲《おそ》ってきた。

うちに歩いて帰るのは億劫《おっくう》だなと思っていると、おれの部屋に泊《と》まっていかないかとベンがいった。ぼくはいちもにもなく答えた。

「うん！」

ベンの家にはいり、廊下《ろうか》にどさっと荷物を置いて彼《かれ》の部屋に向かう。彼はカウチを指して、シーツとブランケットを持ってくるから待っていろといった。ぼくは自分のバッグから乾《かわ》いたパンツと靴下《くつした》を出して着替《きが》えた。ベッドのはしに腰《こし》かけていると、目を開けていられなくなった。ぼくはいつの間にか、ベッドに横になって眠《ねむ》ってしまった。

戻《もど》ってきたベンは、そっとブランケットをかけて、頭の下に枕《まくら》を入れてくれた。記憶《きおく》にあるかぎり、一番くつろいでおだやかに眠れたのはあの晩《ばん》だった。ぼくはおびえることなく、すっかり満ち足りてまぶたを閉《と》じてぐっすり眠った。

第17章

怒りのゆくえ

十六歳《さい》になろうとしていたぼくは、自分が恐《おそ》ろしいものを抱《かか》えこんでいることに気づいていた。火山の噴火《ふんか》のように、いまにも爆発《ばくはつ》しそうななにかに気づいていた。それは激《はげ》しい怒《いか》りだった。サーカスの見世物みたいに扱《あつか》われるのはもうごめんだと母にはっきり伝えることができるはずだ、と思うようにもなっていた。でもいざ母に対決しようとすると、体こそ大きくなったけれど、ソバカスだらけの赤毛の男の子から成長していない自分を痛《つう》感《かん》させられるのだった。ぼくはまだ臆病《おくびょう》な子供《こども》で、そんな自分を呪《のろ》っていた。

数日間、うちのなかは平和と静けさに満ちていた。ぼくは好きなだけ夜更《よふ》かしをして、おびえることなく心安らかにぐっすり眠《ねむ》ることができた。でもじきに母さんが戻《もど》ってくる日が迫《せま》ってくると、不安がひとりで暮《く》らす解放感《かいほうかん》を消し去っていった。

ジョッシュの家で食事をごちそうになったり、ベンと遊んだりしているうちに、日々は飛ぶように去っていった。いつの間にか二週間がたち、〝運命の日〟が近づいてきた。母さんと兄弟が戻《もど》ってくる予定となっていた金曜日、ぼくは目が覚めるなり、散らかしっぱなしにしていた家をすみずみまで掃除《そうじ》した。キッチン、バスルーム、寝室《しんしつ》。どの部屋も、きちんとしておかなければならない。昼までに掃除を終えて、ベンのところに遊びにいった。母さんが戻ってくるまえの最後の一時を、彼《かれ》と楽しく過《す》ごしたかったのだ。

坂道を歩いていくと、彼の車がないことに気づいた。ぼくはしばらくきょろきょろしてから彼の家に目をやり、ベンがいるなんらかのサインをさがした。留守《るす》のようだった。まあしかたがないやとあきらめて、家に引き返した。うちに戻ってからは、帰ってきた母さんに地下室へ連れていかれて、どういう質問《しつもん》をされるか、あれこれ思い浮《う》かべた。

どれだけのお金を、なにに使ったの？

わたしが留守にしていた二週間、なにをしてたの？

心のなかで質問のリストを挙げて、母さんが納得《なっとく》するだろう答えを考えた。母さんの機《き》嫌《げん》が悪ければ、どんな答えを返したって納得してもらえないことはわかっていたけど。

まだ昼の十二時をちょっとまわったくらいだったから、坂上の停留所《ていりゅうじょ》からバスに乗り、〈ウエストゲート・ショッピングセンター〉に行ってぶらぶらすることにした。母さんからもらったお金が二十五ドル残っていたから、使い切ってしまおうと思ったのだ。バスはサウスゲート通りを一直線に走って、ものの二十分でモールに着いた。ぼくはさっそくデイリーシティで一番おいしいベーカリー、〈アデライン・ベーカリー〉に向かった。できたてのドーナツやペストリーがいつもたくさん置いてある店だ。何個《なんこ》か買って、食べながらモールを歩いた。母さんといっしょのときはけっして許《ゆる》されないウインドーショッピングは、ぼくにとって新鮮《しんせん》な経験《けいけん》だった。

いろんな店をめぐり、ときたま立ちどまって看板《かんばん》やショーウインドーのディスプレイに目をこらす。モールのはずれに、オモチャを売っている〈キング・ノーマン〉があった。なかにはいったぼくは、まっさきにラジコンカーとボートのコーナーに行った。いちどでいいから、動かしてみたいと思っていたのだ。スコットは〈コックス〉のラジコンの模型《もけい》飛行機をいくつか持っていて、うちの周辺やウエストモアヒルでよく飛ばしていた。さぞかし楽しいだろうなと、ぼくはいつも指をくわえて見ていた。オモチャ屋さんを出たぼくは、モールのまえにあるデパートにはいった。

子供《こども》とティーンエージャー向きの服がたくさん飾《かざ》られていて、ぼくはうっとりした。〈J・C・ペニー〉の服が大きなショーウインドーにずらっとディスプレイされている。ぼくはそばにいってディスプレイを丹念《たんねん》にながめ、ブルージーンズに目を留《と》めて値段《ねだん》をたしかめることにした。服を買っても内緒《ないしょ》にしておけば、母さんには気づかれないだろう。

デパートにはいり、豊富《ほうふ》な品ぞろえに目を見張《みは》りながらいろいろな売り場をめぐる。若者《わかもの》向けの紳士服《しんしふく》売り場には、ボーイスカウトとカブスカウトの制服《せいふく》が飾《かざ》られていた。大きなカウンターの横に、何百種類もあるかと思われる記章やバッジが売られている。ぼくは売り場をぶらぶらしながら、兄さんたちがカブスカウトにいたころの制服を思い出した。たしかデイヴは、黄色と青のストライプのネッカチーフを金色のピンで止めて、やはり黄色と青のストライプの帽子《ぼうし》をかぶっていたはずだ。

おさなかったころは、デイヴがカブスカウトにどうしてはいれたのか、母さんがカブスカウトの世話役をどうして引き受けたのか、理解《りかい》できなかった。ぼくはいつも、いずれ自分もカブスカウトにはいるチャンスが訪《おとず》れるのだと、楽しみにしていた。でも残念ながら、そういう日はやってこなかった。カブスカウトの制服を着たロスの横に父さんが立っていたのは、おぼろげながら覚えている。それは、わが家での数少ない父さんの思い出のひとつだ。

ほどなくして、買いたい服が決まった。持っているお金でじゅうぶん間に合う額《がく》だ。こんどは、きちんとお金を払《はら》って買った。

母さんが帰ってくるまえに家に戻《もど》れる時刻《じこく》に出るバスを、ぼくは乗り過《す》ごしてしまった。じりじりしながらつぎのバスを待つ。母さんが帰ってくるまえに、あたらしい服をクロゼットに隠《かく》さなければ、大変なことになってしまう。さんざん待たされてバスに乗り、クレストライン通りの坂上まで来た。ぼくはバスから降《お》りると、うちまで一目散に走っていった。通り沿《ぞ》いの家を一軒《けん》一軒通りすぎていくと、うちが近づいてくる。車まわしにも路上にも、うちの車はなかった。ということは、母さんたちはとっくに帰ってきていて車がガレージにとめてあるのか、それとも、ぼくがみんなよりはやく帰ってきたかのどっちかだ。庭に駆《か》けこむと、ガレージのシャッターは閉《し》まっていた。家の正面に行ってガレージの窓《まど》をのぞきこむと、からっぽだった。母さんはまだ帰ってないようだ。

ぜいぜい息を切らしながらステップを上がる。家にはいるとキッチンに直行し、ジュースを飲んで一休みした。買い物の包みを開けて、包装紙《ほうそうし》をキッチンのゴミ箱に捨《す》てる。部屋のクロゼットのドレッサーを開けると、先週買った、色物のパンツが何枚《なんまい》かしまってあった。調子に乗って買いすぎたかもしれないと、不安になった。クロゼットの一番下の引き出しは、ほとんどからっぽで使われていなかった。ぼくはあたらしいパンツをたたんでその引き出しに入れ、キッチンに戻《もど》った。

最後にもう一度家のなかを歩きまわって、母さんの帰宅《きたく》にそなえてなにもかもきちんとなっているか点検《てんけん》した。キッチンを通りすぎて玄関に向かうとき、〈J・C・ペニー〉の下着がはいっていたビニール袋《ぶくろ》が、ゴミ箱のいちばん上に捨ててあるのが目にはいった。

母さんが目をとめてぼくがなにを買ったか知ったら、激怒《げきど》するだろう。ぼくはゴミ袋《ぶくろ》にゴミを空けて地下室に行き、ドアの近くのゴミ箱にその袋を入れた。

それから階上に戻《もど》って、カウチで一休みした。その日はずっと走りまわっていたから、ひどく疲《つか》れた。寝転《ねころ》がって、大きな張《は》り出し窓《まど》からサンフランシスコをながめる。ぼくはじきに、眠《ねむ》りにおちたようだった。

ガレージのシャッターがあがる音と車の音に、ぼくは目を覚ました。あたりはすでに暗くなりかけていて、母さんたちが戻る予定の時刻《じこく》をだいぶ過《す》ぎていた。起きぬけの頭がしっかりしてくるころには、スコットが居間《いま》に来て、カウチの向かいの椅子にすわっていた。

「留守《るす》のあいだ、どうしてた？」ただいまの挨拶《あいさつ》もなく、いきなりきいてきた。

この二週間の出来事をすべて報告《ほうこく》するのはおまえの義務《ぎむ》だ、といわんばかりの口調。その偉《えら》そうな態度《たいど》にむっとして、ぼくはぶっきらぼうに答えた。

「余計《よけい》なお世話だ！」いい捨《す》てて、自分の部屋に戻る。

スコットはすぐさま、階段《かいだん》に向かった。ちょうど母さんが地下室からあがってきたところだった。

「リチャードがぼくをののしって、ぼくたちのことを悪くいったよ」と、彼《かれ》。

スコットが母さんを怒《おこ》らせるために話をでっちあげているのを耳にして、ぼくはまたしても彼のつまらない罠《わな》にかかったのに気づいた。驚《おどろ》いたことに、母さんは興味《きょうみ》がなさそうだった。スコットの横を素通《すどお》りして、廊下《ろうか》を歩いていく。母さんはそのままキッチンにはいっていった。スコットはキャビネットを開く音と、グラスとお酒のビンがかちゃかちゃ触《ふ》れあう音が聞こえた。一杯目《ぱいめ》を注いでいる。今夜もまた、延々《えんえん》とお酒を飲むつもりなのだろう。

ほどなくして弟のキースが部屋にはいってきて、二段《だん》ベッドの下にすわった。弟はなんのためらいもなく、あたらしい家とその周辺の様子をぼくに話した。キースの部屋は二階の母さんの寝室《しんしつ》の隣《とな》りで、スコットの部屋は一階だそうだ。

「一番大きい部屋はロスのためにとっておくって、母さんいってたよ。この部屋はロス以外には使わせない、だってさ」ろれつが回らないときの母さんの口真似《くちまね》をして、キースは説明した。

「軍隊にはいってもう帰ってこないんだから、部屋は必要ないはずだろ？　それなのに、どうして一番大きな部屋なんだよ？」ぼくはいった。

ロスが家を出てから、母さんはいつも、ロスはトレーニングのために家を離《はな》れただけだから、じきに戻ってきてサンフランシスコ周辺のベースに勤務《きんむ》するのだといっていた。ロスは家から逃《に》げたわけじゃない、若気《わかげ》の至《いた》りで一時的に家出をしただけだ、と母さんは自分にいい聞かせていたのだろう。でも、それはまったくちがった。ロスは二度と帰ってこないつもりで、この家を出たのだから。ひどく気になったことがあって、ぼくはおずおずときいた。

「ぼくの部屋は？」

「あるよ。スコットの部屋と洗濯部屋《せんたくべや》のあいだのね。あまり広くないけど、兄さんはいなかったから、最後に残った部屋しかなかったんだよ」

「いなかったから？」ぼくはキースに声を張《は》りあげた。

ぼくの大声を聞きつけた母さんが部屋にはいってきて、車の荷物を運んできてちょうだいとキースに命じた。彼《かれ》が出ていくと、母さんはぼくのほうにかがみこんでいった。

「おまえをソルトレイクシティに連れて行くかどうか、迷《まよ》ってるんだよ。だからせいぜい、言葉には気をつけるんだね。さもないと、おまえを捨《す》ててくよ」

ぼくはとっさに、いつもの恐怖《きょうふ》にみまわれた。母さんはいとも簡単《かんたん》に、ぼくに恐怖を植えこむのだ。母さんは踵《きびす》を返すと、ウオッカをまた何杯《なんばい》か引っかけるためにキッチンに戻《もど》っていった。

夕食はなにごともなくおだやかに終わり、ぼくはいつものように食器を洗《あら》ってベッドに横になった。母さんと兄弟たちがあたらしい家と、引《ひ》っ越《こ》すまえにしなければならないことについて話しているのが聞こえてくる。地下室と庭を片《かた》づけなくては、と話している。これからのことについてあれこれ相談する母さんとスコットは、まるで夫婦《ふうふ》のようだ。母さんにとって、いまやスコットは父さんの代わりになっている。

じきに兄弟たちは寝室《しんしつ》に引きあげ、母さんはそれからまた長々とへべれけになるまでお酒を飲んでいた。じきにぼくの部屋に来て、起きろと命じた。二段《だん》ベッドの下にキースが眠《ねむ》っているから、母さんは声をひそめていた。ベッドから降《お》りたぼくは、耳をぐいっとつかまれて部屋の外に引きずりだされた。

「キースを起こしたら、ただじゃおかないよ」母さんは小声でささやいた。

耳が痛《いた》くて悲鳴をあげそうになった瞬間《しゅんかん》、ぼくは母さんの目を見て、ひどく酔《よ》っていることに気づいた。

母さんはキッチンにぼくを引《ひ》っ張《ぱ》っていくと、キッチンテーブルの横でぼくをにらみつけながらウオッカをぐいっとあおった。それから隣《とな》りの部屋のダイニングテーブルへのろのろ歩いていった。テーブルにゴミが散乱《さんらん》しているのに、ぼくは気づいた。母さんは地下室のゴミ箱をあさって、この二週間ぼくが捨《す》てたゴミを拾ってきたのだ。

「これはいったいなんなの？」

発泡《はっぽう》スチロールの容器《ようき》を取りあげて、きいてきた。ベンとランチを食べたときのゴミだ。

「それはいつだったか、〈デニーズ〉で……」ぼくが言葉に詰《つ》まると、母さんはソーダの缶《かん》を入れたちいさな袋《ふくろ》を取りあげた。

「これはなに？」

「ソーダの缶」ぼくはどぎまぎしてこたえた。母さんはいったいなにがいいたいんだろう？

「これはあの子たちのソーダよ。おまえのじゃない」母さんはどなった。

「まったく、自分を何様だと思ってるんだい」

「これはあの子たちのために買ったの。おまえにじゃなくて」

「このできそこないのクソガキ！」

母さんが一段《いちだん》と大きい声で叫《さけ》んだのと同時に、暗澹《あんたん》たる気分になった。母さんはきっと、あの下着のビニール袋もさぐりだしてどなり散らすだろう。どうやって言《い》い訳《わけ》をしようと考える暇《ひま》もなく、母さんはビニール袋を引《ひ》っ張《ぱ》りだした。

「で、これはなに？　わたしの許可《きょか》なく服を買った、っていうつもりかい？」がなりたてた。

「パンツが必要だったし、お金があまってたから」ぼくは言った。

「おまえに金を渡《わた》したのが、まちがいだったよ」母さんはどなりかえした。残飯をあさらせればよかったんだ」

母さんは目をぎらぎらさせながらキッチンに戻《もど》ってくると、ぼくの襟首《えりくび》をつかんで、自分のまえに引き寄《よ》せた。強烈《きょうれつ》なウォッカのにおいが、鼻をついた。

「部屋に戻《もど》って、買った下着をすべて持ってきなさい。いますぐ」母さんは命じた。

母さんが手を放したとき、怒《いか》りが込《こ》みあげてきた。百パーセントの怒り、母さんにぶちまけたら、大変なことになる怒り。火山のマグマのような。ぼくは胸《むね》のあたりに、アドレナリンが駆《か》けめぐるのを感じた。いまにも爆発《ばくはつ》しそうだ。母さんの目を見ると、かすかな勇気がわいてきた。

やめろ、リチャード。

ぶちまけちゃ、だめだ。

我慢《がまん》しろ。

ぼくはもう、数年前の内気な赤毛の少年ではない。すでに十五歳《さい》になっているし、身長だって百八十センチ以上ある。それでもどういうわけか、おさない無力な子供《こども》に戻ったような気分を、母さんには味わわされてしまう。

心のどこかから、声が聞こえてきた。こんなに酔《よ》っ払《ぱら》った人間を相手にしちゃだめだ、きょうはともかく引きさがって、命令にしたがえ。部屋に戻《もど》ったぼくは真ん中の段《だん》の引き出しを開けて、ベンとカリストガに行ったときに買った服を手にとった。ベンが買ってくれたスイミングパンツと服をわくわくしながら手にしたとき、ベンも嬉《うれ》しそうだった。と、そのとき、ぼくはどなり声にはっとした。

「いつまでも待たせるんじゃないわよ」母さんが呼《よ》んでいる。

母さんの声、というか、そのきんきんした調子が、いったんは閉《と》じこめた感情《かんじょう》を刺激《しげき》して、怒《いか》りがまた猛然《もうぜん》と込《こ》みあげてきた。腹《はら》が立ってならない。いまにもキレそうだ。それでもぼくは怒りをじっとこらえて目を閉じ、母さんにいわれたことに集中した。ぼくは手ばやくスイミングパンツを下に置き、ベンが買ってくれた色物のパンツをかき集めた。万引きしたパンツは母さんに見つからないように、真ん中の引き出しにしまった。

「さっさと来なさい、はやく！」母さんが声を押《お》し殺していった。

最悪の事態《じたい》を覚悟《かくご》して、のろのろとキッチンへ戻る。母さんは二歩遅《おく》れて、音を立てずにぼくについてきた。ふたりでキッチンにはいる。と、母さんはいきなりぼくの背中《せなか》をどんと押《お》して、床《ゆか》に突《つ》きとばした。またわたしを裏切《うらぎ》ったねと叫《さけ》びながら、蹴《け》りを入れてくる。

「ばかな子だよ」

「おまえのやることは、すべてお見通しなんだよ」

「なにもかも、すべてね！」

「おまえがすることなすこと、こっちはすべてお見通しなんだ」

そうやってどなっているあいだも、ずっとぼくを蹴りつづけた。キックから逃《のが》れてダイニングテーブルのほうへ這《は》っていくと母さんが攻撃《こうげき》をやめたから、ぼくは立ちあがった。

ぼくのなかで怒りの炎《ほのお》がめらめらと燃《も》えはじめ、いまにも爆発《ばくはつ》しそうになるのがわかった。

キレちゃだめだ。

我慢《がまん》しろ！

我慢しろ！

ぼくは心のなかで、何度も何度も自分にいい聞かせた。

母さんがぼくのいままでの悪いおこないを挙げて、どなりつづけている。そのうち母さんの声が遠のいていって、ぼくは母さんに復讐《ふくしゅう》する空想にふけっていた。

あざやかな光景が目に浮《う》かぶ――ゆっくりとふり返って、母さんのまえに立ちはだかるぼく。じきに母さんの目から怒りが消え、恐怖《きょうふ》の色が浮かぶ。ぼくがもう終わりだ！といったからだ。

あんたは二度と……あんたは二度とぼくを蹴《け》ることはできない。そう叫んでから、ぼくは一歩下がって母さんに蹴りを入れ、床に倒す。二度とぼくをぼこぼこになぐることはできない、とくり返しながら蹴りを入れつづける。母さんの胸《むね》、頭、腹《はら》。ぼくは母さんをどなりつける。「ぼくの首をしめて、失神させることもできなくなるぞ」母さんののどに足を置いて、息ができなくなるくらいに踏《ふ》みつける――ぼくがよくやられていたように。

床にひざをついて母さんの後頭部をつかみ顔をあげさせる自分の姿《すがた》が、目に浮《う》かんだ。髪《かみ》をつかんだまま、母さんの顔を床に何度も叩《たた》きつける。

白昼夢《はくちゅうむ》のなかで、ぼくは気が触《ふ》れたみたいに復讐《ふくしゅう》をしていた。

母さんの金切り声がして、はっと現実《げんじつ》に引きもどされた。

「とっとと、そのパンツをゴミの上に置きなさい！」

ダイニングテーブルは、母さんがぶちまけたゴミであふれかえっていた。テーブルの周りにも、ゴミが落ちている。母さんがなにをたくらんでいるのかわからないまま、ぼくは命令に従《したが》った。パンツをゴミの上に放りなげて、母さんのほうにふり返る。

「前を向きなさい。こっちを見るんじゃない！」

またしても、お酒のにおいが鼻をついた。ぼくはうかつにも、テーブルに向き直ってしまった。

母さんはぼくが気を抜《ぬ》いたのを見てとるや、ぼくのうしろの髪をつかんで、テーブルのゴミの山に顔を押《お》しつけた。ぼくがバランスを取ろうと腕《うで》をばたばたさせると、母さんはわき腹をひざで蹴った。ぼくはあまりの痛《いた》みに縮《ちぢ》こまり、大きな木のテーブルに突《つ》っ伏《ぷ》してしまった。すると母さんはぼくの髪をまたつかんで、あごをテーブルに叩きつけた。

やめろ、鬼《おに》ババア！　頭に浮かんだのはそのセリフだけ。つぎの瞬間《しゅんかん》、はたと思った。声をかぎりに叫《さけ》んだら、すくなくとも兄弟のどっちかが聞きつけて、なにごとかとキッチンに駆《か》けこんでくるかもしれない。

あごと歯がずきずきして、痛みが頭に伝わってくる。顔をまたテーブルに叩きつけられないように、ぼくはテーブルにしっかり手をついた。決意をかためてふり返り、母さんと向きあう。いまや怒《いか》りの炎《ほのお》が表面に吹《ふ》きだしていた。こぶしを固める。力みすぎてぎゅっとこぶしを固めたせいか、掌《てのひら》が痛い。きっと爪《つめ》が食いこんでいるのだろう。腕の筋肉《きんにく》がぴんと張《は》っている。まるで、母さんのあごに強烈《きょうれつ》なパンチを食らわそうとしているみたいに。母さんをぶちのめしてやりたいと思いつつも、体はそれをためらっている。こんなふうになったのは、はじめてだった。

ぼくは母さんに口汚《くちぎたな》い言葉をぶつけようとした。でも母さんはぼくの目を見て、なにをしようとしているのか見抜《みぬ》いたらしく、そくざに言った。

「いまだれかを起こしたら、便所もないところにおまえを置き去りにするよ」

母さんはすごい顔をして、首と頬《ほお》を真っ赤にしている。烈火《れっか》のごとく怒《おこ》っているらしい。この何時間かさんざん酒を飲んだから、この二週間のストレスがいっきに噴出《ふんしゅつ》してきたのだ。こういう場合は、引き下がるのが一番だということはわかっていた。さっきまでの怒《いか》りやフラストレーションやプライドが自分の体から抜《ぬ》けていくのを、ぼくは感じた。ぼくはその場に立ちつくし、床《ゆか》をじっと見下ろした。あごがどんどん下がっていって、臆病者《おくびょうもの》みたいにうつむいた。

「ここに散らかっているゴミを全部ゴミ袋《ぶくろ》に戻《もど》して、階下《した》に持っていきなさい！　とくに、これ！」母さんはどなって、パンツをゴミの山のなかに突《つ》っこんだ。そしてすぐさまキッチンに戻《もど》り、ガスレンジの横の流し台の上にあるキャビネットに手を伸《の》ばし、まだ飲み足りないのかウオッカの瓶《びん》を取りだした。

もうかなり飲んでいるのに、また飲むつもりなんだ。ぼくは首を横にふりながら、心のなかでつぶやいた。

テーブルと床に散乱《さんらん》しているゴミを、袋に入れていく。悪臭《あくしゅう》を放つゴミの袋は三つになった。袋を地下室のゴミ箱に捨《す》てて、ぼくはキッチンに戻った。立ったままつぎの命令を待っていると、キッチンテーブルの上の時計が目に留《と》まった。午前三時十五分。ぼくはそのまま回れ右をして、自分の部屋に戻った。二段《だん》ベッドの上にあがるとき、キースがもぞもぞ寝返《ねがえ》りをうった。

「おまえは、なにも知らないんだよね。まったく、なにも」

ぼくは手すりから身を乗りだし、キースを見おろしながらつぶやいた。

そういえば、おなじことをデイヴも言っていた。ぼくはふと思い出した。

第18章

少年時代の終わり

　ゴミを片《かた》づけさせられた夜、ぼくは地下室で恐《おそ》ろしいと同時に神秘的《しんぴてき》な体験をした。ぼくはついに自分自身と対面して、未来の自分と折りあいをつけたのだ。当時のぼくは気づかなかったけれど、あの経験《けいけん》が発端《ほったん》となって、ぼくはおとなになりつつある自分に気づきはじめたのだと思う。なにかをさがし求める時期は、もう終わっていた。ぼくはソバカスだらけの赤毛の男の子に別れを告げ、彼《かれ》を永遠《えいえん》に葬《ほうむ》らなければならなかったのだ。

　ぼくはベッドからおり、静かにキッチンを通りすぎて地下室に向かった。自分がなにをさがしているのかはわからなかったが、地下室がぼくを呼《よ》んでいたのだ。

　母さんを起こさないように寝室《しんしつ》のまえをそっと通りすぎ、地下室のドアに向かう。階段《かいだん》の横にあるスコットの部屋のまえを、できるだけ静かに通っていく。物音ひとつ立てずに歩いて、眠《ねむ》っている兄弟を起こさずに地下室につづく階段を下りきると、ぼくはほっとした。一番下のステップに腰《こし》をおろし、冷ややかなセメントを見つめる。セメントの壁《かべ》のところどころにあるくぼみや割《わ》れ目《め》を、ぼくは全部知っていた。この数年、ぼくは自分の分身をひそかにこの穴《あな》やくぼみにはめこんできた。冷たいコンクリートに手を当てて、ひっそりとした壁に生命の証《あか》しをさがし求めたこともあった。そして今もぼくはなにかをさがし求めていたけど、なにを見つけたいのか自分でもわからなかった。

立ちあがって壁に手を当てると、幼《おさな》いころの自分がよみがえってきた。

自分の成長の記録が、目のまえで展開《てんかい》している。その様子は映画《えいが》のようで、ぼくはそれを見守っている。地下室のコンクリートのおかげで、抱《かか》えきれないほどの感情《かんじょう》を自分のなかに押《お》しとどめておくことができるのだと信じていた五歳《さい》のぼく。おさないころの自分の姿《すがた》を見ながら、地下室を歩きまわる。コンクリートの壁は、ぼくの人生のさまざまな時期を描《えが》いたカンバスのようだ。

作業台のうしろには、特別な思い出がある。心の奥底《おくそこ》に埋《う》めて、この数カ月考えることすらなかった思い出。

その作業台の下にサンドイッチの食べかけを隠《かく》している自分の姿が見えた。デイヴに食べさせるために、何度もそうしたことがあった。兄さんをかわいそうに思ってサンドイッチを置いたこともあったけど、たいていは困《こま》らせるためだった。デイヴに食事を与《あた》えることは、母さんの家族、というかぼくが犯《おか》す最大の犯罪《はんざい》だった。

ペンキの缶《かん》が置いてある作業台の棚《たな》の下にもぐりこんで、動物みたいに身をひそめているぼくが見える。母さんから逃《に》げて、例によって透明《とうめい》人間になっているぼく。母さんから、荒《あ》れ狂《くる》った酔《よ》っぱらいから逃《のが》れ、クモや虫がうじゃうじゃする場所でじっと息を殺している五歳のぼく。

ぼくが見守るなか、おさないぼくが作業台の隅《すみ》を通りすぎる。ゴミバケツや芝刈《しばか》り機《き》が置いてある暗がりに、じっと目をこらしている。と、そのとき、ぼくはぞっとする。心の奥底《おくそこ》から過去《かこ》の恐《おそ》ろしい情景《じょうけい》がよみがえってきて、四十センチ以上もあるスパナがびゅんと宙《ちゅう》を切ってあごに命中し、ひっくりかえるぼくの姿が見えた。スパナがあごの骨《ほね》に食いこんだのを目にした瞬間《しゅんかん》、あのときとおなじ痛《いた》みを覚えた。頭蓋骨《ずがいこつ》がセメントの床《ゆか》にぶつかる不気味な音も、たしかに聞こえた。当時の思いがどっとよみがえってきて、おかしくなりそうだ。頭をはっきりさせなくては、とぼくは焦《あせ》った。目の前の幻《まぼろし》が消えることを祈《いの》って、目をつむる。

いまいちど目を開けると、やはりさっきの少年が――いくぶん、大きくなっていたが

——奥《おく》に立てかけた金属製《きんぞくせい》の高いはしごの後ろにあるガラクタの山へ歩いていくのが見えた。ぼくが見守るなか、少年時代のぼくはガラクタを見下ろして、茶色いブーツを見つけだした。ぼくがその昔、はいていたブーツ。近所のゴミ捨《す》て場《ば》で拾ったやつだ。だれにも見つからないように、はしごと壁《かべ》の隙間《すきま》に隠《かく》しておいたブーツ。ガレージのドアから家を出るチャンスがあるときだけ、ぼくはその靴《くつ》で登校することができた。通学途中《とちゅう》で、靴をブーツにはきかえるのだ。かなり大きくてブカブカだったけど、一年中はいている小さすぎる靴よりはましだった。

ぼくは静けさのなかに立ったまま、また目をつむった。もうなにも見えませんように、と祈《いの》る。ひょっとして、ぼくも精神《せいしん》に異常《いじょう》をきたしているのかもしれない。一瞬《いっしゅん》、母さんを思った。地下室の天井《てんじょう》からわずか数十センチ高い場所で眠《ねむ》っている母さんのことを。ぼくも母さんみたいに、正気を失いかけているのかもしれない。目を閉《と》じたまま腰《こし》をおろす。ぼくは母さんとおなじように狂《くる》ってしまったのだろうか。

恐《おそ》るおそる目を開けると、七、八歳《さい》の自分が古い薪《まき》を置いた場所を横切っていくのが見えた。またしても恐《おそ》ろしい過去《かこ》の情景《じょうけい》が目のまえで展開《てんかい》している。奥の壁のそばにある大きなカートに積まれた薪の上に、食べかけのサンドイッチを置く自分の姿《すがた》が見えた。薪

について いるホコリと虫にはいつもぞっとしたが、それでもぼくはやめなかった。兄さんはいったいサンドイッチをいくつ食べたのだろう。いったい何匹《なんびき》の虫を食べたのだろう？その両方を足し合わせると、いったいいくつになるのだろう？

目をつぶって、なにもかも消え去ることを願う。自分ではどうすることもできず、涙《なみだ》が頬《ほお》を伝ってきた。夜も更《ふ》けている。物音を立てるわけにはいかない。頭をふって涙をふくと、九歳のぼくがガレージの隅《すみ》っこにすわっていた。明け方の時分に、結露《けつろ》がコンクリートの壁を伝って、床《ゆか》に水溜《みずたま》りができるのをながめている。誰《だれ》にもいえない秘密《ひみつ》や恐怖《きょうふ》を、ぼくはコンクリートの割《わ》れ目《め》のなかにそっとはめこんでいた。ぼくの気持ちをひっそり受けとめてくれるのはこのコンクリートだけだ、と思っていた。朝方の露に濡《ぬ》れながら崩《くず》れもせずに沈黙《ちんもく》しているコンクリートの壁を見ると、壁もぼくとおなじようにひっそりと静かに泣いているのだ、と思ったものだった。涙をぼろぼろ流しているぼくの前で、九歳のぼくがひざをついて作業台のうしろの壁に触《ふ》れ、母さんになぐられる理由を教えてくれと壁に懇願《こんがん》している。

じきに、九歳のぼくは立ちあがり、洗濯機《せんたくき》のところに行くと、背伸《せの》びをしてスタートボタンを押《お》した。痩《や》せた体に合っていない、ブカブカのズボンと汚《よご》れたシャツを着ている。あのころのぼくが何年も着ていた服だ。目の前の幻《まぼろし》はあまりにもリアルだった。床《ゆか》に置いてある濡《ぬ》れた服が発するかびくさい臭《にお》いまでしてくるような気がして、めまいがした。ぼくの目の前で、ソバカスだらけの薄汚《うすぎたな》い赤毛の少年が、汚れた服を一生懸命《いっしょうけんめい》に洗濯《せんたく》しようとしている。

と、そのとき、一瞬《いっしゅん》だけ幻が消えた。奇妙《きみょう》な静寂《せいじゃく》が地下室にただよった。なにもかも、動きを止めている。耳の奥《おく》で、自分の鼓動《こどう》の音が聞こえた。

次の瞬間《しゅんかん》、ぼくは見た。

〝It〟が寝起《ねお》きしていた場所が、視界《しかい》に飛びこんできた。裸同然《はだか》の兄さんがいる。痩《や》せこけた体は傷《きず》とあざだらけで、お腹《なか》をすかせて寒さにふるえている。ぼくはぞっとして顔をそむけ、目をつむった。しばらくしてから、前に向き直る。

彼《かれ》は消えていた。幽霊《ゆうれい》は消えていた。

いま目にした恐《おそ》ろしい光景について考える暇《ひま》もなく、ガラクタを収納《しゅうのう》した金属製《きんぞくせい》の棚《たな》が置いてある壁《かべ》が目にはいった。母さんが赤毛のおさない少年をその棚に突《つ》き飛ばす光景が見えてきて、ぼくは恐怖《きょうふ》にみまわれた。棚がぼくの上に落ちてきて、コンクリートの床にぶつかる。すさまじい轟音《ごうおん》。眠《ねむ》っている家族が目を覚ましてしまったかもしれない、とぼくは思った。おさないぼくは母さんに手を伸《の》ばして救いを求めているが、母さんはガラクタの下敷《したじ》きになっているぼくを残して笑いながら去っていく。

そこで、すべてが消えた。過去《かこ》の亡霊《ぼうれい》は消え去った。あたりはひんやりと静まりかえっている。

そのときぼくは、自分のこれまでの人生が涙《なみだ》と苦痛《くつう》の連続だったことに気づいた。自分の涙。地下室のコンクリートが流す涙。ぼくはステップにすわって泣いた。一時間ほど泣いてから、ステップをあがり自分の部屋に向かった。キッチンの窓《まど》を通りがかると、外が徐々《じょじょ》に明るくなりはじめていた。じきに朝となって一日がはじまる。〝It〟の亡霊は、ぼくに何を伝えようとしたのだろう。でも、それを知るチャンスは、おそらくないような気がした。

ぼくがコンクリートの壁に手を触《ふ》れて地下室を歩きまわっていたとき、あのおさない少年はなにをさがしていたのだろう？　二段《だん》ベッドに戻《もど》り、さっきの地下室での体験に思いをめぐらす。そしてついに、わかった。ぼくがさがしていたのは、ぼく自身だったのだ。これまでずっと、ぼくはコンクリートに答えを求めていたけど、わからないままだった。

でもついさっき、コンクリートに目をこらしながら地下室を歩きまわり、あのちいさな少年を見ていたとき、ぼくは昔の自分と成長しつつある自分をこの目で確認《かくにん》した。そして、いまの自分のほんとうの姿《すがた》に気づいたのだ。

母さんのほんとうの姿にも気づいていた。痛《いた》みと恐怖《きょうふ》と涙《なみだ》をストップさせるためには、どうすればいいのかわかっていた。涙はぼくに絶《た》えずつきまとっているものでしかなかった。もう母さんのことなんて恐《こわ》くない。ぼくは自分の決意に、満足していた。

これまで自殺をしようと思ったことが何度もあったけど、それもしかたがなかったと思った。はじめて、自殺を考えたことに罪《つみ》の意識《いしき》を感じなくなった。いまはただ、これまでわずかながら経験《けいけん》したことのあるおだやかさを感じるだけだ。サンフランシスコの朝霧《あさぎり》のなか、ベッドにすわったまま身を乗りだし、マットレスに頬《ほお》づえをついて開けた窓《まど》から外を見る。漆黒《しっこく》だった空が、暖《あたた》かくも居心地《いごこち》のいいオレンジ色に変わってきている。

なにかにはっと気づかされるような経験は、これがはじめてだった。ぼくがもうソバカスだらけの赤毛の男の子じゃないことは、はっきりしていた。十五歳《さい》のぼくは、身長が百八十センチ以上で、体重は八十キロ近くある。腕力《わんりょく》で母さんをねじ伏《ふ》せることだってできるのに、これまでそれに気づかなかった。

そうやって考えているうちに、つい数時間まえの出来事を思い出した。ソルトレイクシティから戻《もど》ってきた母さんに呼《よ》ばれて、キッチンに行ったときのことだ。母さんはいつものように、酔《よ》っ払《ぱら》って憎《にく》しみをまき散らし、いともやすやすとぼくを痛《いた》めつけた。でもある瞬間《しゅんかん》に、ぼくに変化がおとずれたように思う。わき起こってくる怒《いか》りを抑《おさ》えようと、こぶしを固めたときだ。怒りは火山のように、いまにも噴出《ふんしゅつ》しそうになっていた。ぼくは怒りとともに、母さんを部屋の向こうになぐりとばしてやりたいという衝動《しょうどう》にかられた。一瞬《いっしゅん》、母さんに立ち向かって、その狂気《きょうき》をおさえこもうとした。でも、ぼくは引き下がった。母さんに痛めつけられて、怒りを爆発《ばくはつ》させる寸前《すんぜん》までいったとき、いつもそうするように。

それだけは、どうしても理解《りかい》できなかった。どうして引き下がったのか？　ぼくはもうおさない子供《こども》じゃない。身長も伸《の》びたし腕力もある。やろうと思えば、母さんをねじ伏せられたはずだ。

どうして母さんをねじ伏せなかったのか？　ぼくは自問した。

と、そのとき、気がついた。部屋に朝日があふれ、射《さ》しこんでくる明るい日差しが闇《やみ》を追いやるなか、ぼくは気づいた。

ぼくを押《お》しとどめたのは、おさないころのぼくだったのだ。

あの少年が母親に愛されることを、ぼくは心の底から願っていた。母さんがぼくを愛してくれるまで、ぼくはあの少年を手放せなかった。母さんがぼくを愛してくれるまで、ぼくは少年時代に別れを告げることができなかったのだ。ずっとおとなになることを拒否《きょひ》して、子供《こども》でいることにしがみついていたとは、自分でも驚《おどろ》きだった。ぼくは自分の人生をこれまでどう考えていたかをふり返った。そして悟《さと》った——子供のままじゃ、母さんに立ち向かっていけない。

「子供時代は、終わったんだ」ぼくは確信《かくしん》をもって、声に出した。なにもかもが、ついに収まるべきところに収まった。

生まれ育ったこの土地を出ていく準備《じゅんび》が、これまで関わっていたひとたちと別れを告げる心構《こころがま》えが、ぼくにはもうできている。ティーンエージャーとして、あらたな旅に出る準備がもうできている。あたらしい街で、あたらしいひとに囲まれてあらたな人生を踏《ふ》みだすのだと思うと、希望がわいてきた。

朝日が顔に当たり、あたらしい一日のあたたかみを感じる。自分がすべきことはわかっていた。

ぼくは窓《まど》の外に目をやり、深呼吸《しんこきゅう》をした。そして、ベッドの背《せ》もたれに体をあずけ、自分のなかのあの少年にそっと別れを告げた。

おわりに

ぼくはいろいろなひとから、頻繁《ひんぱん》におなじ質問《しつもん》を受ける――「どうしてそんなことが、野放しにされていたのか」

ひと言で答えるのは不可能《ふかのう》だ。過去《かこ》の出来事をふり返ってあれこれ考え、ひとつの答えを出そうとするよりも、ぼくはいま現在《げんざい》に目を向けたい。

こんにちでは、ぼくが受けたような虐待《ぎゃくたい》が長いあいだつづくことはない。教育現場《げんば》での意識《いしき》が高くなるとともに、ひとびとが地域《ちいき》ぐるみで虐待の阻止《そし》につとめるようになったからだ。一九七〇年代初めの当時とはちがい、駐車場《ちゅうしゃじょう》、ショッピングモール、近所の家などで頻繁に行われている〝児童虐待〟に、人々は目を光らせている。

子供《こども》、親、親以外のおとなの意識《いしき》がこの数年間でだいぶ向上したために、事態《じたい》は変化してきている。つまり、多くの親が態度《たいど》を改め、多くの子供《こども》が救われている。平たくいえば、そういうことだ。

ぼくは人々の意識《いしき》を高めるために、この本を書いた。とりわけ子供をもつひとたちは、親、保護者《ほごしゃ》、家族、責任《せきにん》のあるおとなとして自分の立場を自覚し、子供に恵《めぐ》まれたことへの感謝《かんしゃ》の念を強くもってもらいたい。どんなにちいさな子供でも、ささやかな優《やさ》しささやさいな暴力《ぼうりょく》に敏感《びんかん》に反応《はんのう》するものなのだから。

ひとひとりの命は、この地球上のほかのなによりもかけがえのないものだ。だから、子育てほど偉大《いだい》なものはない。それは、子どもが生まれるまえにいた場所、神様が住む天国という名で知られる最後の住処《すみか》に、ぼくたち自身が最終的に戻《もど》っていくための営《いとな》みでもあるのだ。

以下の人々に感謝の意を表する

妻ジョアン
Ed.D 著作権代理業者
ジム・スキャヴォン
タイムワーナー・ブックス編集部 ジョン・アハーン
デサイン・スチーム
アンジー・ウィルクス-グレイス
デイヴ・ペルザー夫妻
ジョンとダーリンのニコルス夫妻
ジュディ・ハンセン
ポーラ・ボッグズ

訳者あとがき

本書は、世界的なベストセラーとなった『″It″（それ）と呼ばれた子』の著者デイヴ・ペルザーの実の弟リチャード・ペルザーが書いた自叙伝です。ペルザー家で母親のすさまじい虐待を受けたのは、デイヴだけではありませんでした。デイヴが保護されて里親に引き取られたあと、彼の身代わりとなったのが、本書の著者リチャードだったのです。

リチャードとデイヴはともに実の母親から虐待を受けましたが、ふたりが負った傷は微妙にちがっています。どちらのほうがより辛い目にあっていたか、安易に比較することはできません。でも、あえていうなら、本書の著者リチャードは、デイヴよりももっと複雑な重荷を母親に背負わされていたのです。

デイヴがペルザー家にいたころ、リチャードはデイヴの挙動に目を光らせ、悪いことをしたら報告する役割を母親に押しつけられていました。母親の暴力を恐れていたリチャードは、自分の身を守りたい一心で、デイヴが悪いことをしたと嘘をでっちあげて母親にいいつけます。それどころか、じきに兄を追いつめることに喜びすら感じるようになる——彼もまた、加害者だったのです。

しかしデイヴが去ったあと、こんどはリチャードが母親のフラストレーションのはけ口にされ、彼は一転して被害者になります。自分が純粋無垢ではないことを知っていた彼は、母親の虐待だけでなく、なんの罪もない兄にひどい仕打ちをしていた過去にも苦しめられます。自分の邪悪な部分への嫌悪、ひとり助けられて自由の身となったデイヴに対する恨み、狂った母親や、見て見ぬふりをする兄弟への憎しみ。さまざまな感情に引き裂かれ、それにどう対処したらいいのかもわからず、ついには自殺を考えるようになるリチャードの姿はあまりにも痛々しく、「ちいさな子どもが、どうしてこんな不条理をかかえこまなければならないのか」と、翻訳作業が一時ストップしてしまうこともしばしばでした。

しかもリチャードは、デイヴのように保護されませんでした。幼年期から思春期にかけての人格形成におけるもっとも大切な時期に、母親の肉体的・精神的暴力によって自尊心を根こそぎ奪われ、母親の手下となってデイヴをおとしいれた自分を責めつづけ、地獄の家から脱出するすべもないままに生きていかなければならなかったのです。

かつて虐待の加害者だった少年が被害者に転じてからの苦しみを記した本書は、虐待が家族の精神をじわじわと蝕み、憎しみや恨みなどのネガティヴな感情を連鎖的に生みだしていくプロセスを、救出されることなく家に縛りつけられていた子どもの視点から描いている点で、ひじょうに貴重な告白であると思われます。

くわしくは実際に読んで確かめていただきたいのですが、デイヴの本と重なるシーンが、本書にはたびたび登場します。デイヴが酔った母親に刺されるシーンもそのひとつです。デイヴの本でのリチャードは、冷ややかなまなざしでデイヴを見る残酷な弟として描かれていますが、じつはリチャードもその惨劇によって精神的なダメージを負いました。デイヴの本では謎となっていた部分が、リチャードの視点によってはじめて明らかになった、とでもいえるでしょうか。弱い人間を暴力で支配するペルザー家の歪んだ家族関係が、本書によってより明らかになっているのです。

ちなみに、すでに本書を読んだ方はお気づきだと思いますが、デイヴの著作と本書とでは、ペルザー家の五人兄弟の名前がデイヴをのぞいて異なっています。

具体的な変更を参考までに記しておきますと、本書の長男であるロスはデイヴの本ではロン、三男のスコットはスタン、四男のリチャードはラッセル、五男のキースはケヴィンとなっています。

保護されることなく、ひとりぼっちで虐待に耐えつづけたリチャード。そんな彼も十五歳のある日の出来事をきっかけに、自分が心身ともに大人になりつつあることに気づき、おさなく無力だった自分に訣別して、たくましく生きていこうと決心します。

そのくらいの年齢になったら、自分が大人になりつつあることくらい、だれでも自覚するはずだと思われる方もいるかもしれません。愛に恵まれた子どもだったら、おそらく自然にそう思うでしょう。しかしリチャードは、「おまえは無力だ。できそこないだ」と母親にののしられつづけていたために、自分の成長をなかなか実感できなかった。それでも彼は、ひとり立ちする準備が整いつつあることに、気づくことができました。それはおそらく、母親に劣等感を植えつけられ、人間不信におちいりながらも、数少ない友人や信頼できる大人に心をひらいて、外の世界を知ろうと必死で努力したからだと思います。外の世界とのわずかな交流によって、彼は自分の成長を無意識のうちに確かめていた。リチャードはいかなるときも、ひとを信じる力を失わなかったのです。

リチャードはデイヴとちがい、見殺しにされていました。それでも、自分の力を信じれば、過酷な状況から抜けだせるのだということをリチャードは教えてくれています。彼が過去の傷を完全に乗り越えたかどうかは、わかりません。でも、本書を書くことが、克服の一歩だったことはまちがいありません。だれしも、自分の醜い部分は隠したいものです。自分の身を守るためだったとはいえ、実の兄をおとしいれていたことを告白するのは、ひじょうに辛い作業だったはずです。しかし、隠しつづけていたら、いつまでも過去に苦しめられることになる――リチャードはそのことに気づいて、本書を執筆する決心をしたそうです。その勇気と努力には、敬意を表さずにはいられません。

本書は十五歳のときの〝気づき〟の経験で、終わっています。そのあとのリチャードがどうなったかは語られていませんが、デイヴの三部作最後の『〝It〟(それ)と呼ばれた子 完結編』で、その後のリチャード(ラッセル)の様子を知ることができます。ソルトレイクシティにいる十八歳のリチャードからデイヴが手紙を受け取り、ふたりが再会する場面です。そのさいリチャードは、海軍に入隊することがきまったとデイヴに報告しています。

以上のことから、リチャードはサンフランシスコからソルトレイクシティに家族とともに移り住んだことがわかります。そして、これはあくまでも推測の域を出ないのですが、その後も母親の虐待はつづいていたようです。とはいえ、母親の態度はおなじでも、彼自身は大きく変わっていた。海軍の入隊試験に合格し、音信不通となっていたデイヴに積極的に連絡をとったのがその証拠です。

資料によると、リチャードは十代の後半に実家を離れ、ハワイのマウイ島やヴァージニア州に移り住んだとのこと。そして、四十代を目前にした現在、それまでの勤めをやめて執筆業に専念し、本作品の続編 *Teenagers Jurney* にとりかかっているそうです。リチャードはどのように成長していったのでしょう? 続編の完成が待たれるところです。

本書の翻訳にあたって、より幅広い年代の方に読んでいただけるよう、原書に若干の編集を加えたことをおことわりさせていただきます。

最後に、本書を訳すきっかけを与えてくれたソニー・マガジンズの中吉智子さん、編集にご協力してくださった落合弘志さんに、この場を借りて心より感謝いたします。

二〇〇四年九月

ペルザー家　虐待の連鎖

著者　リチャード・ペルザー

訳者　佐竹史子《さたけふみこ》

2004年10月20日　初版第1刷発行

発行人　三浦圭一

発行所　株式会社ソニー・マガジンズ
〒102-8679 東京都千代田区五番町5-1
電話 03-3234-5811(営業) 03-3234-7375(お客様相談係)
http://www.villagebooks.jp

印刷所　中央精版印刷株式会社

ブックデザイン　鈴木成一デザイン室

 ISBN4-7897-2370-4 Printed in Japan